百部红色经典

火光在前

刘白羽 著

北京联合出版公司
Beijing United Publishing Co.,Ltd.

图书在版编目（CIP）数据

火光在前 / 刘白羽著 . —— 北京 : 北京联合出版公
司 , 2021.7 （2023.4 重印）
　（百部红色经典）
　ISBN 978-7-5596-4869-3

　Ⅰ . ①火… Ⅱ . ①刘… Ⅲ . ①中篇小说—小说集—中
国—当代②短篇小说—小说集—中国—当代 Ⅳ .
① I247.7

　中国版本图书馆 CIP 数据核字 (2020) 第 267060 号

火光在前

作　　者：刘白羽
出 品 人：赵红仕
责任编辑：孙志文
封面设计：李雅楠

北京联合出版公司出版
（北京市西城区德外大街83号楼9层 100088）
北京新华先锋出版科技有限公司发行
涿州汇美亿浓印刷有限公司印刷　新华书店经销
字数211千字　787毫米×1092毫米　1/16　17印张
2021年7月第1版　2023年4月第3次印刷
ISBN 978-7-5596-4869-3

定价：49.00元

出版前言

为庆祝中国共产党成立100周年，全面展现中国共产党成立以来中华民族辉煌的发展历程、取得的伟大成就和宝贵经验，集中体现中华民族的文化创造力和生命力，北京联合出版公司策划了"百部红色经典"系列丛书，希望以文学的形式唱响礼赞新中国、奋斗新时代的昂扬旋律。

本套丛书收录了近一百年来，描绘我国人民在中国共产党的领导下艰苦奋斗、开拓创新、改革开放的壮美画卷，充分展现我国社会全方位变革、反映社会现实和人民主体地位、弘扬社会主义核心价值观、讴歌中华民族伟大复兴中国梦的100部文学经典力作。

本套丛书汇集了知侠、梁晓声、老舍、李心田、李广田、王愿坚、马烽、赵树理、孙犁、冯志、杨朔、刘白羽、浩然、李劼人、高云览、邱勋、靳以、韩少功、周梅森、石钟山等近百位具有代表性的中国现当代著名作家。入选作品中，有国民革命时期探索革命道路的《革命的信仰》《中国向何处去》，有描写抗日战争的《铁道游击队》《敌后武工队》《风云初记》《苦菜花》，有描绘解放战争历史画卷的《红嫂》《走向胜利》《新儿女英雄续传》，有展现新中国建设历程的《三里湾》《沸腾的群山》《激情燃烧的岁月》，有寻找和重建民族文化自信的《四面八方》，也有改革开放后反映中国社会现状、探索中国道路的《中国制造》，同时还收录了展现革命英雄人物光辉事迹的《刘胡兰传》《焦裕禄》《雷锋日记》等。

本套丛书讲述了丰富多样的中国故事，塑造了一大批深入人心的中国形象，奏响了昂扬奋进的中国旋律。这些经历了时间检验的文学作品，在艺术表现形式、文学叙述方式和创作技巧等方面都具有开拓性和创造性，作品的质量、品位、风格、内涵等方面都具有很高的水准，都是有筋骨、有道德、有温度的优秀作品，很多作家的作品都曾荣获"五个一工程奖""茅盾文学奖""鲁迅文学奖""国家图书奖"等奖项。

为将该套丛书打造成为集思想性、艺术性、时代性为一体，展现新时代文学艺术发展新风貌的精品图书，北京联合出版公司成立了由出版界、文学艺术界的资深专家和学者组成的编辑委员会。他们从文学作品的历史价值、文学价值、学术价值、现实意义等维度对作品进行了深入细致的研读和筛选，吸收并借鉴了广大读者的意见与建议，对入选作品进行深入细致的分析与综合评定，努力将"百部红色经典"系列丛书打造成为政治性、思想性和艺术性和谐统一的优秀读物，向伟大的中国共产党成立100周年这一光荣的日子献礼！

/ 目 录 /

火光在前

我们命令你们：奋勇前进……

—— 毛主席、朱总司令 1949 年 4 月 21 日《向全国进军的命令》

第一章　雷雨轰鸣

　　7月是南方火热的季节，太阳喷着火焰，空气都像要烧着了。这时在湖北西部火线上沿荆门山急进的部队，身上背的干粮包、子弹带、皮带，都黑糊糊水渍渍的汗湿如洗了。谁知从第三天起他们又遭遇了狂风暴雨，雨一来就如同抬了海来啦！哗哗合着口往下倒，树木都唰唰地弯身在地下，各处山峰都影影绰绰看不见了。人张不开眼，马抬不起头。战士们用手遮着脸愤激地说："这地方真怪，雨点都像弹头子呀！"暴雨却哗哗下了两日夜并无停止的意思，崎岖的羊肠小路，灌满泥泞，挂不住脚。作战任务是十分紧急的，从第一天接触以后，敌人就一直在撤退，想逃出我们的掌握。我们的战士一心一意要消灭敌人，杀过长江，部队没有停息而继续追击前进。现在敌人也走不动了，在前面不远的地方，只要努一把力就可以抓到、消灭。可是这天夜晚，翻过山，突然进入到一片汪洋、遍地湖沼的地带。

远近一片漆黑，暗中只听见泥浆里一片践踏声响。这时有一小群人从队伍里出来，向路边走去，随后竹林下就有光亮一闪一闪的。那是师长陈兴才捏着手电筒，蹲在泥泞中看地图。参谋、警卫员把自己的雨衣搭在他头上，他把地图展开在膝盖上。雨丝在电光里像银线一样闪亮着。旁边有两个参谋在悄悄议论："前面是一条河？""嗯，一条大河呢。"师长在地图上正找不到哪里是渡口，听了这话，迅速地回过头不满意地问："大河？大到过不去人吗？"没人搭话，只有雨声叫人怪焦急的沙沙响着。

二科长（侦察科长）从河边侦察转回来。他临时骑师长的马去的，这匹马三天三夜没吃料，在泥浆里喘着气飞跑，泥水从地面泼上去，溅得二科长满头满脸。雨在落，天气还是一样闷热，雨和汗绞在一道从头上流下来，刺疼眼球。二科长在队伍里转来转去大声喊："三〇六（师长代号）在哪里？""三〇六在哪里？"他跳下来，没留神一脚踹在水沟里，他就稀里哗啦蹚过去，敬礼，一面粗声喘气一面报告："白花花一片，——不知道哪里是河哪里是路，……"师长哗地折了地图站起来："敌人呢？""敌人在暴涨前过了河。"师长严厉地望着二科长的脸，他熟知这有麻子的黑脸是英勇而热诚的。二科长的报告一点不错，水确是在暴涨，暴涨得可怕，水田、道路、湖沼、山岗都分不清了，刚才他站在岸上，只听见脚底下一块块土崩落到水里。

这时，先后从各级部队纷纷送来报告："大河"，"找不到可以涉渡的地方"，"请示"，"怎样前进？"大家都围在一起，等带命令回去。

一个老侦察员，他的草帽帽檐扯掉了，只剩下一个帽顶奇怪地顶在头上，雨水哗哗顺着帽顶灌到脖子里去，然后又顺着衣裳往下流。闪电一亮的工夫，师长发现了这个老侦察员。师长还记得他。他在火线上从容愉快，永不低头，有一回一颗子弹当地打进身旁小树，他还开玩笑："嘿！这一枪瞄得好准呀！"师长这时对他说："老夏，你再去看看，还能没路吗？""首长，在东北咱摸也摸得出一条路，——这南方，……"

突然，前面四五里地，发出"啪——啪"几响枪声。

很明显敌人就在前面。师长抬起头听着，——周围一群人以为师长在想主意、下决心，谁也不作声来扰乱他，在雨脚下兀立不动。实际师长只在这一瞬间想起了他的过去。他1933年奉党的派遣，在这洪湖区湖沼地带打过一年游击，那时他常常驾着一只小船在这复杂的港汊里转来转去，那时他的脑海比地图还详细地绘出这一带湖沼。他在这里负过两回伤，一次和部队失去联络，那时也逢到过无数次暴雨涨水，到处冲来撞去，可是现在他从地图上却找不到渡口了。不会是忘记，是年长日久，河山都有了改变，部队也不是一只小船，而是千军万马、汽车大炮，那时这些湖沼便于打游击，今天却成为前进的障碍。这时天空中突然闪电大作，雷雨轰鸣，那锐利刺眼的电光一下把周围照亮：竹林，地下发亮的水，雨衣上的绿光，湿的枪把子，苍白的脸；一下又黑暗起来，什么也看不见。师长似乎吃惊地听着那雷声，——他觉得这很像1947年夏季四平攻坚战那头一阵炮声，声音有如天崩地裂，在空中翻来滚去旋转不停。那一次作战给他的印象太深刻了。他笑了："四平——洪湖，洪湖——四平。"这距离有多远，怎么一下却联系起来了呢？！他的思索闪电一样快，周围的人只等了他不过一分钟。他突然向前走去，头也不回，谁也不看，用坚决的声音说："同志们！——我们是从这儿打出来的队伍，……这儿挡不住我们，……哪一个连担任前卫？""六连。""告诉七连担任前卫，——努力前进！

我马上到七连渡口，我们有办法过去。"从各处各级部队来的通讯员、侦察员从他身边散开了，不见了。他吩咐他的警卫员："告诉三科长，利用渡河时间和兵团和军取得联络，——我在河那边！"说完就头也不回地朝前走去。

陈兴才一到路边，却看见全部战士都在不停地前进，暗中有武器撞击声、水壶磕碰响，部队像潮水一样拥过去。战士是执行命令最坚决的人，谁也没停止，谁也不想停止。有两个战士边走边谈："快点蹽呀！反正这里淋着那里也浇着，别让敌人跑了呀！""跑个毬！""跑个毬？！——像你这样哈巴哈巴的，敌人还烧了热炕等你呀！""哎，伙计，奇兵呀！敌人想我们走不动了，我们在泥里打哼哼了，可是一下子过了河，你瞧！""看！"前面有红色虚线似的一串红光子弹打上高空，这是敌人放射的。

陈师长兴奋地想看看说这话的战士是谁，可是一个拉着牲口的炮兵恰好挡在他面前，战士们带着没说完的话一挤不见了。

路淹没了，部队转到田埂上前进。陈兴才插在炮兵后面，他想超过他们赶紧到河边去指挥过河，可是不可能。田埂曲折狭窄只能勉强走一人，牲口更是困难了，顾上这条腿顾不上那条腿。两旁水田里水已经淹到田埂一般齐，稻子像水草一样淹在水里，在白色水面露着一点头。牲口不断跌到水里，没走过田埂的东北战士，扑通扑通地滑下去又爬起来。一个连队经过以后，田埂就踏得看不见了，实际上没有了。炮兵停下来在找路，牲口把泥水搅得人满头满脸。陈兴才就跳到水里打算绕到前面去，——面前是一片水田，再过去就是河了，这时四周一片哗啷哗啷的蹽水声，战士们手拉着手在泥水里前进。陈兴才赶上去，在水湿胶粘的衣服下，他觉得浑身火炭般发热，他几乎陷在一个泥坑里，要倒下去的时候，一只坚强的战士的手拉着了他。他喊："同志们！……冲过河去消灭敌人呀！"……

经过一阵大雷雨之后，闪电向远方隐去，雨小了。

在树林后面一间小草屋里，点燃一支摇摇欲熄的蜡烛，电台在忙碌地工作着。

报务员浑身是泥水，袖子挽在肘上，几条黑色泥水顺着胳膊往下流，但他心神专注，突然拨转头，惊喜地说："兵团在叫我们！兵团在叫我们！"站在他身后的戴眼镜、面色苍白的三科长一把接过耳机子，坐下去，自己动手抄报。

两天两夜，他们在暴风雨里，像一只迷失在海洋里的船，跟外界失了联络。现在这从电台里发出尖细而清晰的声音，使大家多么快乐呀！全屋的人都为这"哒哒——哒哒"声所吸引围到桌前来。烛光照着每个人的面孔，都苍白了、肮脏了，可是都在胜利地微笑着。——外面，从树林那面远远传来一片复杂的声音，分不清的、混乱的、马的嘶叫、片断的战士的哄喊，这时师长正在领导他们向河边前进呢！——一科长雷英是一个英俊的年轻人，在东北大风雪作战的紧急情况下，常常看见他骑在一匹栗色洋马上像飞一样奔驰，那英雄劲儿，战士们看了都说："看咱科长多带劲儿！"这会，他一进来把背上背的、用油布包了的皮挂包放在怀里，坐在一堆干草上就垂着头睡着了。三科长十分兴奋地收完了报，交给一个矮小红脸的译电员去翻译。他回过头想和一科长说话，却看见一科长把下巴抵在胸口上，雨水顺着衣服往下"滴达——滴达"不停。三科长到自己怀里掏香烟，可是一根一根掏出来都湿透了，他就自个儿在蜡烛上烤着。兵团也在行动，发完这份四个 A 的急报，就说了"再见"。和军的电台简直联络不上，电台上忽然从遥远的不知何处的天空中听到一阵飘然的音乐声，一个报务员说了"北京"两个字就笑起来了。另一个说："听听有毛主席的报告没有？""毛主席休息了，还有半夜里作报告的！""不对，你瞎说，毛主席是整夜做工作的，他知道咱们正在这大雨里行军，他一定很关心咱们。"三科长听着暗中笑了起来。电报译出来，他接过来只一看，赶紧说了声："拆线！"一把推醒一科长就一道冲出去。

这时，师长陈兴才正站在岸边泥泞中指挥渡河。

面前白茫茫一片，水在哗哗地流着，不知道多深多浅。

七连是主力团的主力连，得过"战斗英雄连"红旗，这时他们从师长身边走过，就老虎一样扑下河去，只听见二科长洪亮的声音响着，他在组织七连渡河。六连对于把他们从前卫连调下来感到极大的耻辱，连长秦得贵在雨水下，脸红到每根头发都在发烧，首先跳下河去涉渡。一片黑人影推进到白茫茫的河水里，只听见河水的喧哗，听不见人的声音了。陈兴才站在那里，——他感到自己是站在空地上，下面已给水浪掏空，脚边一块一块泥土正崩落到水里去。一个一个通讯员跑来报告各处涉渡情形，——危险！——是失败？！是胜利？！突然他记起在这一带打游击时有一种渡河的方法，他兴奋地立刻把七连连长喊来，把那方法告诉他，七连连长听了跑下河去。

六连连长秦得贵蹚着齐胸的水和汹涌急流搏斗、挣扎，冲过了河。战士们身上驮了几十斤重，冲也冲不过去，水一浮，头重脚轻就使不上劲了。

"来呀！"连长变成个泥人在对岸直喊："来呀！"

"看——七连在泅水呀！"六连里也跳出几个会泅水的战士，立刻扑在水里哗啦哗啦泅了过去。

"接上绑带呀——接上绑带呀！"这时在冲击得有里把地宽的河面上，一根根绑带接连在一起，两个连队拉着绑带过了河。一阵快乐的声音传遍各处："前头部队过河了！""前头部队过河了！""啊！胜利了！胜利了！"

师长快乐地跳起来就要涉水过河，却被警卫员紧紧拉着不准他下去，他凶恶地推开警卫员的手。正在这时候，突然一科长雷英骑着一匹白马远远跑来，在什么看不见的地方一下跌在泥沼里，马扑通扑通挣扎着，溅着泥浆嘶鸣着，一科长暴喊着，鞭打着，马好容易挣扎起来又向河边跑。一科长像一阵旋风一样跑来，他从马背上隐约望见河上几条黑线，战士们已经在奋勇涉渡了。他就从远而近喊成一片："不要过河呀！""不要过河呀！"他看见师长，师长正在挽裤脚。马还没收住脚，雷英就跳下来，敬礼："首长，兵团有新的任务！"把电报递过去。陈兴才打亮手电筒，电光刺疼他的眼睛，他看完电报立刻对雷英吩咐了几句话。一科长就奔到各处喊叫，立刻呵呵一片叫声由近而远，而左，而右，一直传向激流澎湃的河上："停止渡河呀！""停止渡河呀！"……

第二章　政治委员来了

师政治委员梁宾探家去了，追赶三天三夜，终于在第四天黎明时赶上了部队。

敌情发生了变化，原来吹嘘着"江北根据地"的宋希濂，自从发现我们的攻势后，就是一个劲撤退、逃跑。兵团命令从沮水一线向宜昌追击敌人的这一个师，立即掉转头向南插过长江去切断敌人的退路。昨夜十二点钟，先头一个营已渡到河西，——师长下命令：不能等待他们转回来，后队作前队，立刻掉转头就往南走。黎明的时候，在一条高岗上，部队被允许一次大休息，疲乏万分的战士们，谁也顾不上吃干粮，两条线一样顺着大路两旁，都歪在地下立刻就睡着了。师长陈兴才坐在一个乡村茶馆小草棚下喝开水，他已经派通讯员去召集先头团的团干部来开会，所以他不能睡，实际上他也一点睡意都没有，新的任务占据了他整个头脑，他在考虑如何来完成它。雨在下半夜就停了，现在浮云像雾一样飞着，一丛丛的树木、竹林绿得像翡翠一样好看。东面地平线上露出红光，"暴雨过去哪！"可是师长一想到中午可怕的太阳，他就立刻看看睡着的战士们，皱了皱眉头。

这时，有两匹马忽然从他们的来路上赶来。开始他以为是后面团里派来联络的侦察员，未加以注意，直到四五米达远时，才看出那是他熟悉到一眼就看出的师政治委员。部队行动时，梁宾探家去没赶回来，现在却一下出现了。他是一个高身材、永远昂着头、明快、果决、将近四十岁的人，他嘴上挨过一粒子弹打碎了牙床，到现在说话总像是咬着牙齿，发出的声音却更显得果敢、动人、有鼓舞人的力量。现在他面色苍白，这是他又一次负伤的记号。还是长征中在攻打遵义的战斗中，他负伤昏迷在火线上，后来一个人躲在竹林里几日几夜，只掘点毛笋子吃。那时部队涌过去了，阶级敌人，地主恶霸发疯了起来，可惜不少戴八角帽、外乡口音的人就死在他们斧头之下了。他带了伤又发了疟疾，最后收集了十多个伤员，带着一颗手榴弹，日夜不停，赶了十三天才赶上队伍。可是终因流血过多，从此患了贫血症，常常头晕，流鼻血。现在他瞧见睡在路边上的战士，怕惊动他们，他想把马拉慢一点，可是马跑欢了，调皮地跌着脚，甩着尾巴转着，溅着泥浆，不肯停止。梁宾骂了一声猛然跳下来。他顺着道路，放轻了脚步，带着慈爱的眼光，低着头，看睡在地下的战士：战士们弯曲着，有的头就枕在别人的脚上，可是都睡得那样安稳沉熟。政委知道，战士们的睡眠，就是炮弹落在旁边也不会震醒的。黎明的光在他们的脸上照耀着，脸上有一条条泥水印子，树枝抓破的血痕。梁宾记起昨夜的雷雨大作，当时他站在一个老板家的房檐下想念着战士们，……现在他低着头走到小草棚跟前，一仰头，看见了师长立在那里，黑红圆脸上两只大眼朝他笑着说："同志，赶的是时候。"政委十分愉快，昂着头走过去说："伙计！一辈子还能过这么两回长江吗？！"师长与政委看看彼此满身的泥泞，就相视而笑了。

当他们坐在干草上，师长就说："你没回来，马上要行动，我跟李主任分了个工，他掌握二梯队，——病号太多，炮兵拉得远，上不来，筹粮队没人掌握政策，病号百分之七八十打摆子。"他几句话把情况讲完就关心地问，"伙计！家里怎么样？"

师长自己的家乡还在遥远的前面——湘粤边境上。十六七年之久，从南方到北方，在火线上转来转去的时候，他很少想到这一个"家"。这倒不是没有感情，而是在长年累月的战斗与工作中，人们的情感变得更广泛、更扩大、更丰富了，就是在战争中遇到从家乡出来的老同志偶然提起，也觉得回家那是太遥远的事了。可是现在一个现实问题摆在面前，他们所要前进的地方，所要打去的地方，不正是自己的家乡吗？半年以来，每一次在会议上，在读报纸的时候，看到"解放江南人民"这句话，只是一般理论地了解它，只有在一步步愈往南走愈接近家乡的时候，才突然把自己的家、自己的父母兄弟，与自己所要去从事解放的江南人民血肉联结在一起了。

梁宾这回真正走近自己家门口时，原来也怀着一种淡漠的情感，自己心下打着算盘："家里人还在吗？！""见面又怎样呢？！""说什么话呢？！"……他从来处事果决，现在心情却不免有些零乱，一个答案也没做出来。他只管低着头顺着路走，走过一道木桥，他停着，用脚踩了踩，看了看，想："这桥，——不行，连一门步兵炮也拉不过来呀！"可是突然他看见河那面有一排桐子树，水塘里还有几只鸭子在划水，就在那塘后面，……他仰起头寻找着，——那不是自己住的村庄吗？从前屋顶上飘着炊烟，现在呢？

他的心紧张地跳着，忽然情感冲动起来，他发现自己眼圈里竟然湿起来，他心里小声地责骂着自己。不过他到现在也还无法弄清楚，后来他是怎样跑到了一群人跟前，——只觉得那是一群人，无数的眼光，无数的手在纷乱地动着，都投向他，伸向他，老人在哭泣，小孩子在欢叫。在这中间，他突然看见一个白发苍苍、枯瘦、瞎了一只眼的老太婆，从人丛中出来，他简直无法辨认，可是她默无一语，伸着两只发抖的手拉着他，他心里叫着说："这是母亲！这是母亲！"母亲悲伤地伏在他胸前还是一言未发地哭了。二十年前的印象在这一瞬间一下子转回来了，他记得那十分紧急的一夜，白军已到周围村庄上开枪搜捕，母亲偷偷送他逃走的时候，她也是这样悲伤地伏在他胸前耸着肩膀哭过，那时他说："妈妈，等着我，我会回来的。"多么悠长的二十年呀！果然回来了，可是现在他扶着颤抖的母亲，咬着嘴唇，不知道说什么好。只在母亲擦擦眼泪突然抬起脸望着他问"梁宾！你好吗？"的时候，他心窝里一热，眼泪又几乎流了下来。

母亲衰老得如此厉害，可是母亲还和从前一样倔强，她颤抖地拉着梁宾的手，走了几步，指着那一片长满萋萋青草的地方说："梁宾，你瞧这里！你的爸爸，给白军折磨了两天两夜，钉死在这里，临死喊着你的名字，……"她转过身，她的眼睛里炯炯闪光，一指，"你再瞧这里！"她默然耸着肩膀低下了头。她所指的那一片荒凉的废墟，梁宾记起原来这就是他们的家，他在这里诞生，在地下爬大，在屋里和青年团团员开过会，他又从这里逃走，他还记得门前有一棵老橘子树，可是现在他什么也找不着了。他知道当敌人追寻不到他的时候，是怎样无耻地摧毁了他的家庭，这时从梁宾心底生起一股怒火，他全身都燃烧，可是他极力冷静自己。几个长胡子的老年人眼里含着眼泪，都上来劝住老太婆，老太婆一转身说："我不难过，梁宾，我没低过头，我记着你嘱咐的话，我没低过头。"

村庄不再是从前的村庄了。给蒋介石反复烧杀过，给日本人"扫荡"过，烧的烧了，毁坏的毁坏了，年轻的男人女人，梁宾也都认不得了。母亲默不作声地望着他，他也不是从前的样子了，他苍老了，可是他成熟了，他更坚强了。后来母亲又哭了。他从别人嘴里知道，兄弟在他走后参加了地方党组织，正在树林子里开秘密会议，被叛徒告密，一下给白军抓去，一阵机枪，二十多人都扫死在河边沙滩上。他知道现在母亲看到他，想起了兄弟。这一切使梁宾很伤心——多少同志都被伤害了啊：那年冬天，姐夫实在熬不下去，一个落雪的夜晚，他跑出去找红军，又被抓回来给枪刺扎得全身鲜血淋淋，抬回去三天吐血死在床上了。当过苏维埃时代村妇女委员的姐姐，到现在还守寡过着苦日子，村庄上不知多少人遭了同样悲惨的命运。

这一晚上，梁宾就睡在母亲床脚边的草铺上，他的脑子一闪一闪的。经过长期革命斗争锻炼的人，你从表面无法看出他是怎样激动的，——这一天，他和很多来访的亲戚邻居一起谈笑起来。他们谈着这十几年的经历，谈到毛主席和朱总司令，梁宾谈得最多的是解放军的纪律和政策，他们问得最多的是什么时候分土地；可是现在一睡到草铺上，一幕幕血的往事翻来覆去，弄得他怎样也睡不着。有一种思想尖锐地刺疼着他，——当他在火线上，在枪林弹雨下奔走呼号的这样长的时间，家庭被敌人摧残变成了这样死的死、亡的亡。

母亲把床弄得咯吱咯吱作响，问："你还没睡着吗？"

很显然，母亲也涌起无限心事，母亲最后一次哭，他知道是在哭小儿子的，可是他现在不想再惹母亲说话，就说："不，我睡，我睡。"他无声地躺着不动。当他心中头绪纷繁，不可开交的时候，在朦胧中他记起毛主席说过的话，那是在自己脑子里印象最深的一段话："……他们从地下爬起来，揩干净身上的血迹，掩埋好同伴的尸首，他们又继续战斗了，……"他觉得爸爸，兄弟，不都是被掩埋了的同伴吗？他记起在部队追悼会上说过这样的话：我们应当眼向前看，在前面还有多少地方没有解放，还有多少人正在被摧残，被凌辱，被杀害。睡熟了的时候，他做了一个噩梦，他似乎睁着眼，他看见敌人，看见敌人在烧着火，在那火光中烧的不是旁人，正是自己的父亲，父亲在喊着他的名字，……他惊醒，浑身出了冷汗，他从地下爬起来，他想了半天，他懂得他的仇恨是永远也不可能忘掉的了。但是现在他想撇开它，他觉得自己还应该再冷静些，——革命要我们前进。他努力想部队，想无数熟知的战士和各种急待着手的工作，他想到未完成的最后战胜敌人的任务，他渐渐从情感的刺痛中解放出来。在天将亮的时候，他把头扎在铺草里熟睡了有一个钟点。母亲早已起来，唯恐惊醒他，走到外面去。醒来，他已决定不等二十里外的姐姐来会面就动身回部队了。本来很想把装在口袋里的小孩子的照片拿给母亲看看，可是临时却忘记了，他只把自己积蓄的津贴、保健费和带来的粮票留给母亲，说："我去了。"母亲望着他，没说什么话，她已不像昨天那样激动。梁宾告别了友邻，然后找一个长胡子的当过苏维埃委员的老年人，带他抄着田埂小路去一个同志的家，他和这个同志从前常常在那儿开会干工作，后来，又一起在红军里，不过那个同志在抗日战争中牺牲了。走到了一看，那儿也只剩下一堆瓦砾。据这位老年人说，五六年前就不知道他家的人都到哪里去了。……多少血债，多少仇恨，一件件深印在脑子里，梁宾从那里满载着这一切往前追赶部队。在那遥远的路程上，他是那样急于赶上部队。当他在后勤部运送弹药的卡车前座上，他不断对自己说："我在火线上打仗打了二十年，我咬牙咬了十几年了（指牙床负伤以来），我现在应该咬得再紧些，同志！谁还比我们再清楚，我们应该怎样对付敌人！……"有时汽车陷在泥中，他就昂着他那被子弹打伤过的头，沉思地、坚毅地走着，这时他觉得轻松了，又觉得责任的沉重，他的一切思路都集中在一点上：前面的任务。

今天黎明，他已经几夜没好好睡眠，终于赶上了部队。他好像离开他们很久，一旦见面，胸中有说不出来的那么快乐。可是当师长问到他家庭的情况时，他只皱皱眉说："同志！上了很好的一课。"就再没说什么。

团长陈勇，团政治委员蔡锦生奉召来到了草棚下。师长陈兴才就在地下铺了军用地图，他说：根据兵团的作战命令，他们应该在明晚完成横渡长江的艰巨任务。

第三章　新问题

当天夜晚，部队到达了长江边。虽然经过了一百多里地的急行军，战士们却不能立刻休息。因为一切准备工作要在这一晚上作好，天亮就需要隐蔽起来，不让对岸敌人发觉。六连这一夜工夫，费了九牛二虎之力，跑遍江边河汊密密层层的芦苇丛，只找到一只小木船，好容易把它拉回来，到这山坡后十分隐秘的连的宿营地，天已快亮，长江已露出一片茫茫白雾。可是奉令检查船只的工兵连长看了半天说："这船漏水，走小河沟子还对付，靠它到大江上冲风破浪，还得修理两三天。"连长秦得贵出不来气了，虎虎地瞪着两眼盯他走去，粗鲁地骂了声"日你娘！"就跑进草屋把两手往头底下一垫，倒在稻草堆里。

战士们纷纷垂下头散开，有的到山坡后面拢一点火烤衣服，有的到草屋里睡觉，只剩下杨天豹孤独地站在破船旁边喊："喂！喂！同志们！想个办法呀！"东北战士王春把鼻子一哼，说："看你这南方好，南方好，这法子由你想吧！""哎，老王！你说话这样不讲道理，这过江，是毛主席的命令，又不是我把你从东北请来的？！""你请？……八抬轿请爷爷不动呢。""你骂人！""骂你怎么样！"

秦得贵听他们吵得那样凶，他一声不吭，自个儿用手指头塞着耳朵，把脸埋在草堆里，咬着嘴唇硬往肚子里咽眼泪。从松花江到扬子江上万里地就是为了过江，眼看二野、三野[1]首先执行了毛主席的光荣任务，现在盼来盼去，好容易到跟前又过不去了。他又联想起昨天夜里过河，——让七连先过，哼！七连是"战斗英雄连"，六连在肥牛屯、金山堡那大风大雪里顶着敌人，反复十几次冲锋的时候，七连在哪里呢？现在老英雄连没新英雄连吃得开了。昨天夜里，我拼出条命，死也死在河那边，就不能眼瞧着又是"六连老落后啦"！可是现在我能立着走过这条长江吗？我能立着走过这条长江吗？……

杨天豹和王春的争吵虽然给班长阻止，可是他们还在那儿继续斗争。

原来自从部队进入湖北边境后，战士们一般求战心情极高，可是一部分战士思想上也暗暗发生了一些变化。王春是个矮矮粗粗的人，圆脸给太阳晒得像黑锅底，这几天经蚊子一咬，汗水一浸，肿起一堆堆红疙瘩来。他这个人勇敢积极，就是心眼死，脑筋不大容易拐弯，南下动员时他倒是一个要坚决南下执行毛主席光荣任务的人。那时讨论"南下作战思想"，有人形容南方热得墙上能贴饼子，他就起来辩驳："那真是逗笑话，我就不信，没有柴火，能烫熟了饼子，咱们毛主席的队伍闯南闯北，——你们不记得那歌：'在火里不怕燃烧，在水里也不会下沉。'"可是自从这次攻势开始以来，太阳一热热得人半死，雨一来又淋得人像水鸡子。湖北西部村庄零零落落，追击敌人的部队，从出发以来就夜夜露营，竹林子里蚊子嗡嗡——嗡嗡，比东北的蝎子还毒，他妈的！你咬吧！老子卖给你啦！谁知跟蚊子打了一夜架，天快亮正好睡，露水又唰唰地淋得像小雨一样。原来王春还常常想把衣服晒晒洗洗，晾晾干净，可是两天过来，他已经失去这种信心。这些王春都不怕，他想：在锦州火线上受过考验的人还怕什么呀！多少挺

---

[1]　指解放军第二野战军和第三野战军。

机关枪像铁扫帚一样，身边战友一个个倒下去，那子弹头子只要碰一碰，一百回也死了，可是咱们眼睛盯着前面没有停止前进，现在最后消灭敌人的时候，能给蚊子、太阳阻止前进吗？不管怎样，南下总得坚持，—— 不过他的思想矛盾愈来愈厉害，像两个小人在脑子里面摔跤。

像杨天豹这样的人，专门在连里讲南方这样好那样好，这几天以来王春听着就从心里对他特别起反感。杨天豹是在辽西战役解放过来的湖南人，参加以后情绪并不太高，念家想老婆，成天把脑袋窝到腿裆里，可是一南下就活跃了。在汉水演习过江的时候，他教会了全班游水，杨天豹倒成了天字第一号的积极分子，点名时上级还一次两次表扬他。这样一来，杨天豹可就上了天啦，这里那里，到处都听到他那咿哩哇啦的声音，只要谁一提起南方，他浑身劲儿就上来了说："走着瞧吧！南方有好日子给你们过呢，你们吃的那小米，我们都是喂雀子的。"从北京出发一路上来，王春本来听也听惯了，可是这几天他听着就把脸虎下来："杨天豹！你说你的好，可别遭害我们，你南方好，打了三年仗倒住不上房子了！"任凭你怎样浇凉水，杨天豹总是笑嘻嘻的。可是今天，眼望着长江，他可抓了家伙没办法了，上哪儿去弄六七只船来，装上这一连人杀过长江去呢？经王春这一吵闹，他就坐在草屋前树底下，把头架在膝盖上哭起来。

王春无精打采，吵了一顿，自觉很没意思，就抓上枪往哨位上走去。

这时天已灰沉沉的了，他看见一个高大身材的干部从那边摇摆着走来，见着他就问："同志，你是哪一个连的？"王春待答不理地说了声："六连。"这个干部昂着头微笑着："老英雄连队，—— 怎么样？挺得了吗？"他走到跟前来。"嗯哪，挺呗，当兵的还有什么挺不了的吗？"王春说着就抱了枪坐在沙滩上，掏出一块碎报纸要卷根烟吸。可是这个干部也坐下，却递给他一根洋烟。他转了转那支烟，嗅了嗅，抬了头："有火柴吗？"他点着烟吸了一口，继续说："说句东北话，——够呛，冷冷不死人，热可热死人呢！这仗让我参谋，早打早完早休息。"他们谈了一阵子，王春掏出他心里话："我参军头一抹就碰上1947年打四平，咳！那仗打得邪乎，——现在讲打仗，咱没什么思想，就是这南方的生活不好过，他妈的，跟出了洋一样，老百姓们话都听不懂，在东北拉一拉，打了两年跟在自个家里一样，这里，……咳，同志，咱们是翻了身的人，把革命进行到底是有决心。"话虽如此，可是在黎明的光亮里，他的眼睛并不十分光彩。那个干部昂着头听了半天，好像在想什么，忽然缓缓地说："同志，让我给你讲一个故事吧！——十几年前有拨子队伍叫红军，从这江南打出来，那时敌强我弱，人家到处打，他们就冲出来，只有冲，冲得出来才是条活路，要不，……就统统死在敌人手里。那一天真拖不动了，每个人都躺在地下，脚像个血饼子，疼痛难行，都说'死就死在这里吧！'可是有一个人大声说：'要死跟敌人拼死，也不能躺着死在这里！'这人就是我们现在的兵团司令，后来冲出来了，——才有今天我们这一支军队，现在情况总比那时好多了……"他正说着，突然指导员兴匆匆跑来，一低头愣着了，赶紧立正喊了声："敬礼！"于是他的故事就没有说完。

王春泼刺一跳跳起来，不知怎样是好地望了望那个干部。

指导员却满面微笑喘喘地说："首长，过江有把握了。"

原来和王春谈话的不是别人，正是师政治委员梁宾。他站起来严肃地注视着指导员。

指导员扭转身一指："三〇七（政委代号），你看！"

梁宾的脸上漾出无比的笑容，他向那迎面而来的一个长胡子的老人和一个四十几岁的妇女走去。他看见他们手里提着绳索、船桨，都是那样笑嘻嘻兴高采烈地走来。这时梁宾心里已明白了八成。

指导员李春合是个有朝气的人，聪明、活泼，他说："全连找了一夜只找了一只破船，一个连怎么过江呀！他们把船拉回来，我就没回来，——我想总能找到老乡，咱们到那里不靠群众哪能解决问题，……顺江边找了二里地才找到一间房子，就碰上这个老大爷，开头讲话听不懂，我就干脆告诉他：'我们是毛主席派来过长江的。'你瞧！他一听，说声，'你们回来了！'就跑，他到河汉子里叫了一声就来了六只船，连这老大爷自己，我劝了又劝，也非来不行。"

梁宾和来的人拉了手，他望着那一位头发灰白了的老农民，他感动地说："老板，船舍得帮我们，过了江就派人把船送回来。"

"不，同志，这是大江，你们撑不了，我说句体己话，从前在这江上送你们红军兄弟也不是一回了，十几年等你们也等得够苦，国民党半个月前把这江上的船烧的烧，沉的沉，天天打枪，没沉的也跑了，我们商议，没船怎么送同志们过江呢！我们就藏了这几只船等你们。"

这时，王春早飞奔回去，一脚踢醒连长，大呼大叫："船来了，——统统来了！"战士们纷纷往外跑，跑过来，一下子把老乡们密密包围起来，立刻快乐地谈笑、亲热地拉手。政委望了望天空已闪出光亮，就说："到屋里说吧！"

他自己却心事重重地拉了指导员向前面山坡上走去。山坡上有树，他们从那里望见清清楚楚一片白色的长江。政委问指导员："李春合同志，部队情绪怎样？"指导员照例不加思索地回答："还好。"政委沉默地向前看，好像在研究这浩浩荡荡的大江，但是他摇了摇头肯定地说："不是很好。"指导员未作声。"领导，就是要深刻了解战士的思想情绪，他们不会说，——你去问下级，下级也会挺挺胸脯说：'首长放心，不完成任务不回来！'这话我不怀疑，我们的战士听见枪声往前跑，一个命令会冲上去，可是光凭这样不行，战争需要我们坚持到底。李春合！你看，这不是长江吗？可是长江过去还有千万层高山、大河，天气比这儿还热，蚊子比这儿还多，雨比这儿还大，我们的仗打不打？！"李春合脸红了一下说："对，首长，……熬不过的时候，我也这样想，枪快响，快往上跑，快点打吧！作战牺牲总比热死光荣些。""那你怎么办呢？"指导员想了一下诚恳地告诉他："我想到党。""你还要想到前面！"政委有力地向蒙蒙的江对岸一指，他的声音变得严厉而且果决："只要我们两脚没走到的地方，敌人就在那里放火！杀人！"

一阵风从江上吹来，头上的树叶簌簌作响，灰色沉雾已如轻烟飞去，金红朝霞灿烂地出现在东方，有一只白色水鸟正向对面遥远的方向飞去，在红霞衬托下这鸟显得是那样洁白、那样自由。你看，——它可以在敌人阵地上空飞翔，看清哪里是敌人弱点，可以决定我们攻击的方向，……梁宾笑起自己来，有意抛开这种"知识分子幻想"，立刻收回眼光。忽然他发现在他身旁正发生一种不平常的事件。原来有十几个面色焦黄的战士，正兴匆匆带着满头汗水走来，望见指导员在这里才舒了口气。指导员一转身吃惊地问他们为什么赶到这里来，不是在后面已经指定司务长安排了病号的休息室吗？这时从那里面走出一个老战士，脸上满查查盖着一层黑胡子，打摆子打的黄皮寡瘦，眼睛大得出奇。梁宾记得这是机枪射手李凤桐。老战士，老落后，有技术，不爱打仗，几次要求调伙房工作都没允许，现在他却跑上来了，他把手掌弯曲放在帽檐上，低低地敬了个礼说："指导员！——在东北三下江南，四战四平都有我，这回下长江，……政委！"他露出恳求的颜色，眼眶湿润了。"从前我落后，现在全国快解放了，给我一个立功的机会吧，指导员，我死也得参加，别让我回去。"梁宾脸上沉思的神色消失了，露出动人的笑容来，他把两手背在身后，歪着头倾听着。这时，一阵弥天的白色的暴风雪突然跃现在政委的记忆中间来，在那艰难困苦、天空似乎还黑暗的时候，他听到过这样坚决的声音。他望着李凤桐说话时顺着额角慢慢滚下来一颗颗黄豆粒大的汗珠，梁宾立刻走过去，弯一点身子跟他们握手。在灿烂的朝阳的光线里，他看见每一个战士都在用坚毅的脸色，明确的眼光，回答他心中悬虑的问题，——那一个新情况下的新问题，……

第四章　平静的激流

长江在太阳光下发亮，江水暴涨，刚刚从三峡夺口而出，浊黄的水浪以惊人的速度向东方奔腾。它要奔向汉口，奔向上海，奔入海洋，那里两岸都解放了，火炬通红耀明江水，不停地洋溢着胜利的歌声。只有这上游，长江仍然冲击着老百姓流不尽的血泪。它波涛呜咽，日夜不停，流了千万年。长江两岸是一望无际的丰美田园，田园上的人们却受着痛苦熬煎，祖先留下的长堤在残破，江面高出了地平线，长江在人们屋顶上奔流，让这岌岌可危的时间过去吧！东方天明了，这一天长江跟往日一样急速地漂流，太阳喷着火，天上没一丝云，江上没一只飞鸟。

师的观察所秘密隐蔽在树林中间打鱼的小草屋里。二科长在打电话："三〇六！对面敌人工事上，有一个军官和两个哨兵瞭望了一阵又回去了，西面没什么动静。"他放下电话筒，就捞起胸前的望远镜，立刻到临江的小窗洞那里去观察。

屋中光线幽暗，竹篾墙上挂着沿江地图，上面标满了红线蓝线和各种记号，木椅上摆着一部电话机，一只小桌子上铺着一张纸和一根红蓝铅笔。二科长柴浩从昨夜到达江岸以后就在这里辛勤地工作，没有闭过眼。他那有麻子的黑脸上显出特有的机智与紧张，他带着昨夜暴风雨下未完成涉渡侦察的惭愧心情，现在经过十几小时的努力侦察、观测，凭着丰富的经验，他在小桌那张纸上已经绘制下对岸——也就是我们准备突破长江这一段敌人防地的部署图：敌人的炮兵在左翼高地，正面不少已经干枯也没换一换的伪装树枝，哨兵的行动，这一切，实际上早已暴露了敌人阵地，—— 机枪巢间隔着普通步兵地堡和掩体，总的阵地是一线列开在江岸突出的高岗上，阵地后面是山，远处还有更高、更多的山。

这一天，师长陈兴才亲自到观察所来了三次。他沉默、严峻，他需要更多的情况供他判断、下决心。下午四点钟这一次，他对二科长说："敌人没发觉我们，这一点是十分肯定的。我们现在最需要的是登岸的具体地形、敌情，你好好观察，你五分钟报告一次！"他严格地提出要求之后，就灵活地敏捷地弯了腰顺着屋后的树林跑回师部去。现在他多么迫切需要知道这一切具体材料，来决定部队登陆以后的具体突击方向呀。

这一天电台忙碌极了，军和兵团频繁来往的电报，说明全线的眼光都注视着这里。陈兴才跑回来，政委皱着眉把一份报交给他。情况是万分火急的，宋希濂主力拼命缩进宜昌，企图逃逸。兄弟部队已从远安经两河口、分乡场一线，于今晚可进至南津关切断敌人向四川逃窜的道路。兵团要求：—— 今晚一定渡江！今晚一定渡江！……从宜昌东方二十里渡江，抢占敌人红花帽主要炮兵阵地，同时堵塞敌人逃往江南的孔道。要渡江，又不要惊动江防上敌人，如果让他发现就会抓不住他，……一个一个问号出现在指挥员面前，师长和政委都在这伟大历史关键问题上绞着脑汁。因此这一天的指挥部，充满紧张而严肃的气氛。除了一科长时常来接受任务或报告部队紧急准备渡江的情况，电话铃也不断地响着，三科长偶然进去又出来之外，整个指挥部很少听到高谈阔论的声音。政委不停地吸着纸烟。下午吃饭的时间，虽然炊事员同志特别弄了一尾鲜鱼，炊事员记得师长是常常讲起这里的鲜鱼的，可是师长却吃得很少，因为几次事情把吃饭临时插断。第三次他刚坐下来，突然从观察所来了电话：

"敌人阵地上不断有人活动，似乎有移动模样。"

这个最可怕的消息来了——要逃跑吗？！空气立刻紧张起来。政委高高的身子一下从桌边立起来，皱着眉。师长放下电话，扭转身就往前面江边观察所跑去，在那里，他从"蔡司"望远镜里，清晰地看见敌人。这望远镜得自东北第一战，是他心爱至宝，现在可有效用了。果然他看到敌人在纷纷活动，在下午已经失去炙人火力的金色阳光中，他们在江岸上下很混乱地像蚂蚁一样奔跑，不知在做什么？！

二分钟，三分钟，五分钟，……师长一声不响地紧张地看着。最后他忽然放下望远镜，一股胜利的笑容浮现出来："老柴！敌人的工事里一定像火炉一样。""你怎么知道？""你看！他们熬不住了，他们拼命往江边跑。在水里扎个猛子又往回跑，就是这么移动！"二科长轻松地叹了口气，一面狠狠地咒骂敌人，说要允许打炮，他要亲自放几炮，打死这些狗养的，但他一面仍细心地继续他的工作。

陈兴才一路上思考问题，回来没有再吃饭，他立刻俯身在地图上。太阳已西落，江面上最后映着柔软飘动的红光，警卫员把他们移到屋外坪场上来，在一排石榴树下安了桌子，树后面有小水池，盛开着白色莲花，太阳像血红的圆球，已失去灼人的光芒。具体的攻击时间已报告了军，军还没有回报。师长望着地图上标明的敌人一线阵地，再一次地做反复思考：第一，过不去？（他坚决摇摇头：不可能。）第二，过去，而不可能迅速占领滩头阵地，给敌人炮兵以充分准备时间。第三，占领阵地，但不能争取黎明前迅速发展夺占炮兵阵地，天一亮，敌人飞机炮火就要给我们重大杀伤！……最要紧是这样一来就不能切断敌人江南退路。"今夜一定渡江！"这事实是不可移动的。根据观察所的报告：天气平静，水流速度也没有增加，——十二点钟有月亮，容易为敌人发现，但这不要紧，师长已经下了决心，采取六只小船组成突击队英勇冒险地偷袭天险。不过现在他需要一个理想的向导，能在登陆以后立刻把部队引向正确的攻击方向，可是长江已被封锁一个月，哪里去找这样理想的人呢？……

由于政委梁宾提议，团把突击任务交给了六连。六连在师部上游那一片长满树林的山后面，地形十分隐蔽，经过一条蜿蜒小路可以到达江岸。天黑以后，六连忙作一团，有几个水手带一班战士在河港苇丛中修理那一只破船，排长们跑来跑去检查武器弹药和攻坚器材，指导员在自己小屋里看各班纷纷送上来的决心书，他立刻发现了一个特点，三年解放战争中从来没一次像这一回，未入党的战士几乎全部要求加入共产党，——战士们以深深的心意说："仗快打完了，回家一问还不是党员，有什么脸见人呀！"李春合一面读决心书，一个一个熟悉的面孔就浮现出来，他幸福地笑着，立刻佝偻着腿在膝盖上向上级写报告。连长秦得贵乐得合不拢嘴，他带着全连大多数战士在另一间大堂屋里，请长江上乘风破浪的老手——那个长胡子的老人讲渡江应注意的事项。堂屋里灯影幢幢，战士们喊喊喳喳地快乐地谈笑着，烟从人们头顶上飞向屋外去，总之，听说就要执行毛主席光荣渡江任务，这里一切都是兴奋、紧张、忙碌、愉快的，连部从早晨到现在都挤满人，纷纷要坐第一只船。

王春看看轮到了他去江沿放警戒哨，他一个人叼着半截卷烟，背上枪，从热闹的人群中低着头走出来。今天，他心绪不宁，脑子想的太多太乱了，到江岸一日一夜，他躺在草铺上也一直睁着眼。这一天，脑子里的两个小人不是在摔跤而是在拼命了。这种思想斗争，在一个革命战士身上是并不稀奇的，他的矛盾正是一个连队里积极分子与当前艰难现实情况的真正的矛盾，但像这样激烈的也还很少。今天，他不止一次想到他那遥远的在嫩江上游的家乡，……两年前落雪的时候，在共产党领导下进行了翻身分土地的斗争，那时他的思想也矛盾得很厉害，半夜三更爬起来跑到工作队去，工作队队长老谢拉着他的手，感到他十个手指树叶一样发颤，就亲切地说："老王，有话你告诉我吧，共产党是和你站在一道的！"他感动得哭了，他抛弃了旧社会给他的一切顾虑、担忧，从那以后他才毅然决然地站了起来。1947年他参加了军队，他在火线上勇敢作战，负过一次伤，终于在辽西战役中记了大功，那时他的思想就是："今天我王春也像个人了，往后凭良心看吧！"可是南下一路保持的热情，碰上这几天这残酷的现实，他忽然变成了"落后分子"，……他想起今早跟杨天豹的争吵，又记起师政治委员和他谈话时那慈爱的眼光，这些回忆就像一条条皮鞭打在他身上，他的脸上暗暗发烧起来，额上冒着汗珠，——他想不开：难道我王春怕艰苦吗？1947年出名残酷的四平攻坚战，两天两夜一粒米不入口，拿手捧着腥臭难闻带死人血的雨水喝，坐在死人旁边啃生洋芋，子弹在耳尖上嗖溜嗖溜，都没怕过，现在这热、这雨水、这蚊子，难道我就怕了吗？今天连队里进行了种种战前动员工作，下午全连军人大会上，指导员传达突击任务时，还表扬了老落后李凤桐，"难道，我也应该落在他屁股后头吗？"这样想着的时候，王春是那样不甘心，他伸手擦了擦在下巴上的泪渍。现在给夜风一吹，他清醒了些，他决心在这次作战中搞点名堂出来，立功入党，他就去找指导员了。

当他望见指导员小屋内的灯光，正要走上去喊报告，忽然他听见屋中有人说话，他停下来。先是指导员的声音："同志，我相信你的话，只要你进步，在战场上再好好努力，哪一个会不拥护你入党。"后来讲话的声音，王春不听还好，一听心就咕咚一声沉下来，说话的原来不是旁人，而正是杨天豹："指导员！只要我能做一个光荣的共产党员，困难的任务你交给我吧！叫我抱着炸药往坦克底下钻，像董存瑞那样我也能干，指导员！"王春一听，浑身发汗，两眼冒火，两脚如同拴上了千斤铁石，咬紧牙使尽平生之力，他转过身飞快地跑向江边。

江边是漆黑的，江面也是黑沉沉一片。王春站在一块大石头上，江水好像就在脚下轰隆轰隆响，他忽然觉得江水好像会偷偷爬上来一扑就把他带走，他就愤愤地挟着枪，在江边上走来走去。当他孤孤单单一个人的时候，他渐渐又想到前面那无止境的炎热路途，忽然大声说："不，不能，——子弹打死我甘心，就是不能给太阳晒死。"他说完就钉在那里不动，他的思想的阴暗面又占了上风。他想起他们的副排长，晒得一下晕倒在地下，脸涨得像紫茄子一样，紧闭了眼睛。他红头涨脸地跑到一家老百姓家里去借一盆凉水，可是指手画脚讲了半天，那个女人怎样也听不懂，也讲不通。他真火了，突然瞪起眼，举起拳头，可是这拳头举在半空中停止了，他一扭身跑出去。那时他是那样想到东北，想念那风雪严寒到了宿营地，暖炕、大酱的气息，腌菜缸的味道，暖烘烘的老百姓问寒问暖，……

当他思想这样反复斗争的时候，突然江面上传来一种可怕的"哗啦——哗啦"的声响，他紧张地端起枪。他在江面上发现有一团黑咕隆咚的东西，并且活动着，正在急速地向岸边冲。他一发现，立刻大吃一惊，又不敢随便放枪，就大吼了一声："什么东西？"

那团黑影可怕地拍溅着水声，紧张、挣扎、喘着气，高声回答："啊，——我解放军的，——自己人呀！……"

原来那是一个人搬着一块木板从江水上漂了过来，王春谨慎地没有打枪，可是他依然警惕着，发狂地呼喝："站下，不准动！"

那人带着哗哗水声艰难地爬上岸站起来，举着两手喊叫："同志，——我是南面游击队派来的，——同志！……"

排长正要来查哨，猛然听到喊叫，就拎了匣枪先跑来了。开罢会在附近树林露营的一个班战士也跳起来，哗地挺起刺刀围上来。这时排长叫那人过来，那人说："同志，——听说你们要渡江了，——队上派我到这边来送消息，来了四五天了，好容易过来。同志，……快带我去看上级吧！同志！……"他声音热情得发抖，一把紧紧抓着排长的手。排长问："那面敌情怎样？""敌人很多很多，——我一下山就给他们抓住了，让我整天整夜扛炮弹、扛粮食，一个当官的还问我："共产党来了你跟不跟着他们杀我们？"我装傻，我说："老爷！来不了，不都给你们揍死了吗？"他砰啪甩了我两个耳光，我就不作声，整天整夜帮他们扛，扛了四五天，他们不大注意我了，今晚上，我偷偷推了块门板，从天黑漂到现在，就在那大浪头上颠来簸去，几回都把我打下去了，我好容易浮到这边，……"这个游击队员话很多，好像一瓶子东西，都塞在瓶口上堵着，他兴奋地不知道先说什么好。排长叫王春跟他一道带这个湿淋淋的游击队员到连部去。

这时这动人听闻的消息马上传开啦，说江南有人来了，来接应我们过江，来欢迎我们过江了。连长和指导员在小屋里招待了游击队员。大家都纷纷跑来想看这个从敌人那里偷跑出来、冒险渡江的人物。战士们立刻烧柴火给他烤衣服，有的送水壶，有的倒干粮，有的把衣服脱下来给他披上。这个突然而来的人，在王春心中自然也引起很大变化，但他一声不响，当他们往营里去的时候，他悄悄问："那边怎样？"他想问那边是不是也这样苦，没房子，吃不上饭，晒太阳，可是游击队员伸手往南一指说："快去吧！——老百姓在受刑呀！流着血等你们呀。"这话给王春印象十分深刻，王春顺着他的手指向南岸看，发现不知何时在那一片黑沉沉的远岸上，忽然有一堆堆发亮的火光，不知是敌人用来壮胆还是用来熏蚊子的，正熊熊燃烧。

这时，师长正把两手垫在脑后仰卧在一只竹床上，突然仰起身喊政委："老梁！老梁！"半晌未得到回答，疲劳的师政治委员睡着了。陈兴才就一支接一支吸着烟。往常打仗，他下了决心部署好以后，在电话机旁一倒，就睡着了，可是现在不行，——过长江了，中国历史上只有这一次，不是有人说历史上从来过江没有打胜仗的吗？可是现在是毛主席指挥："我们命令你们：奋勇前进。"我们的行动是能改变历史的，因此他兴奋得无论如何睡不着了。他大半时间是在用脑子检查计划，考虑渡江后各项可能发生的问题，同时也由于从沮河一线奔袭长江，他的马夫裹在炮兵一起，早掉到远远后方不知什么地方去了，因此他没有蚊帐，只好夜夜跟蚊子打架。现在四下里一点声音没有，静极了，他想起两个月前的一段事：那时兵团批准他在北京休养，因为天津作战后，他胃病突然严重发作起来。可是那天他坐在收音机前屏声静气地听着广播，突然听到电台广播员先宣布了南京伪政府拒绝和平的消息，紧接着就宣布了毛主席、朱总司令南下渡江作战的命令："我们命令你们：奋勇前进，……"陈兴才立刻站起来。那嘹亮的声音犹如翻江倒海、汹涌澎湃，它立刻像闪电一样震动了全中国人民，动员起来，同心协力，奔赴同一目标：最后消灭蒋匪残余。陈兴才立刻写报告给上级，要求取消休假，他心里说："我血战十几年，哪一次不在最前面。"因为部队已从驻地南行，第二天下午他跑到火车站去搭火车赶部队，那时北京已暮色苍茫，突然有一种声音由远而近，从低而高，声音是很振奋人的，——警报声，警报声，它拉长了尾音在人民首都上空回旋。这是进入战争的信号。很多人挤着碰着从他身边跑过去。他没有躲避，他站在绿色列车旁仰望天空。半个钟点后列车开了，向东南奔驶，不久就把万家灯火的北京抛在后面了。一路上不分日夜，无数列火车、弹药、炮兵，插着飘飘动人的红旗，各野战部队后勤机关，卫生医院，一列列向南开，向南开，……战争中烧毁了的津浦路车站，现在搭了临时小泥土屋，站长忙碌地打着红绿旗，一列列火车向南开，向南开，带着轰轰响的歌声向南开，……他在德州下车，经过一段艰难泥途，在黄河平原上找到自己部队。现在他的脑子里鲜明而迅速地回想着这一切的时候，他深深感到：每一种伟大行动实际上都是不知经过多少艰难困苦的，他看见战士瘦了，脸色发黄了，在烈日下晕倒，淋着雨露营，——但大家都勇往直前。这时蚊声如雷，他也无法入睡，他一闭上眼，眼前就出现波涛汹涌的大江，……

"今夜要渡江！"这是毛主席的命令，执行这个命令绝不允许有半点差错，他突然从床上爬起来，他穿过黑沉沉的竹林，爬上前面山岗，他在一片漆黑中也看见江南岸敌阵地上一堆堆熊熊的火焰。突然他听见小屋那里传来丁零的电话铃声，他赶紧往回跑。原来正是营部报告江南游击队派人来联络的消息，他迅速回答："马上送他到师部来！"他兴奋地一把捣醒了政治委员喊着："老梁，有办法了，——江南派人来了，他们知道我们来了！他们知道我们来了！"

梁宾欢喜地天真地微笑着，站起高大身躯，低下头看手腕上那绿色荧然的夜光表，时间在前进，时间在向决定的一刻前进，……

师长和政委热诚地欢迎了游击队员，梁宾跟他握手有五分钟之久，问他叫什么，他说："我叫魏金龙。"政委称赞这个游击队员是一个伟大的冒险家。他被敌人抓去送弹药的时候，他看清敌人大部分工事配备情况。他把这珍贵的情报报告给师长，然后他就弯身在烛光照不到的黑暗里，找个草堆，疲劳地睡着了。

师长在电话筒里下达了最后几道渡江命令，—— 这种时候，他，眼光发亮，动作敏捷而果敢，话语都是简短有力的。最后他扭转身子找游击队员，但这个农民太疲乏了，五天五夜，赶二百多里地，又浮过天险长江，他睡熟了。师长犹疑了一下子，终于还是摇醒他："我们要渡江了！"游击队员魏金龙一跳起来就勇敢地说："在哪里？在哪里？"他们相偕走出去。这时政治委员梁宾已经在他们前面朝江边走去了。

第五章　夜袭天险长江

夜间十一点钟，云散月出，江上闪着白光。

在港汊的芦苇丛中，指导员李春合作最后一次火线上的动员：

"……我们上船要快！坐船要稳！登岸要猛！ —— 哪里有敌人打到哪里去！……有一个人打一个人！只有前进没有后退！ —— 同志们！是毛主席亲自下命令渡江作战，是毛主席亲自等候我们渡江的消息，同志们！最后消灭敌人的时候到了！"

他的一字一句这时都具有特别鼓舞力量，燃起每个战士心中的火焰，王春也暗自下着决心。

时间到了。他们由芦苇丛中看见连长闪动着发白的衣服，他带着一个人走过来。他们赶紧从嘴上拔下烟头，嘁喳嘁喳用鞋底踏灭了它，站起来。他们跟上去，踏着潮湿的野草往岸脚走去。小河汊静而发白，蚊虫在低湿之地，像一团团烟雾，滚来滚去，粘在人脸上刺疼着。好看的萤火虫，缓缓地发着幽暗的蓝光，飘忽不定。师长和政治委员出现了，空气立刻不同地严肃起来，他们下了渡江的号令。王春记得从 1947 年四平担任突击任务以来，师首长是第一次亲自到突击连来。他们到来用不着再说话，只那默默的目送，在火线上就会变化成为巨大的力量。师首长的到来，在王春心理上更引起不平常的反应，他听见连长和指导员果决地说："首长放心，坚决完成任务！"那声音就好像从他王春心里发出一样。他们敬礼了，转过身了，命令各排按已经编排的序列登船。

上船时，王春忽然发现机枪射手李凤桐刚刚在芦苇丛中还倒在地下打摆子，浑身哆嗦成一团，牙关碰得嗒嗒响，现在一听连长命令，一下跳起来，额头上汗珠淋漓。今天他擦了一天机枪， —— 他骂着，埋怨着副射手把他的枪用坏了，现在他自己抱着往前面挤，想站到船头上去。王春突然觉得不能让一个病人在前面，他就拉着李凤桐的胳膊，他说："老李，你是射手，要打先打坏我，也不能先打坏你。"自己就跨上船，船在脚下剧烈地摇摆着，但他怕被别人抢去位置，就一直扑向船头。当船穿过小河汊摆向江边的时候， —— 王春觉得耳根后有人喷着热气，回头一看，不是别人，正是江南游击队员老魏。同时他听见杨天豹在和小战士陈大生喊喊喳喳："小陈，不要说南方不好，过了江你看吧！"这话王春听了自然不舒服，不过事情进展很快，船已悄悄拢齐，就摆开了一条线向江南前进了。

这时，月光不断在波涛上闪亮，船在江上如同几根短粗的黑木片迅速漂行。

师长陈兴才和师政委梁宾，团长陈勇，团政委蔡锦生一齐站在江边石块上，紧张地望着前面，——前面一片月光和远方的黑暗联结一片，不知南岸在何处，只有那几团火焰像烛光一样发着红光，在江面拖着长长的倒影，……

船渐行渐远，听不见船桨划水声了。陈兴才用自己的目光测验敌人在多远距离内能发现他们。梁宾的目力稍差，在波光变幻中，他说："老陈，——看不见！"师长眼中的六只船却还历历可数，因此他没回答政委的话，只是咬着牙齿一声不响。这时将近午夜，月亮更以无比清辉直临高空。现在时间过得是这样慢，江北岸各营各连的船只都等在岸边，被江水轻轻地簸动着。船上、岸上千万人的眼睛，在这同一时间都向着这天险长江遥望，等候这六只木船创造英雄的奇迹。梁宾是乐观的，他从一开始就支持师长的决心，他并且坚信这一连可以完成任务。上午在营以上干部会上，他举出红军长征时代十八勇士过大渡河的英雄事迹，他号召发扬红军光荣传统。事实上，愈接近江南，这种传统的观念，在我们干部与战士中就愈明显，愈坚强，好像每个人都要跟过去那些英雄比一比，现在他们都等候六只木船发出胜利信号。

六只船拉成一条线，正与江心汹涌急流和陡然而来的江风搏战。船像跷跷板一样，一下这头升上去，一下那头升上去，一下又落下来，——落下来，……浪花就向上跳，拂卷过人们头顶，哗地把水浇湿每人的衣服，水永远像雾一样包围着他们，战士们紧紧拉着手，谁也不动一动。船似乎停止不前了，只在江心急流上荡来荡去。大家前后望着，后面一点什么也看不见了，前面那几团红火光忽高忽低，……
突然，有一只船抛开其余的船，轻快地前进了，——前进了。然后一只，
又一只，每只船挣扎着穿过了大江，穿过了波浪了。现在距江南岸，
只有全江面的三分之一的距离了。船平稳地划行，但有两只船超过别
的船冲向前头去，那就是连长秦得贵亲自领导的突击船和另一只船。
稍后一点占第三位是指导员李春合领导的船。这三只船上的长桨和每
个战士手上的小木桨，如同翅膀一样在水上翻动着，破浪前行。江岸
的火光愈来愈矗立、鲜明。船上的人清楚地看见那跳荡的火焰和激烈
吹动的浓烟，甚至敌军士兵走来走去的幢幢黑影。战士的心都紧张起来，
肌肉都坚硬作一团，他们想只有立刻扑过去，实际是到了最危险的地
方了，月光下早就应该被发现了，但岸上竟一丝动静没有。距离在可
怕地缩短：五百米达，四百米达，现在只有三百米达远了。……

突然，火光熄灭了。骤然之间，船上的人就如同脱得赤条条地站
在众人面前一样，月色是那样可怕地明亮，人们紧张地停止了呼吸。

机关枪一片流火似的从岸上朝江面上扫，就如同红热的熔铁倒出
来，无数千万火星刺刺跳起，迸落。小船在火网下就像在熔液中翻滚
的黑铁片。西侧敌人主要炮兵阵地也盲目发炮了，轰隆轰隆响着，那
唏唏的吓人的巨型炮弹拖着一条条长尾巴似的叫啸，但都落向远处去
了。江水上映出各种火光，子弹"嗤嗤"地打在船帮上、打在船舱里。

担任突击任务的第一船，冒着弹雨照旧前进。突然第二船的长胡
子老水手中了子弹倒在战士的怀里，船失去掌握，立刻可怕地倾斜着
在急流中间乱转起来，——战士们慌乱了。这时，第三船赶上来，炮
弹在它四周冲起黑烟囱似的水柱。这是千钧一发的一刻。突然间所有
的人听到从第三船上发出高叫的声音：

"同志们，我们是共产党的部队呀！"

这是指导员李春合的声音，仿佛这声音可以改变一切客观情况。

在急流中乱转，眼看要打翻的船上，忽然有一个战士粗鲁地骂着，从人身上爬过去抓着舵把子，喊叫："划呀！——划呀！"战士们一下被提醒似的都奋力划动手中木桨。但是一颗子弹把把舵战士的手打穿了，血流到舵把上，他"哎呀"了一声，但咬牙拼命坚持，却掌不住这船。正在这危险关头，忽然那个长胡须的老水手，从人脚底下爬出来，月光照着他满脸黑糊糊的血迹，但是他一扑过来，就扑在舵把上，他把整个疼得震动的身子压在舵把上，跟那汹涌有力的江流奋战，江浪顽强地想把船往下冲击，他却掌住舵来借着水力，纠正着方向。他回过头瞪着眼向战士们喊："同志们！——准备干呀！……"这船于是又从危急关头上冲了出来，又在弹火纷飞下前进。他们望见了前面那只突击船，它还是骄傲地在火星包围中顽强地冲进。

突击船终于向江岸迫近了，黑色的江岸上的工事都看清楚了，还有五十米远了，它已成为敌人火力集中的目标。

王春伏在船头准备第一个跳上岸。突然射手李凤桐直立了起来，把轻机枪端在手上，震动着，咬着牙向岸上发射。

连长秦得贵喊了声："共产党员跟我来呀！"把匣枪往上一举，喊了这一声从王春身上跳过去，就扑通一声跳进江水里去了。江水不知多深多浅，只是一片墨蓝色。王春不加思索也紧跟着跳下去。战士们都立刻放弃了船，一落进江里，水就一直淹到胸口上来，水的浮力非常大，他们好几次几乎被冲倒，又挣扎起来了。王春看见了游击队员老魏，又忽然看见杨天豹，他们都十分骁勇，毫不畏惧，挺着身子，向两旁展开两手，平衡着身子，走在前面，他们就这样很快地从水中接近了江岸。秦得贵看见迎面一处刺刺喷火花的机枪，他想应该先消灭它才有利于登陆，他就一面游水，一面向着目标，一连气扔了三颗手榴弹，火花，轰隆——轰隆，眼前一片耀眼的明亮。王春一只手举着一颗醋瓶式的手榴弹，但不知什么缘故，他却没有投出去，好像来不及停止，他就举着手榴弹一扑扑上岸去了。

第三船在十七米达远的距离，却给一颗六〇炮弹打中了，左舷上急速地冲进水来，没等人们做任何动作，第二颗炮弹又把船尾打得粉碎，船可怕地向急流里沉下去。炮弹爆炸时，每个战士都给碎片打伤了。指导员李春合猛喊："同志们，我们要像老虎一样，浮也浮上岸去呀！"他首先跳进江，他觉得江水在向下打他，他只有一个志愿："浮起来！"他们在汉水练习渡江，都学过游水，他就拼命挥动两手两脚，打着浪花，向前浮了几步。他从水中喷着气，拨转头一看，大部分带伤的勇士们都跟在他后面浮着。他就更迅速地打着水，水浪正以巨大力量向岸上扑，水的浮力就正好把他像一块浮木一样地抛到接近岸边的浅水地方。

李春合仰起头，面前一片爆炸引起的火花，正在熊熊燃烧，矗立空中，像展开一片红布。显然第一船、第二船的同志们都在连长率领下前进，已勇猛突破敌人阵地向纵深发展了。李春合用了极大力量，但不知为什么这样没有力气，三四次，才抓到搁浅岸边的一只木船，——他伸起上半身，他忽然在火光下看见那船舱里仰卧着一个人，这正是那长着长胡子的，今早黎明时分自动带了六只木船来的老水手，现在他死了。他的表情是那样安详而庄严的，火光像树影一样在他脸上突突跳着，他一只手长长地挂在船边，浸在水里。在这很短促的几秒钟里，李春合突然把肩膀扑到这老人胸口上。但立即发现自己腿上火烧一样疼痛，他心知自己负伤了。但一仰头，看见规定好了的一连串七颗光华灿烂的照明弹升上天空，闪着惊人的白光，通知全军偷袭天险长江已经成功了。他一见，马上跳起来，最后两只船正拢岸，他听见背后激荡的水声、跑步声。他回头喊："上啊！——突击班突破阵地了，插进去呀，猛打猛拼消灭敌人呀！"他立即从倒在脚边一个牺牲了的勇士手里抢过一支上了刺刀的步枪，跑进烟火中去。

在北岸黑暗中屏声静气的师长陈兴才，当他看见几团火光突然熄灭，他立刻警觉地判断：敌人发现了偷渡的船只。他立刻命令第二梯队出动，支援突击连，突击连万一不能奏效，第二梯队就应冒火力封锁冲上去。他自己顺着岸边跑，……果然，南岸打响了，敌人燃烧的火光熄灭了，弹光一闪一闪，真正战争的火焰却燃烧起来了。他跳上第二梯队的船，渡江，这时南岸上空照明弹亮了。

六只木船深夜冒着汹涌波涛，偷袭长江南岸敌人险要阵地成功了。突击连首先猛扑解决敌人一个班，夺下机枪，占领了滩头阵地。二十分钟后，六〇炮、迫击炮，开始从这里掩护步兵，一举冲上乱石岩高地。从十二点钟到黎明，他们正面打下敌人非常凶猛的三次反击，同时七连就急急沿江涉水，出奇制胜，一下冲向敌人江防工事中主要炮兵阵地，封锁敌人南退过江的通道。敌人炮兵还没发觉，还盲目地在黎明闪光中向江北、向江心发射，可是他们已落到口袋里了。

清晨，太阳出现，一层鲜艳的红光胭脂样反映在江水上、岸上、树上，柔和而明亮。政治委员梁宾向夜来激战过的山岗上走去。那里有无数爆炸出来的洞穴，像发生过地震，有的洞穴上还留有黄色硫黄痕印，蜿蜒的战壕里外堆着敌兵尸体，……他忽然停着，他看见一个自己的勇士和一个敌人紧紧抱在一起牺牲了，看样子他们经过了激烈的赤手搏斗。牺牲者身边遗留下一支步枪，政委仔细看的就是那把刺刀，这刺刀已折断，上面沾着斑斑血渍。他端详了半天，弯下身拿起这半截刺刀，昂着头继续向前走，朝群山掩映的、闪着阳光的远处走去。

第六章　贺龙的红军战士

部队渡江以后，敌人就顺了西侧山脉逃窜，同志们紧紧追赶上去，很快就逼近了敌人。这里四面是丛山密林，面前山涧中哗哗地流着不易超越的急湍，河的那面就是龙溪场，一部分数目不清的敌人停留在场上。师长亲自来了解情况，下达作战任务后就回去了。部队以战斗姿态在密林中隐蔽待命，团的指挥所设在一个山坳的小草房里。从长江以北开始追击，这九日夜，他们头一次像正规作战找了指挥所的房间，摆开了摊子。不过团长和团政治委员似乎都不喜欢四参谋苦心安置的小屋，进去转了一圈，就出来走到前边小山上来了，这里有树，从树下正好用望远镜把面前一切一览无余。

团长陈勇是一个年轻英俊的中级干部，在任何情况下他都保持着参谋人员出身的整洁，军衣洗成淡绿色，在他身上是那样调和、悦目。团政委蔡锦生是抗战初期的中学生，嘴巴上的一撮胡子，由于行军、作战，简直没时间剃，已经长起来了。这两个人从山东搞游击队起就在一道，陈勇当连长，蔡锦生当指导员，这种关系一直维持到现在，在那无数次烽火连天的战争年代里，他们结成了深厚的友谊。这时，忽然二营俘获了敌方一个传令兵，据他供称：敌人认为我们来不了这么快，就在龙溪场集中，由一个少将司令官指挥着，传令兵就是给他四下寻觅鸡鸭下饭才被捕的。蔡锦生从笔记本上撕下一张纸，把这消息写成通报，果然全军振奋起来，本来不能动了的，也跳起来要求马上攻击。战士们是这样渴望打仗，而不愿再这样长期追击了。不过马上攻击是不可能的，团需要调查清楚攻击的道路，要在敌人发觉前完成包围圈，才能一网打尽。为了这事，团长把参谋都派遣出去，直接掌握侦察员去侦察地形了。

眼看着侦察参谋们背影不见了，现在忽然有了这么一段空闲时间，可是陈勇和蔡锦生却不想睡觉，蔡锦生躺在草地上说："伙计！把这一仗打好就顺利进入湖南了！"陈勇说："湖南是咱们师长的家乡。""不止，也是咱们毛主席的家乡啊，进入湖南的时候，我们的记者应该好好发个电报报道报道呀！""可是，……"陈勇没说下去。

蔡锦生早已会意团长是在讲"前途"问题，战争眼看就要结束了，部队里的人时常想到这么一个问题，这种个人考虑似乎是多余的，不过人们却常常考虑着。他们两个人当着人不讲，只剩两人面对面时，倒也常常说起，他们似乎考虑过多种方案，最后结论一致的是坚决干国防军。他们觉得只有这是他们的无上光荣。蔡锦生时常故意说："我从苏联一篇小说里看到写边防军挺带劲，……"他知道团长顶不喜欢听别人讲小说上的话。这时团长就接过去说："老蔡！我不能干别的，只要中国还有军队，我就不能离开它，我不会干旁的，伙计！拿一辈子枪杆子吧！—— 你想，不少的同志牺牲了，咱们还活着，咱们不干谁干？！打了多少年，打到今天人民有了幸福，咱们就得好好保卫这幸福，谁敢动一动咱就干掉他！"蔡锦生望着树顶，他记起他从前当了三个月宣教科长，那时师宣传队队员小沈，一个脸孔红得像苹果似的孩子，常常拉着手风琴唱："驻守边疆卫国的战士，怀念着那天真的姑娘，"这是苏联卫国战争时期流行的叫作《喀秋莎》的歌子。陈勇把烟屁股扔掉。蔡锦生猛地记起什么，一翻身坐起来，趴在草地上研究情况。陈勇继续躺在草地上，沉默地在思索什么。

　　正在这时，二营的通讯员又满头汗水地跑来了。

　　蔡锦生爱开玩笑就叫他："小胡！你又弄来一个抓小鸡的吗？"

　　不对，这一回是一个头发斑白，目光炯炯，左臂折断，空袖筒静静垂在身边，令人一见就肃然起敬的老农民。

　　团首长都站起来了。这个老农民就热情地自我介绍："同志！——我就是龙溪场跟前的人，我给七十九军抓到这儿来扛炮弹的。你们是去消灭蒋介石白军吗？那好得很，我恨不能立刻把这些家伙消灭（他把牙咬得咯吱咯吱响），走！同志！我给你们当向导，不会错。"

　　蔡锦生说："老大爷！我们人民解放军，要不是为了消灭敌人，不敢劳动你家！"他学着不大像的湖北话，那老农民听了把眉毛一耸："哪里话，同志！——我们是自家人。来！（他拉着政委手膀子，指着前面。）我告诉你，敌人集中龙溪场的估摸有千把人。这条河叫五指河，龙溪场四面八方有四条关口。正面叫翠石岩，我们要涉渡这河往上攻是正路，敌人火力一压，可不易！南边叫杠桥，北面叫红岩头，东边叫孟庄，可是都不行！同志！——依我，咱们四面八方都不走，……"这个老农民指手画脚地谈这一带地形，真是了如指掌，这引起陈勇和蔡锦生十分地振奋。他一面讲，陈勇和蔡锦生就举起望远镜仔细观察，果然在他所指之处发现密布着敌方的隐蔽哨，还有机枪巢和临时地堡。

陈勇把望远镜放下和政委交换意见："看样子，——主要山隘都有敌人把守，我们正面攻击，龙溪场的敌人就会逃跑，——来个平推，又演成追击战！……"他们坚决地一定要抓牢、吃掉，无论如何不能再让敌人逃跑了。经一再研究之后，陈勇提出从西北方向迂回打击敌人的意图。

这意图马上得到老向导的赞许，他把手往腿上一拍连声说："对，对，"得意地点着头，"咱们四面八方都不走，单走这一条！"于是他就说出下面这万山丛中一条道路来。他一面说，蔡锦生一面记，陈勇一面查地图。蔡锦生记完了把笔一撂，怎样也压不下去脸上的欢悦，因为这人讲的连地图上都没有，那不是人走的路，那简直是鸟飞的路，更使他非常佩服的是这个老年人卓越的见解，丰富的知识。末了，这个老向导哈哈笑着说："这是奇兵，同志！一定成功！"

这时，这树底下立刻出现了动人的场面。当这老人讲话时侦察排的人们都陆续回来。时已下午，他们是茫无所获。老百姓说这里有句俗话叫"铁打的龙溪场，钢铸的翠石岩"，因此大家情绪恶劣，抬不起头，可是站在这里听这老人一席话，面前的绝棋都变成了活棋了。他的话一说完，政委就跳起来跟他拉手说："你是人民解放军的好向导，好参谋，好军师。"通讯员们立刻送纸烟，划火柴，侦察排长赶紧把自己顶好的干粮拿出来送给他吃。他被年轻人包围着，一只手应接不暇地哈哈大笑，他突然变得那样年轻，他像是这部队里的老同志，又像是这群青年人的老父亲。小屋里电话铃丁零丁零响着，陈勇通过电话向师首长作了报告，师首长立刻批准了团的作战部署。陈勇讲完电话从树林里经过，他看见大批战士倒在草地上酣睡，他从心里洋溢着喜悦，由他们身旁走过，脚步比平时落得特别轻些，唯恐惊醒他们。当他看见那一群人围拢了那个老向导的时候，蔡锦生突然迎上来一把抓着他的手说："老陈，给你介绍，贺龙的红军战士黄老同志！"他指的不是旁人，就是这位白发森然、目光闪闪的断臂老人。

原来政治委员从一开头就怀疑：这个老人家对于军事为什么有如此丰富的知识啊？这老人在年轻人包围下也就讲出了自己的身世。开头他问：

"贺龙还在吗？还是那样胖胖的笑眯眯的吗？"

"在，在，我们的贺老总，现在我们都叫他贺老总，……"

老人脸上一刹那间闪出欢喜神色，可是突然两眼湿润了，半晌没说出话。

大家就追问他："你在哪儿看见了贺龙？"

老人指指这山林说："贺龙的红军来到我们家里，土豪劣绅打倒在地，我迎着贺龙，他亲自把粮食分到我手里，……"

蔡锦生发现他两眼有点湿润，自己心里也不禁有点感伤，就去拉着他手。老人倒挥挥手说：

"后来，——这话有十几年了，贺龙离开了这里，临去他捎封信给我们，叮嘱我们：好好坚持游击战争，……中国人民一定会胜利，工农红军一定会回来的，——你们看那座大山！"

战士们都随他那只独臂，肃然望着几重山峦后面一座黑森森的高峰。

"我们就在这黄龙山坚持游击战争，——从五百人打到二十五个人，三年没吃过热锅饭，没住过暖和房，就在树林里露营，——有人偷偷告诉我们说：红军在大渡河被消灭得干干净净了，又有人说红军已经走远了，怕永远来不了了，……我们想着贺龙临走时留的话，多么苦也不能屈服，就算红军完了，那时我们也说过：中国只要有穷人就能生出红军！"这时他的白发耸立，两眼闪光，好像回到了当年的艰苦斗争中："同志！你们不会懂得我们的心，——戴了红帽子的人再不能戴白帽子，誓死死在黄龙山上，这是咱们红区最后一块土。二十八年那一年下暴雨，把山上一搂粗大树都连根拔扔到山根脚下，我们四天四夜没米粒沾牙，有一夜我们背了枪下山，摸到庄子上。这一带的人都知道贺龙的红军还在山上，小娃儿都会伸着手指头说：'红军爹爹要来的！'半夜了，我们敲开老孙的门，在灶头拢把火烘衣裳，胡乱吃口蚕豆，准备天亮前带些粮上山。老孙在咱们贫农团当过团员，他披上蓑衣去四处抬米。谁知道，有个嫖赌不成材的丁癞子叛变出卖了革命，——天还漆黑，我们脱了裤子装米，正装着的时候枪响了。我们二十五个人在村子上团团转打了一场血战。白军人多，把我们压到两面涨水的河滩中间，——我们死的死了、伤的伤了，从村里到河边淌的都是血沫子，末了你抱我，我抱你，——天眼看就亮了，我记得我们倒下了还举手唱着红军的歌子。"老人说着就低声唱起来：

　　　　红色战士们，
　　　　请你莫忘记，
　　　　参加革命，
　　　　为国又为阶级，
　　　　思念起许多的
　　　　　英勇同志。

流到最后一滴血，

拼到最后一滴血，

…………

大家都紧张而沉默地望着他，他轻轻摇着头上的白发低声说："白军当我们都死光，就埋了，——老百姓又把我们挖出来，只我还留下一口气，黄龙山的红军就这样给敌人消灭了。"

他谈到这里停住，四周鸦雀无声，这一段悲惨的斗争历史，是这样深入人心。他突然抬起头，有一串泪珠扑簌簌落下来，他说："今天，我看到你们，死了也闭得上眼了，总算对得起党，对得起贺……贺老总了，——我，二十多年这顶土匪帽子今天算是摘掉了。"

"贺龙的红军战士"，这消息很快传遍全团。蔡锦生从电话里把这消息报告给师首长。不久，师政治委员梁宾就出现在团部门口，他的服装经过洗换十分齐整，他如同看见老朋友一样和这个老红军会面。会面时，政委一把抱着老黄，半天说不出一句话，后来他们谈这谈那，一直说到下午，他好像今天非常清闲，只当师部连来两次电话催他马上回去，他才走了。他临走拉着蔡锦生的胳膊悄悄说："同志！好好保护他，好好保护他呀！"

当漆黑的夜晚，突击部队在羊肠小道上前进时，都在想——十几年前，我们自己的队伍在这里走过，他们战胜过敌人，……

老向导走在最前面，他身后就是团长，团长亲自掌握一个营的兵力执行侧后袭击。他们爬上五里高的阎王坡，折入万木丛生的朝天宫，这都是些杳无人迹的地方，根本没有路，只在荆棘里走。现在在龙溪场也只有老向导他一个人，还能从乱草丛生的山谷中辨别方向，认出路径。天也是一片漆黑，谁也无法知道走在哪里，有时听到脚下就是翻滚奔腾的水声，有时又只能听见头上小鸟微微的睡语，有时只有萤火虫在各处飘忽不定，有时又看见敌人在隘路口烧起的熊熊火光。有几次，当老向导做手势时，一个个都紧趴在草棵子里肚子贴地一点一点地爬，那时他们就在敌人哨兵目力所及的范围之内悄悄爬了过去。最后他们停止了，老向导兴奋地站起来折转身拉紧陈团长的手，指着前面。陈团长看见左侧四五百米地方有火光，朦胧地照出黑色房屋轮廓，他仔细听，听见敌方哨兵睡熟的鼾声。这以后的五分钟是最紧张的决定性的时间。"突——突——突"三颗照明弹打上高空，像三盏银灯灿烂夺目，战斗在平静夜空下突然爆发了。正面的部队在信号弹一明的时候，就涉渡五指河，向翠石岩发动猛烈的攻击，迫击炮、六〇炮炮弹呼啸着从河北山岗上发射。各处是喊叫声，机枪声。夜间突然从四面八方袭击，在敌人精神上起了极大的恐怖作用，一处草堆突然放出冲天的火光，我们的人已经进了龙溪场，那红光望在眼里是十分怕人的。战斗在天明以前平静下来，最后的枪声响了几下，也就一切归于寂静，全部敌人一网打尽。

早晨，在龙溪场一间房子里，一个人垂头立在陈团长面前，这是一营从乱草堆里找出来的敌人少将司令官，一个肥胖臃肿的人。他两手拿着帽子放在胸前，鞠着躬，嘴里叽哩咕噜着："请原谅！——请原谅！"陈团长两眼严厉地望着他。

突然，蔡锦生带着老红军出现了。蔡政委叫人把缴获的大米和衣服送给他做慰劳品。他笑了笑把那许多东西一件件搁在肩膀上说："我不说谢，——这是自家人给的，家里还有四口人吃不上饭呢！"

陈团长和蔡政委留不住他，就都出来送行。战士们从刚刚熄灭的火堆旁边纷纷走过来看老红军。他这时两眼充满兴奋、愉悦的光彩，显得那样慈祥、和蔼，环视着大家，他不让他们送他，他一把拉着蔡政委的手说："同志！我看我们队伍壮大了真高兴，我老了不能跟上你们，你们前进吧！"他停顿一阵，又紧握了一下政委的手，叮咛道：

"要看见贺龙，就说我们都想他，……"战士，通讯员，参谋，马夫和炊事员听说他走都跑出来，临别都尊敬地对他行军礼，恋恋不舍，望着他走远的背影，政治委员梁宾站在他们中间，对走远了的人扬着手。

第七章　水深火热

当部队在湖北、湖南边界上不停前进的时候，在这里我们还需要讲一讲游击队员魏金龙。在偷袭长江成功之后，那天晚上，师政治委员梁宾找他去谈话，交给他一项任务，叫他回去快快联络各处游击队，当部队进入湖南边境时，好好发动群众，配合作战。他接受这项紧急任务之后，就不分日夜，顺着虎渡河，从公安进入湖南去找他的游击队了。

湘西是敌人统治最残酷的地方，特别最近一年以来，老百姓简直无法活下去了。蒋介石想一手抓牢这个地方，白崇禧更想把它留做他从湖南退走的后路，他说："没有湘西就占不住长沙。"最近白崇禧、宋希濂在常德开会，就是为了死守湘西。眼看解放军已到江北，随时都可渡江，他们决定的是广泛布置特务、网罗土匪、反动军队和反动地主武装结合在一起，来进行镇压、血腥屠杀。这些日子以来，每到夜晚，乡村里远远近近到处一片悲惨的哭声，—— 小草房屋顶下不知吊着多少农民，暗凄凄的灯光照着他们满是血印子的脸，敌人向他们勒索金钱粮米，不是鞭打，就是活埋，到处流着人民的鲜血。五月里解放军解放了武汉，不久，在农村中间就纷纷传播着一条不知从哪里来的、令人兴奋的消息："毛主席下命令，叫咱们—— 武装起来！"这消息一来，四乡农村立刻紧张不安起来。斗争已到了公开尖锐对立的时候，长胡子的人偷偷对青年人讲毛主席的故事，在秋收暴动的时候，毛主席怎样领导革命，……这几夜，国民党特务土匪的鞭子雨点一样往农民头上落，他们知道他们的末日就要来了，——他们头上流着汗，狂暴地挥着鞭子。第二天天亮，山边草塘里却常常发现死尸，死的不是普通农民，恰恰是夜晚挥舞鞭子的那些家伙。经过1927年大革命暴风雨的地方，现在从脚底下又旋动着新的暴风雨了。6月26日这一天，突然不知从哪里传来：人民解放军从华容渡江了，敌人长江防线崩溃了。

这一夜，乡村里连一盏灯火都没有，有三个农民和一个穿白衫子的人在池塘边树林里开秘密会议。半夜里，一下子就暴动起来了。暴动像火一样从这个乡村到那个乡村点着啦，无数农民砸烂了乡公所，下了自卫队的枪，有的往东走，有的往西走，呐喊着，袭击了各处较大的乡镇。可是6月26日这一天，华容江面平静无事，所谓解放军过江，实际只是个讹传。国民党的报纸上惊惶登载着："湘西十万暴动。"宋希濂从各处抽调军队来，向农民武装作战了。暴动起来的农民们有的插了枪，大部分都向着山林茂密的湖沼地带退却了。国民党军队追击他们，他们三天三夜不吃饭、不睡觉，进入了棠岗山。这棠岗山三面是山一面是湖，大伙儿走到这里再也不能走了，一个个两脚肿得像两根棒槌，他们纷纷喧嚷就在这里跟敌人拼个死活，大家都枕着枪睡在地下，可是这儿白茫茫一片大湖，没有粮食，也没有弹药，……

这节骨眼上，那个穿白衫子的出现了，大伙儿只知道他是城里学校的教员老吕，同情庄稼人一起参加暴动的。现在他出现倒不是为了领着大伙儿死干，他是说服大伙不应白白牺牲，应当活下去跟敌人作斗争，配合大部队过江，解放苦难的湘西。他到处讲："大部队——几天就会过江来呀！"他这种主张，开始得不到谁的理会，后来有一部分人听信了，大伙儿跟上说："要干干到底吧！"最后，他们决定棠岗山也不应当放弃，出去要是不成功，总还有个老底儿呀，就留下百十个武装坚持棠岗山地区，绝大多数在这一夜晚工夫都把枪藏在船舱底下，分作无数股子，顺着河汉水沟跳出了棠岗山，转回头又往北插去啦。

第二天中午，枪响了，国民党的扫荡队真的就集中来扑棠岗山了。坚守棠岗山的游击队节节抵抗，从湖上退到山上，背后是悬崖绝壁，面前是敌人十二挺机枪喷着火，他们不暴露出来，只是隐蔽在树林底下打枪，敌人机枪子弹把小树都砍断啦，树叶子哗啦哗啦落下来，最后晚霞明亮的时候，游击队的子弹打光了，人也伤亡了一大半。

带队的分队长叫崔玉玺，他爹是给特务毒打死的。他有满腔仇恨，可是没有打游击的经验。这时候，他叫着游击队员的名儿喊："我们冲出去呀！——到洪梦乡去找老吕呀！"

第一个人就没跑过去，撂倒了。崔玉玺第二个跳起来，当他激烈地跑着冲过一段火网的时候，给敌人打中了，腿一弯就跌在山岩上，头耷拉下去滴着鲜血，……

游击队员们从树林里望着牺牲了的伙伴，都咬着牙。他们记得6月26日第二天早晨，在河边上缴国民党军一排人的枪，就是崔玉玺不顾性命扑上去，敌人一排子机枪飕飕地从他脑瓜顶上扫过去，他却跳过去跟敌人的机枪射手扭打在地下，后来大伙儿扑上去救了他，他的胳膊腕子给咬得鲜血淋淋，现在他死在眼前，看起来棠岗山是不易坚持了。他们藏在草棵子里不动弹，天黑下来，敌人也不敢搜山，一直等到夜半，他们以沉痛心情把一支一支流血牺牲换来的枪从悬崖上砸碎扔下去，那一阵子都落了眼泪，他们一个人一堆儿两个人一伙儿，蝎虎子一样爬过封锁线，从小河汉子里偷偷凫水逃走了，去北面找老吕了。

棠岗山失败的消息带到游击队里来，老吕说："我们光靠地形不成，我们要依靠的是老百姓，你看，棠岗山虽说好，没老百姓也坚持不下来！"从这时起，老吕说话谁都相信。他也就对大伙儿公开了他是中国共产党党员，队上就把他推选做游击队的政治委员。从此游击队日日夜夜飘忽不定，出没无常。他们一方面等待派到江边上打探消息的魏金龙回来；一方面四处袭击敌人辎重队，烧毁敌人仓库，偷窃敌人的枪械弹药。敌人恨透了这拨子人，派队伍追赶着搜剿，可是老百姓却欢迎他们，到哪里，哪里就围起来送粮送水。游击队夜晚就召集农民开会，讲毛主席渡江作战的命令，讲人民解放军的胜利，到处流传着一句话："天快要亮了，—— 起来斗争呀！"一转眼二十多天，敌人怕他们，老百姓爱他们，枪声到处响着、响着。

这天天亮前，他们宿营在才溪场。半晌午，忽然来了情报，说搜剿队距离这里没有十里路了。

在小屋里开了五分钟会议，游击队决定隐蔽地跳到敌人后方去，叫敌人扑空，他们就正好趁机会冲到湘鄂边界大道上进行一次大规模袭击。

一部分队员把枪藏在船底下，早就顺着弯弯拐拐的各条小河偷偷划走了。

老吕在一片大竹林里，最后指挥埋藏带不走的枪械与弹药，弹药是他们的生命，要坚持斗争就得坚壁弹药。时间一秒钟一秒钟地过着，突然一个四十上下年纪的农民跑进来，老吕一看不是旁人，是游击队的地方关系阎达三，现在他满头热汗，抓着老吕两手，急得跳着脚说："老吕，来啦！快走吧！这里交给我，—— 我不能对不住你。"这话说得真有分量。啪啪的枪声在不远的地方清脆地响了两下，敌人来到了。老吕无限深情地紧紧拉了拉阎达三的手，他跑到河边把船推动，跳上去，最后撤退了。

国民党军队从大路进了才溪场，他们一来就凶恶地把所有的人都赶到屋里去，开始了大搜查。村庄上立刻一片叫响，小孩哭，妇女喊，鸡都藏在草地里不作声，哪一间小屋里没有竹棒子敲、皮鞭子打呢。阎达三最后把弹药埋藏好，累得满身是汗，他沉着地拐了个弯子出了竹林，慢条斯理地走到一条小溪边蹲下来涮了涮手，然后不露声色地往回走。还在塘堰没进屋，就给人家劈头一把抓着了。那人气势汹汹地喝问："'共匪'哪里去了？快说！"他说："什么'共匪'？"那人连声喊："游击队！游击队！"他说："你说游击队呀，在那边吃饭。……"就指着树那面。那人"啊"了一声吓得脸白了，扭着他就往回跑。乱了一阵子再问他，他说："前十几天吃过饭就走啦。"那人恼羞成怒地狠狠撸了他几嘴巴子，他"呸"地一口把打掉的牙齿吐在手掌、摔在地下、顺嘴角流着血，头也不低地跟那人走去。

　　天黑的时候，敌人总算侦察出一条线索：游击队在这里埋藏了弹药，可是弹药埋在哪里？还没有下落。最后几个当兵的推推搡搡把已经打得半死的阎达三推进当官的屋里去，问了一阵又打起来。他咬着牙，一声不哼，最后他们问他："弹药在哪里？"他说："告诉你吧！""哪里？""地里。"那当官的气得脸发青了，夺过一根枣木棒就是一阵暴打，打得他浑身上下没有下手的地方了，阎达三再也不希望什么，就紧闭双眼，倒在地下，只等着死去，这样又挨了十几下以后，他就疼痛难忍地昏厥过去了。等他们拿烟呛醒了他，他一睁眼，只见一片明晃晃的灯光，再转眼一看，自己十四岁的儿子站在面前。小孩子见爸爸睁了眼就一头扑到他怀里痛哭起来。阎达三一条腿已经打断，他颤抖的两手紧抱着儿子，他猛地仰起头，两眼含满泪水。他想到这孩子十四年挨饿受冻，黄皮寡瘦，他心疼了，他心里琢磨："你让我死吧，你可别这样折磨我呀！我……"可是一想起老吕，他心一横："我还要见他们呀！"那个当官的冷笑一声拿手枪指着他儿子问："弹药埋在哪里，说不说？"他忽然一挺身子连说两声："不说——不说。"孩子凄惨地尖叫着，给他们拉出去了。阎达三把两眼一闭，转过身，把头低低地垂到胸前，当他听见外边一声枪响，——他的肩膀震动了一下，他睁开眼。从这以后，他似乎失去了知觉，他任凭敌人摆布，怎样也不作声了，……他们一回跟一回疯狂地抽打他，他最后惨叫了几声："你们杀死我吧！你们杀死我吧！"在朦朦微亮的晨光中，他满身鲜血，死在地下。

就在这朦朦微亮的晨光中，湖上流萤有如蓝色电光，游击队员魏金龙找到关系，正急急忙忙，划着只小船，来到了黄金湖。湖岸芦苇丛中蚊声如雷，他穿过苇塘，到一间小屋里去会见游击队的领导人。

游击队队部正布置天明后的一次伏击，分队长、小队长都在这里，忽然听说派到江北的人回来啦，小屋里立刻挤满人——游击队员们，要不是他们在身上背了子弹袋，那就是一群普通农民。小桌上点着一盏茶油灯，照着坐在桌旁的老吕的脸，他年轻，尖下巴，长头发，沉静地睁着两眼，他在静静地听桌对面的魏金龙讲话。魏金龙激动得不知打哪儿说起："我见了，啊，……过江了！……"

小屋里立刻欢腾起来。有的人立刻跑到外面去，小屋外面也早已围满人，都盯着那露有黄色灯光的窗户，他们一见有人从屋里出来，就如同要抓住头上落下来的传单一样，纷纷伸手把他抓到自己跟前来。挤在后边的人就踮起脚尖来叫喊："怎么样？""你说你说呀！"这人激动得一句话说不出来，只顾推着别人伸过来的手。第二个跑出来的人才大声宣布："解放军过江了！"这一下子，这群农民游击队员欢腾起来了，突然就高声喧闹起来了。从一旁来听，你无法分辨谁跟谁说话，以至他们在说什么，只是无数嘈杂的声音在一齐轰轰响着，可是这是非常欢乐而又胜利的声音。

小桌旁边，老吕弯着身，把头伸过去追问："有命令没有？"

"怎么没有？我见着师长和师政委来着，谈过话，他叫我们配合着干。"

老吕站起来，他伸手从桌上抓一支铅笔，抓了几次才抓起来。

大家都兴奋得不得了，两眼闪着从来未有的光辉，望着老吕。他们头一次发现老吕完全变了样子，他的白衫子破烂了，两眼大大的、瘦削、脸上只剩下干巴巴一层黑皮。老吕想了半天不知在想什么，忽然说了一句："我们再也不会给敌人赶着跑了，我们到了进攻的时候了。"

一个分队长这时候叹了口气说："老吕！你总算把我们带出来了！"

老吕赶忙摇着手说："不，——不是我，是大家再也活不下去了。"

游击队马上得决定新的行动，他仰起头朝窗外问："天亮了没有。"

窗外好多人同声回答："天亮了。"小屋里的人，这时才注意听到远远近近传来一片鸡鸣。

在这以后的三四天，是暴风骤雨一样的三四天。各处的游击队都从密林湖沼中出来了。几个落雨的、闪着电光的、或是一片漆黑的早晨和夜晚，弹火在闪亮，枪声在爆响，游击队员在喊叫、奔跑、冲锋、袭击，前面的扑倒了，—— 后面又跳跃着扑上去，……

第八章　通不过的渡口

这时，在龙溪场取得胜利的部队，正在一条大路上向湖南汹涌前进。敌人形成了全线崩溃，兵团命令他们这个师急速进入湖南，与兄弟部队协同作战。

师政治委员梁宾，沉默地，在平坦的公路上一面走一面考虑问题。他想他们从江边开始十几昼夜艰苦进军，现在要和兄弟部队一起作战了，—— 很好团结友邻，才能战胜敌人，—— 可是在极度艰难条件下，这个团结问题往往就容易被破坏，因此现在它就特别重要，……他考虑目前政治工作的新方案，他决定今天要立即召集政治工作会议，预先提出这个问题。

当他们往前走的时候，逐渐发现这里的情势：前面部队正像疾风一样英勇地捕捉敌人，这是非常重要的，只有前面部队能抓住敌人，他们才能上去攻击敌人。但由于急速地猛进，——大路上堆满了弹药、辎重和筹粮队队员，个别的伤员、病号、掉队人员，谁都要向前去作战，谁都有自己认为最重要的任务，谁也不想让谁。炮兵超过步行的人，在空路上赶着马匹奔跑，尘土飞扬。忽然前面一片泥塘里误着一辆车，车上装得满满的手榴弹木箱，一匹红马压在轭下喘着气，苦痛的一再挣扎地爬不起来了，于是所有的车辆、人、牲口都拥在这里不能前进了。拉炮车的马，湿得像锦缎一样闪光，站在那里，喘着气。今天天气是这样炎热，天上一片云也没有，——地球上好像发生了巨大火灾，空气燃烧，像要爆炸。路边连一株树也没有，人们流着汗，晒得头昏，在那里喊叫、张罗。在这时，部队开到大路上来，看看这情况，他们为了保持急速前进，抛开大路，顺着窄窄的田坎绕一个圈子。前面三里地就是大河，据侦察员说，渡口的情况不大好，恐怕渡河不会顺利。团把这些情况报告师，师长气昂昂地赶向前面去，一脚踩到水里，跳起来又往前走。

梁宾也往前走，可是田埂上挤不下两个人，他就无法过去。

正在这时，——猛地从空中传来一阵轰隆轰隆的声音，梁宾向天空寻找，在火热刺目的空气中，他发现飞机白色发光的银片，一片，两片，朝这面飞来，可是他回头看看战士，战士们低着头，满身是汗，对于这种空袭似乎并不感觉兴趣，只管一步步走自己的路。他想："部队无论如何不能停止。"兵团的命令就在他军装的小口袋里，命令上写着："急进。"战斗连队是很容易隐蔽自己的，但，他十分关心的是大路上的弹药车，六匹马拉的榴弹炮（那是战斗部队心爱的宝贝），他爬上附近一个小山包包，他站在那上面可以看清楚大路那边，——啊！炮兵真是能干的人，他们一发觉空袭，马上把炮车疏散了，拉上伪装网，有两小群人在路旁草棵子里安设高射机枪。泥塘那里的人不顾一切从大车上往下抢运弹药箱子，跑来跑去，看样子，除非炸弹炸飞了他，他们无论如何是不能放弃职守的。政委从心里钦佩这一批运输人员。可是他立刻又发现了不满意的现象，——那些掉队人员，却满不在乎地在炮车旁边摇摇晃晃走他的路，仿佛在说："飞机——算什么？！打锦州战辽西，比这多多了。"这惹怒了政治委员，他觉得他们这是毫不必要的给炮兵惹祸，飞机的轰声已经迫近了，他就大声喊叫："你们要暴露目标吗？你们！"命令他们停止，那声音特别响，那是一种不可抗拒的声音，平常谁都不相信政治委员会这样暴怒，会这样骂人。经他这样凶狠狠一喊，那些人也就终于停止，蹲在稻田边边上隐蔽了。部队顶着伪装树枝在田埂、路边停止不动。

飞机来了，带着吓人的声响，从头顶上唰唰飞过去，盘旋一周向渡口低飞，……

梁宾纹丝不动地站在小山包包一株小树旁，往上望着。这小树实际还没有他人高。突然他心中产生了一种希望，希望飞机把炸弹扔到靠这边一点，可千万不要炸毁渡口。这时，他猛然发现渡口上有一个目标太突出了，很不好，就是那高耸空中的电线杆，当初为了把电线横挂过宽阔的河面，当然这杆子耸立得愈高愈好，可是敌机却很容易按这目标找到这一带渡河的每一个渡口。他立刻想到今后我们过河选择渡口，应该离这根电线远一点，至少一千米，一千五百米，……他正这样想着，忽然他全身都重重震动了一下，先是一声巨大的轰响，然后紧跟着"轰""轰"两声，前面突然向天空竖起一股可怕的黑烟柱。旁边有人喊："渡口炸了！""渡口炸了！"这时梁宾挺立在那里，他脸上严峻地划着几条皱纹，两眼发射着怒火，——他记起三下江南、四平、锦州、辽西，——敌机一低头飞下来就是一阵疯狂扫射，他记起血肉模糊的尸身，他又联想到南下路上看见所有被破坏了的桥梁，焚烧的房屋，他自语着："毁坏吧！——我们会记住你！"他立起身观察了三处弹着点，决定自己立刻到渡口去。他想渡口一定混乱了，按这里的情形判断，渡口很可能有损失。他拐到大路上来，因为大路上隐蔽得静无一人，他倒很容易就走到渡口附近去了。

太阳极热，他觉得地皮像火炉一样烫脚掌。渡口附近空中黑烟弥漫不散，硫黄气息刺人流泪，他看见一颗巨型炸弹把路中间炸了一个大坑。飞机不知在哪里轰隆——轰隆响着，愈来愈远了。一大群战士围在那里讲话。据说有一辆弹药车被崩起来落在旁边屋顶上，压塌了屋顶。数千斤重的大车突然飞进屋中，奇怪的是车上炸药并未震响，不过还是压死了人。梁宾听见人群里面有一个女人在哭泣，声音悲惨极了。……这声音这时十分扰乱他，他很痛苦，他没往那边看，他加紧了脚步，发怒地跑向渡口。

渡口确实混乱了，——大车横一辆竖一辆地拥塞在路上，人们挤来挤去，有两辆车车把向天空翘着，——人们躺在车荫凉里睡觉。梁宾心中咒骂："真是些不怕死的人呀！"他看还有人把白木板的弹药箱摆摊子一样摆在地下，人们在炎日之下都不爱动弹了，——牲口身上给马蝇子咬得流着一条条黑色的血印子，牲口拴在大车上没人管，它们把屁股掉来掉去，把唯一能够过人的地方也堵死了，……"总之，这里没有组织，混乱！"河边更是炎热，不但没一丝风，河面上反而像有闷热的水蒸气，河水晃动着日光，有如万道金针，令人张不开眼睛。河的对面有一片绿树林的堤岗上，树林后面渐渐在散开两团烟雾，——很明显，国民党的航空员把炸弹又投得太远了。

梁宾冷笑着，走到最前面去，他才发现了问题严重性何在。原来炸弹并不是严重的事情，严重的是这几天河水暴涨，把前面部队过河架设的码头冲毁了。这些车辆在这岸上已经蹲了两日夜，后面只管往前拥，前面眼看河水在涨、在涨。河上的船只并不少，不过大家都在指挥船只，反而等于没人指挥船只，因为哪一个都想自己和自己这一部分先过去。水手们忙碌不堪，疲累无力，船动得十分迟缓，效率很低。为了胜利，为了前进，战士们急躁得想不出办法来，不过，不管怎样说，渡口变成了通不过的渡口。

师长站在那里叉着腰在查问什么。

梁宾过去站了半天，低着头，流汗，他任什么也没听见，好像是一种沉重打击正落在头上，他在忍受，他感觉到这是新形势下的新问题。这叫什么问题呢？也许叫作"胜利当中的问题"，最恰当不过，——你以为胜利就像你晚饭后散步那样得来的吗？不，胜利就包含这样一种阻碍、困难，去克服它，就叫"一次胜利"。梁宾冷静地想：——在东北大平原上作战，什么都靠铁路、公路，吉普车能开到宿营地窗户底下，现在这里又是另外一回事了。——师的指挥车早扔在长江以北几百里外，现在面前是河流，仅仅湖南一省就横着湘、资、沅、澧四条大江，那么，同志，问题很简单，不能渡河就不能战胜敌人，这就是头等重要的军事工作，也就是头等重要的政治工作。他对自己说："咳，同志！谁看不见这问题，就搞不出什么名堂来！"他劝师长到后面去掌握部队，他要和这里的混乱现象做斗争，他决心亲自在这里指挥渡河，他留下参谋长帮助自己。

这时，突然啪啪两声枪响惹怒了他。

他跳起来，——他记起部队初到东北的时期，曾经有过这种现象，在战场上甚至火车上，时常有新参加的人胡乱放枪。他记得那时，为这种无组织现象，不知提了多少意见，"哼，从前在敌后打游击苦得一支枪十几颗子弹，因为缺乏弹药不晓得牺牲了多少同志，现在倒浪费起来了，拿子弹打响儿听了。"后来很快纠正了这种现象，为什么现在又出现了这种现象，为什么在几千里外的江南胜利前进中，又听到这种并不是打敌人的枪声。他愤怒得面色苍白，他派警卫员立刻把放枪的人抓到这里来。

他转过身即刻命令无论哪个单位的人员车马一律停止休息，他又立刻叫自己部队派出一个连来修理渡江的木码头。他昂着头站在河边的木堆上，他大声叫喊，让所有的人听见他的声音，然后，他又斩钢截铁地去组织挤在路上的弹药车、辎重车。

不久，三个偶然随意放枪的人被带来了。政委怒不可遏，脸颊上的伤疤都赤红起来，他喝问：

"你们是什么人的队伍？是反动派统治阶级的吗？"

三个人立正，低下头。

"你们在打水鸭子吗？—— 那子弹是老百姓的血汗换来的，不是叫你们打敌人的吗？"

可是当他注视战士们经过日晒雨淋，衣服褴褛了，脸又黑又瘦，颧骨上只剩一层皮，眼睛大而失神。他记得，今年春天从北京附近出发，战士们一个个红光满面，最近这将近二十日的艰苦作战，是多么严重地消耗了战士们的体力呀！忽然他心疼起来了。不过他在思想中马上批驳自己："你要姑息吗？—— 纪律，难道是破布条吗？在最艰苦的时候就应该废弛吗？就应该降低我们阶级部队的品质吗？"他又望了望那三个战士，他心中对自己说："你受党的委托，难道你是这样执行党的政策？—— 嗬，嗬，你倒会原谅起来了！"那三个战士羞愧地低下头。他也到底改换了声调对他们说：

"你们这样干，给新区群众什么印象？他们在敌人长期压迫之下，天天胆战心寒，你们还要吓唬吓唬他们吗？你们应该回到连里自己去请求处分！"

他沉默很久，他脸上的赤红色才渐渐消退下去，他挥挥手叫他们去了。他回过头对站在身旁的参谋长说："同志！什么时候，我们能把这一切组织好，我们就真正正规化了。"

现在，他马上要着手处理两件事：一是组织渡船运输全师部队过河；一是组织大车和闲杂人员，建立渡口秩序，修好码头。他把第二件事交给参谋长，——参谋长是一位精明强干的人，他有坚强组织手腕，无论多么杂乱无章的场合，他能在几刻钟里纠正、整理得有条不紊。政委对他说："同志！我们要管。在这里我们就是最高机关，对这一切负责，我们组织渡河指挥部，不管他什么天王老子都要听指挥，——我们就这样自己来委派自己吧！同志！"他说完举起手看看表，对一对阳光，阳光开始西斜，他说："我们黄昏以前要渡河。"如果从混乱的现场来看，谁都会认为他这句话是无法兑现的。

他说完，自己就向河边走去，他请求一只小船把他送到一只大船上去。

梁宾在十五分钟以内，立刻在大船上召集了渡口上所有船户的代表会议。

他坐在船上，那样自然，那样缓和地微笑着和水手们商量问题。他特别以无限同情注意着一位赤脚老婆婆的谈话。那老婆婆说："官长！……我们都是没衣穿没饭吃的人，——你们将来好了，我们不就都好了。"政委纠正她说："你说的'你们'，就是革命好了。"老婆婆说："对呀！我给国民党抓在长江上支差两个月，——没给一颗米，讨饭过活，——这回他们跑了，强迫我把桨、把橹都丢在江里，把船烧了、沉了，——我从十五岁在船上，活这么大年纪，我抱着根桨哀求，——他们打我，把我十五岁的孙子拉走，我儿不放心也跟去了，就剩下我跟我儿媳妇，——听说你们解放军要过河，我们赶了来，没有我们你们怎么过河追敌人！我在这儿摆渡了三天三夜，——官长！

同志们都对我那么好，不让我动，帮我摇船，还说：'老大娘，把敌人最后打倒就好了！'……"她笑眯眯还想说下去。

梁宾可插了话："那么，现在你有什么困难？"

"困难？——你们也困难啊！……"

还是一个年轻人替她说："有什么困难？就是米不够了。"

原来前头部队过河时发给船夫每人每天三斤米，可是现在河水一涨，后面队伍没有组织好，筹粮队又到远乡去筹粮没回来，就还没有粮食发给他们。

政治委员跟大伙儿商量之后，他决定立刻每人每天发五斤米做为工资，他要求师直属队节约，立刻把粮送给船上工人。

听了这个决定，老婆婆喜得眉开眼笑，她亲热地抓住政委的手说："还有，——装牲口，装大车，你说会不会把船砸坏啊！"

这时政委霍然明了了问题关键所在，他终于发现了秘密，他高兴地笑起来："哈，原来问题在这里！问题在这里！这也是合理的呀！"

他马上拟了一个方案出来，他要建立两个渡河点，一个渡河点组织几只大船专渡车马弹药，一个渡河点专门渡人，如果哪一只船损坏，部队照价赔偿修理。同时他发现只有这样分开才有秩序，战斗连队跟牲口大车挤在一起只有混乱，浪费时间，他这个方案得到了船夫们热烈拍手拥护。他后来说："我们在半个钟点里决定了一部法律。"他脑筋里兴奋地闪出几个辉煌的大字："遇事要和群众商量"，毛主席这话是千真万确的真理呀。他和大家商议停当以后，他就站起来对大家提出要求："部队有紧急任务，我们天黑前要开始渡河，你们看办得到办不到？"一片喜悦的应声："办得到。""办得到。"船工代表们纷纷回到自己船上去，政治委员也轻松而愉快地回到岸上。

岸上好像刮过一阵巨风，把一切吹扫得干干净净，大车整齐排列了次序，零星赶部队的人们大部分动员起来，在帮忙扛木料修码头。

梁宾急急赶到码头那面去，他看见在蒸热的阳光中，参谋长只穿着一件白衬衫和战士们一起钉木桩子，他胜利地大声说："我的组织好了，你的怎么样？"参谋长抹一把汗水笑嘻嘻地说："只差十几根了。"好，混乱的局面终止了。他要参谋长把工作交给连长，他就走近参谋长问："同志！……你知道，咱们靠什么战胜敌人？"参谋长用袖口擦着额头上的汗水跟他走上岸，只是笑而不答。他说："我们靠这个，——有觉悟，有领导，有组织，一切一切在于有新鲜事物感，咳！什么问题不当做问题，不从实际出发，不研究新的情况，困难就永远是困难，……"

陈兴才师长从三科临时架设电台的房子那面走来，他把兵团和军部的电报拿给他们看。

战争常常是变化的，这变化，对局外人来说有时简直是奥妙难测的。但军事家是从一开始就掌握了变化的规律，一切条件都在变动，从敌我各方面，一切主观努力的正确与错误又常常促进变化表面化，或者完全消失。现在，由于部队渡过长江以后，不顾骄阳暴雨、绝壁悬岩，一切一切的艰难困苦，奋勇向前，敌人被迫撤退，除了沿途一部分一部分被消灭掉以外，现在敌人一大部分主力终于被捕捉住了。前头那一师兄弟部队日夜不停地追击已经牵制了敌人，那么，现在就将达到这一战役的高潮了。如同把铁已烧红，钳子也夹紧了它，现在只等——锤子打下去！……上级督促他们迅速从侧翼山地前进，实行侧翼进攻，执行这"打下去"的任务。师长、政委和参谋长都体会到一种共同的喜悦。世界上还有什么比战场上真正的喜悦更值得喜悦的呢？——万里进军，无论日夜，不顾饥渴，受了一切的苦，挨了一切的磨难，现在抓到了，抓到了，现在抓到了，真的把敌人抓到了。

熟悉战争生活的人，从周围一切征候可以得到预感，——前线在紧急变化。你看！飞机很紧张、很频繁，一个下午来了三次，但都绕一绕，侦察一下，又赶紧飞走了。从这里可以看出，敌人是很焦急、很惧怕我们续进部队神速赶到，——飞机每一次飞来，梁宾都大声嘲笑着、咒骂着、昂头望着，他的内心为一种巨大快乐震颤着，他天真地大声说："你们——你们任什么也阻止不了我们！"

这一天，由于克服了巨大困难，通不过的渡口变成为通得过的渡口，下午五点钟部队开始渡河了。

战士们愉快地、有秩序地登上渡船，汹涌渡河。梁宾在这整个下午谈的话特别多。现在由他们坐上一只船荡漾过河的时候，水皮上抹着红色玻璃似的阳光。师长突然问政治委员：

"仗打完了，老梁，怎么样？！"

政治委员不加思索地回答："我们要建立一支强大的国防军。"

"那么你自己呢？"

这一回政治委员沉默了一下说："那就说不定。"

这答话使师长略微失惊："为什么说不定？"

政委深沉地，一字一字说："党，决定我做什么，人民需要我做什么，我就做什么。老陈，——我们建立了一个新的中国（声音是十分热情的）！我常常想，——这个新的中国，该有多少工作要做呀，有一天党也许调我到一个工厂，也许搞外交……"

"那你怎么办？"

"那我就向工人、向工程师、向同志们学习，"政治委员多少有些兴奋地抬起两眼望着远方："同志，在斗争前线上的人总会学会一切的，我原来也不会打仗呀，……我从前还害怕过打仗。……"

师长忽然露出真要分别似的心情说："你不欢喜军队生活了吗？"

政治委员坚决摇头："不，不是这样，——军队生活我已经习以为常了，到旁的岗位上去嘛，一下子倒会不习惯，还一定很困难，可是如果需要，——那就去熟悉吧！"

这种对话，在这前进作战路程上，是充满热情与信心的，他们不是只千忧万虑于面前的困难，而是着眼于光辉灿烂的无边远景。

太阳即将西沉，光芒还特别耀目。梁宾回头看了看彩色缤纷的水波，然后跳下船阔步走上河岸，他看见无数战士一登岸就立刻按照组织序列汹涌前进了。他站在旁边，注视着每一个从跟前走过去的人。他们黑了，瘦了，眼睛大了，草绿色军装深一块浅一块了，他们沉默不语，但他们都昂着头，两眼闪着光，在零下四十度严寒下成长起来的部队，又在江南零上四十度火焰中锻炼成熟了，因此他们就变得更坚强了。梁宾沉静地听着嚓嚓、嚓嚓的脚步声，他好像第一次听到这声音，他从这声音中感到一种深沉的快乐。……

第九章　悬崖绝壁

渡河后，他们就离开大路，向西面去侧击敌人，因此越过河边一片绿色田野，就又进入山地了。迎面矗立着万仞高山，一道一道山脊向远处展开，海涛一样不知要展到何处为止。

一个侦察员弯着腰背着枪，在山脚下一片树影荫荫的空场上，找到一所空无人迹的小学校。陈师长正在教室里面，他在等候情报的工夫，大大伸开从膝盖以下沾满泥浆的两腿，坐在那里就睡着了。侦察员喊了声："报告！"他一惊，醒转，就跳起来，他一张眼看见老侦察员老夏站在他面前。这个老夏晒得又黑又瘦，那天夜晚在暴涨河水前表示没办法，现在却又从容不迫了。他十分负责地报告了敌人的侧翼部队两日前从这里通过，沿途散下些特务、土匪、暗杀队，他最后补充了两句话："据老乡说，敌人过去的时候很得意！"

"很得意？"梁政委走进来，听到侦察员的话，停住脚这样问。

老夏说："他们说，那些北方侉子爬不过这高山，爬上来也都要摔死在山沟里。"

梁政委转身走出去，他微皱双眉望着那万仞高山，已经是下午，山峰照成一块块紫黑色矗立在前方，太阳光芒火箭似的升上天空。空中浮云，都变成金红色，远一些山群是蓝色，再远就变成灰蒙蒙一片了。他很了解这种江南山地，他过去的作战生活就是在这山群里面开始的，可是这几年他不熟悉了，南方，让他这在北方生活了十几年的人，也突然感觉不习惯起来。

不久，有几个骑兵通讯员从临时师部门口，骑着马把命令传达到各处去："不停止地向山地前进。"一刻钟后，在那条白色的弯曲的道路上，队伍继续行动了。从远处看道路如同河床，部队就像一片黑色的河流，向前流进。师指挥部在前卫团后面跟进。路上风景极好，梁政委以十分爱好的心情瞭望着。遍地茂盛地生长着棉花、芝麻、苎麻、高粱、黄豆，真是一望无际的绿色，远处有一片一片小树林特别翠绿可爱，可是路愈走愈高，穿过一片树林就开始上山了，太阳的红光隐没在树林后面，山路拐第一个弯的时候，背后远方的河流也就不见了。一天暑热还未退尽，可是有一阵阵微风吹在战士们发烫的面孔上是那样清爽，高立空中的松树在沙沙微响，小小的山泉在路旁低吟，鲜红的沙土在脚下又松软又轻快。战士们是单纯的，在太阳下咒骂太阳，可是热劲一过去，他们就忘了，又兴奋起来。突然，有一种声音从前到后、从后到前纷纷响起来，很快就连成一片，——这不是快乐的歌声吗？！这歌声本来跟随着英雄的人们由松花江一直飘扬到长江。可是这些天来，酷阳暴日，狂风恶雨，永远是艰难地行进、紧急地追击，这声音从人们中间消逝了，现在又突然出现了。这声音就立刻惊动了梁政委，他热情地听着，他知道战士们是不顾虑前面有多少严重困难的，现在快乐，他们现在就会歌唱起来，他们一切的一切就是克服了困难再走向困难，再克服困难。这歌声一直唱到满天星斗以后还在唱，……

谁知只在这一夜度过后，巨大困难就真的来临了。

太阳出来的时候，被一团紫雾包围着，空气与往日不同，特别沉闷，浑身粘腻，早晨一开始，这一切就预告：这将是炎热得十分可怕的一天。面前又是一座没有树林，光秃秃的白色高山。他们一开始爬山，就汗如雨下，衣服装备不大一会工夫就全湿透了。中午发生了巨大问题，就是口干如焚。人们一步步爬山，肚子里就一股股冒火，火焰一直冲到喉咙里来，像在肚子里烧辣椒烟子一样难受，人们大口张着嘴喘着气，干渴得无法忍耐，汗水原来在忽忽冒，后来也不冒了，好像身体一下就要全部枯干，就要焚化了。开头，路边还流有一点溪水，不管干部怎样劝阻，甚至严厉制止，战士们还是一拥上前，拿手捧着往嘴巴里送。

指导员李春合在江岸登陆时，左腿给炸弹片打伤，他坚持宁死不到第二梯队，还是走在自己连队前头。开头，他制止着别人，把人们立即赶回行列。可是山愈登愈陡，路边也不见溪流了，太阳却愈晒愈热，最后一次，战士们忽然一拥拥向一处淤积的小水潭。李春合喊叫着跑过去，他一眼看见王春，王春鲁莽地推开别人，趴下去，高高翘起屁股，把嘴伸到那小水潭里去。李春合又一转眼看见十几步外有一匹热死的马倒在那里，看样子是前头炮兵连不久以前才丢下来的，一群群苍蝇可怕地嗡嗡地飞着。李春合真急了，他抓住王春的肩膀摇着，王春突然转过头来，他的面孔红得像红布一直红到脖颈，两眼暴怒，好像根本没看见指导员在后面，看了一眼，继续趴下去狂饮。李春合低下头看见那是一汪子混浊发绿的水，可是他忽然停着了，他是那样想趴下去，也像王春一样喝一口呀，——哪怕喝一口也好呀！……但他马上想到："我想的是什么心思呀，我还是一个共产党员，——政治干部呢？！"他马上也暴怒起来，他的样子是十分可怕的："站起来！站起来！我命令你们站起来！回去！回去！"这群战士给他这一喊叫恢复了理智，王春狼狈地低着头顺嘴角滴着水珠，弯了腰走回行进的行列里去。

路边有几棵树，树上用石灰写了字，前面画了箭头，写着"××营到××处集合，快走呀！不等你们了。"那显然是溃逃的敌人写的。后面就写了我们自己的话："加油呀！同志们！敌人就在前面呀！"还画了简单的、逗人乐的漫画，漫画下面也画了箭头。这两个箭头也像紧紧在那里竞赛似的追赶。

这时前面的队伍停止了。站在没一点遮拦的火热阳光下比走路还苦，阳光直花花地从脑瓜顶上晒下来，大家想找个荫凉地方都没有，大家看来看去，对那小草下面的阴凉都十分羡慕。可是那里连一只脚也隐蔽不下去呀。原来前面到了一条陡到八十度的高坡，炮兵连拥在前面怎么样也上不去。

师部一科长雷英枯瘦了，急躁地骑着马跑过来喊叫："六连——六连，上去！"

六连受命帮助炮兵连，立刻就由秦得贵、李春合带头跑上去了。

炮兵的牲口、炮车都拥挤在山脚下。有一匹牲口驮着一门重迫击炮炮身在山半腰，一个驭手两手揪着缰绳往上拉，后面一群人在吆喝，拿鞭子用力地抽打，——那匹肥壮的菊花青骡子锦缎一样的身子给汗水浸湿得像雨浇了一样发亮，它耸着耳朵，痛苦地乱动着嘴唇，——白绿色的沫子顺着铁环子流下来，两眼像琉璃球一样突出，它是那样想奋勇上去，它每一次挥动着尾巴，却用尽所有气力，四个蹄子乒乓乱踏一阵，如同木棍在地下敲着一样，可是冲了两步就又退回原处停止了。炮兵连连长因为害了眼病戴了黑色眼睛罩，他流着汗，满面赤红，青色血管在额角膨胀着跳动，骡子每一次挣扎，他都在跟着浑身用力、咬着牙，可是每一次都失望了。

这时从山下面跑上一个四十几岁的老驭手，他一路骂着挡路的战士，一路跑上来，他一把从那青年驭手手中把缰绳夺过来，他要哭一样喊叫："你们打死它！你们打死它！……你们的眼睛不看看这是什么山路，你自己驭上试试！"在他这样喊叫下谁也不敢拦挡他，眼望着他把这匹骡子牵回山下去了。可是他们坚决不移地一定要翻过这座万丈高山，他们终于想出了办法，就是用双手把炮一门一门抬上去，然后再把牲口一匹一匹推上去。六连的战士来到了，他们一直帮助把最后一匹牲口推上去。

李春合已经在山路上跑了五六个来回，这时他头上汗水淋漓，两手叉着腰挣扎着往上爬，他突然觉得心里非常难受，头脑在旋转，血液像狂潮巨浪一样震动着往上涌，他昏迷了。他努力向前伸手想抓着什么，可是他摇了两下，脚底下的地在急急地转，他猝然跌倒在地下，他失去了知觉。跟在他后面的小通讯员扑下去抱着他。王春、李凤桐、连长和杨天豹跑上来把他抬起。好在上坡后，就密密长满一片森林，树叶在头上张开一面绿幕，李春合躺在地下，脸是赤红的，眼皮微微张开一条缝，露出可怕的眼白，沾了一脸尘土，像个死人。

连长秦得贵发怒地制止流眼泪的小通讯员，又立刻觉得这样做是不对的，就自己跑去找凉水。这时后面部队在继续上山，炮兵们筋疲力尽地围着李春合指导员着急，想办法，他们觉得李指导员所以晕倒，是因为帮他们推牲口、扛炮。秦得贵突然从树后面跑过来，他跪在地下把水壶里的凉水淋在指导员发烫的头上、脸上，……指导员胸口里轻微响着，围着他的人紧张地喘着气，看他渐渐清醒过来了。

梁政委得到这个消息说："前面晒死人了！"立刻从后面赶上来，他掀下帽子来不停地在手上挥着。他来到跟前，指导员刚刚醒来，软弱无力地睡在地下。政治委员看了看，就到树林里去，命令部队休息、喝水，他立刻召集营以上干部来树林里开会。

会议是严肃的、短促的。先来的人看见政委在那里走来走去，后来就到人群中间来，没有看大家，缓缓地开口说："同志们！……我们是在追击敌人，光荣地执行毛主席给我们的任务！"他这时坚毅、迅速地望了大家一眼："可是我们现在碰到了新问题。我们在东北打了很多大胜仗，你们还记得去年的辽西战役，战士说：'爬也爬进沈阳！'取得了光辉无比的胜利。可是我们这几年打惯了北方的平原战，我们习惯了在零下四十度的风雪下作战，我们现在回到我们红军时代的南方山地作战，热、有蚊虫咬，口头讲'最后胜利是光荣的'容易，可是这光荣只有克服无数艰难困苦才能得来，这就不容易。同志们！"政委一下昂起头，发出一种庄严的眼色，"二十几年前，毛主席领导我们从这里开始战斗，还有比那时更困难的吗？！在我们面前没有困难，困难是可以克服的，我们把爬山、涉水、耐热都应当当作战术问题来看待，要好好领导同志们克服困难，只有能在南方打又能在北方打，打遍全国的队伍，才说得上敌人从哪里来就把他打回哪里去，才是毛主席的好队伍！"他的一只长长的手臂举了起来，所有的眼光都集中在他这一只坚强不动的手上。他说："我们要发扬红军之宝：能走！能晒！能饿！能打！——消灭敌人，同志们！现在我们继续前进！凡是敌人能走过的地方我们就能走过！"

干部们纷纷站起来，听了他的话，每人心中都重复着："我们没有不能克服的困难。"回到自己队伍里去。

这天夜晚更困难了，落了一阵雨，战士们纷纷滑倒在山路上。几天以来，战士们夜间宿营在山坡上、竹林里，蚊虫成团地袭击他们，你挥着手，它还照常扑到你脸上来，气得战士们蹦起来，在火堆的红光中跑来跑去。深山里老百姓很稀少，部队的运输线拉得太长，一下子供应不上，筹粮队队员愁眉不展，只能把带壳的谷子发给各个班，到了宿营地，班上借了一人推的小碾子轮流着碾米。王春和李凤桐昨晚值班碾了半夜米，吃了饭，倒在草铺上又跟蚊子摔打了一阵，刚一合眼天就亮了。今晚又落雨，这宿营地还不知在哪里呢？

　　王春不知什么时候在尖石上碰破了腿，在呼呼的山雨下，几次爬起来又跌倒，一边流着血一边走，……今天他的思想负担更重了，他已不愿动手去包扎伤口，他挂着一根竹棍子一步一步往前挨，他下决心明天说什么也不走了，哪怕不吃饭在这里躺一天也好。雨停了，不久他们在有三家人家的村庄周围露营。露营的人们在喊叫着，这里那里烧了营火，照着乱动的人影子，水塘里田蛙"鼓哇""鼓哇"地叫着，来路上一片乱嘈嘈的人声，王春躺在一堆火边望着火想心事。

　　时间过了很久，战士们都睡熟了，突然一个人牵着一匹马来到火堆边停着。这人把马具卸下来，亲热地抚摸着马，把马拴在一株树上，他就走了。他一会又回来，不断地打着哈欠，——流着眼泪，坐下来。他喊喊喳喳地摸了半天从一条油布裹了的干粮袋里掏了一把炒米干粮出来，（这时王春才注意他，借着火光望了一眼，原来这就是白天那个骂人的四十几岁老驭手。）他想吞食下去，可是捧在手心里看一看，他又抬起头来，马正张着两眼可怜地望着他，马那样瘦，马的鬃毛下垂着，马变得肮脏了。这个老驭手就一声不响慢慢站起来，他把两手里捧的炒米忽然举起来送到马嘴上。马吃完了，蠕动着嘴唇，又望着他，他又抚摸着马，然后打着呵欠，——忽然下了决心，他转了半天，就弯着腰悄悄走到黑暗中去了。王春继续望着火光想心事，……很久、很久，这老驭手回来了，抱着一抱草扔在地下，他咒骂着昨天别人把他的小镰刀弄失了，他就在火旁边拿手指甲掐碎青草，草在他手里"咯吱""咯吱"掐了半天了，王春抬起头，忽然看见火光照着他的十个手指都已经鲜血淋淋，可是他似乎一点也不觉得苦痛，他随手捧了碎草丢给牲口，然后十分满意地眼望着牲口把草一点一点吞食完毕。

　　王春一下蹦起来，拉着老驭手问："你怎么不痛吗？"老驭手毫不奇怪地望了望他，就自己摊了摊雨布倒下睡觉了。

对于王春，这个忠心耿耿的老驭手给了他很深刻的影响。他在他身边坐了一会想说什么，老驭手呆了一下十分了解他心意地说："伙计，睡觉！少想点心事，寒候鸟还留个声音呢！咱们这一世，能参加这最后胜利，也是不易呢！明天赶上敌人好好打一仗呀！"王春在他身边倒下去，——他做了梦，梦见自己在火线上奔跑着作战，……

第二天情势很紧张，侦察员发现有小部分敌人在前面，很可能是敌人有向西面山地逃窜的企图，师首长下决心奔袭前进，抓着这一团就吃掉这一团，再去袭击主力，因此天一亮部队就又继续奋勇前进了。可是一路上并未发现敌人，傍晚的时候，他们却到了著名的险地嚼草岩。据老百姓传说是在古代三国的时候，刘备、关羽、张飞作战到这山顶上，马不前行，累得倒在地下嚼草，就留下这个嚼草岩的名字，由此可见这山势的险恶了。最危险的是在升上高山的半腰里要经过一段山石崩塌的断崖绝壁，那里从前只靠一根带齿的独木梯爬上爬下。可是部队从二十里外的山谷小路上透过密密松林之顶，就看见火烧的黑烟正在缭绕，一定是敌人埋伏的特务在不久之前放火把这根独木梯焚毁了。山谷愈深树林也就愈密，黑森森连一点阳光也看不见，无数的古树倒在路上，人和牲口都只能跳着前进。团长陈勇和团政委蔡锦生跑到最前面去，在那笔直的断崖下观察了很久，断崖顶上除了黑烟缭绕，就只有几只鸟在缓缓飞翔。陈勇迅速决定把倒在地下的大树拉上去搭木梯，只有这一个办法，可是木梯搭好的时候，峭壁上已没有了太阳的红光。

战士们全体仰起头，师长和师政治委员站在他们的最前面，看第一个人爬崖，如同看什么高楼大厦，举行落成典礼一样。这第一个人不是旁人，是团长和团政治委员决定的连长秦得贵。他头也不回走上崖，到了独木梯跟前，一纵身跳上去，两手两脚像猴子一样抱着树干爬、爬。大家望着断崖，都紧张得喘不出气。可是，他迅速地爬，爬上去了，这立刻引起下面人群中一阵胜利的狂热的欢呼，嗡嗡地震动了山谷，在这样欢呼的时候，一切困难都过去了。秦得贵把一根绳子结好在树上又扔下来，后面的战士就这样拉着绳索攀好树木，再往上爬。部队终于胜利地通过了这断崖。可是高峰前面还有高峰，绝壁前头还有绝壁。团长陈勇在号召争取天黑以前抢上前面那座高山，这时山中还有淡红色的余光，树林开始罩上黑沉沉的暮色。战士们仰头望见团长一面召唤一面拔步登山，都振奋起来，都一个个争先恐后地向上爬。

王春今天终于没有掉队，虽然放弃了昨夜"再不走了"的决定，不过他还时时在打算怎样停留下来。他无心思鼓起勇气，只拐着伤腿一味慢慢走，……忽然一阵热呼呼大声喘着气，流汗，嚷叫着的人群，把他撞在一边往上涌。他被撞了一下，满不高兴地仰起头想吵骂，一看原来是落在后边的炮兵赶上来了，……正在这时，他突然又听见指导员的声音。指导员自从晕倒以后被人架着送到二梯队，不知怎样现在又跟着炮兵上来了，这时一见王春，他就想抓紧机会再和他谈谈，他知道王春心事很重，一路上谈了六七次话，王春只是说："首长你别熬心了。"可是并未解决问题。炮兵现在变成了奇怪的部队，他们已经最后放弃了马匹，马匹不能通过断崖，炮兵就把迫击炮、六〇炮、重机枪一件件都拆开来驮在自己身上，爬上了高山。驮手们每人背了六颗胳膊粗的炮弹筒；只有昨夜晚和王春一道露营的老驮手，他驮的不是炮弹筒，他驮的是马鞍子、马屉子。王春好奇地一把拉着他喊了声："老伙计！"很想问问他人家都扛炮弹，为什么他扛马具？老驮手回过头来看了看，甩开手就走了。指导员恰好这时却连蹦带跳地上来，亲热地拉着王春的手问："老王，咱们连队不远吧？来，我帮你扛上。"说着从王春身上硬把大枪抢去。指导员忽然伤心地指着老驮手背影儿小声说："真可惜，今儿个早晨，牲口一滑摔到两丈多的深崖下去，八个人把牲口抬上来，牲口还是一蹬腿死了，他呀，哭了半天，他们连长说他从 1947 年夏季攻势过松花江就牵着这匹牲口呀！……"

李春合跟王春就这样谈起来，王春只是不大作声。正在这时，从背后又抢上一个人来，他低了头，在肩膀上高高扛着一挺轻机枪。指导员两眼一接触这机枪就觉得眼熟，再一看那人，他"哎呀"一声叫了出来："这是李凤桐那支轻机枪，这不是师长吗？"

李凤桐疟疾又发作了，刚才倒在路边打摆子打得哆嗦成一个团团，还抱着机枪不放手，他想熬过这一阵子再赶上来。师长正好碰上他，就留下警卫员照顾病人，说："同志，交给我，你总放心吧！"就自己扛了他的轻机枪先上来。

王春一看，就一步蹿上去夺着机枪柄固执地说："首长！给我这支机枪！"

师长身上喷出一股汗酸气味，他的牲口一直没赶上来，衣服，雨淋日晒反正就是身上这一套。现在他回过头笑一笑说："王春！听说你砸伤了腿还坚持，枪还是归我扛，你们扛的日子多着呢！"他就走了，可是他走到哪里，哪里就加快了脚步。果然，在天黑看不见路以前，他们又爬上前面一重高山。

天气不知从何时阴沉起来了。天一黑就黑得可怕，只听见一片松涛声，在左右前后滚动，可是哪里是路、哪里是悬崖，却谁也分不清楚了。路在这时恰恰又曲曲折折弯到一面悬崖边边上来。战士们的脚在石块、草丛、泥浆上滑着、滑着，只有一步步摸着探着才能走路，偏偏这时又落起雨来了，是暴雨，一阵子逼得人抬不起头、睁不开眼，一阵子又过去了，可是路更泥泞难行了。师长满头流汗夹在战士们中间，他眼看部队不能前进了，他想挤到最前面去看看情况，这时他内心矛盾斗争十分激烈，——他知道满山都是松枝，他可以下命令点上火把，可是他顾虑因此惊动前面的敌人，不过不点火把就一步不能走。正在这时，突然听见前面有个战士绝望地呼喊了一声，原来有人把扛的一根爆破筒跌落到山崖下去了，开始听见崖下有树枝折断碰撞的声音，——后来就什么也听不见了，……部队不动了。陈兴才急忙推开战士们走到前面，他望着面前黑茫茫一片，他下了决心，——不能停止，停止，敌人会失去，只有坚决地前进！顽强地前进！打破一切困难前进！他立刻命令战士们："点火把！"隔了十几分钟，一下子无数支火把的烈焰腾空而起，火把高高举起来了，长长火焰给风吹得像无数面红旗招展不息，明光耀目。可怕的黑暗消失了，后面人山人海都在翘首望着那一片红火焰，奋步前进。突然战士们从胸中发出一片喊声："打到湖南去呀！""打到湖南去呀！"……这声音十分雄壮，各处山鸣谷应，很久很久轰然不停。

第十章　血肉相关

一个晴明的早晨，只有湖南才有这么多、这么好看的松林和稻田，一片接着一片，密密遮盖着地面，给清洁无比的阳光照耀得像孔雀毛一样翠绿可爱。由高山里突出的部队，从一条山岗上正式进入了湖南。部队像潮水一样涌过去，师长陈兴才和政治委员梁宾在整整六点钟来到了山岗上。每个人走到这里都笑容满面，向四处看一看就继续前进了，但他们的心情与往日是那样不同，在这小小的绿色山岗上仿佛举行了什么典礼似的。

师长陈兴才特别兴奋，这几天以来眼看要到湖南，他的心理状态是十分复杂的，他不断跟老百姓谈话，打听这些年间所发生的各样事情。现在自然他一点也不掩饰他的快乐，他那样天真地，第一脚踏上他分别了二十年的故乡土地，就两眼光采焕发。他和政治委员肩并肩走着，他一下指着橘子林，一下指着桐子树，一下又赞赏稻田。湖南，就是由这个小小山岗造成一条界线，在这条线的南面确实是丰富、美丽。他们迎着欣快的晨风走着。稻子快成熟了，那样密扎扎地、坚实地垂着穗子。一片片水塘开满莲花，树林后露出高顶瓦屋，再不像鄂西那些小小草房了。陈兴才不断停下来看看稻田，他好几次忽然愤愤地说："地这样好，老百姓没饭吃，你看！"在这简短话语里，此时此地，包含了他的全部又是热爱、又是憎恨、种种复杂的思想情感。

王春在过岭以后终于掉了队。从昨天起，他的枪就由别人替扛着，可是他思想上背着包袱，他还是无法走得快。开始时有人陪他，后来他坐下来休息，不过当他只剩下自己一个人的时候，部队也走远了，连飞扬的尘土都看不见了，他却真的怎样也走不动了。他心里充满无限痛苦，眼看天黑了，他又不敢停止，这时他懊悔不该脱离部队，但一切都已经太迟了。这时树林里萤火飘忽，静得可怕。他正走着的时候，突然听到背后有嚓嚓的脚步声，——一会又有沉重的呼吸声，他想起部队上传说这一带土匪特务的暗杀，他怕起来，他不回头，他赶紧加紧走。身上给汗湿透了。走了一段之后，他发现背后确实有人，——只那样"嚓嚓""嚓嚓"保持着一定距离，这时他下了决心，他不走了，他准备拼一下子——忽然，他看见那黑兀兀的人影已经到了他跟前，……他突然一耸身扑了过去，抱着那人，他们就一起倒下了，他们正在滚来滚去，忽然一下子，四周围有火光照亮，——他很想挣扎拼命，可是他给几只有力的手掌抓着了。他借着火光看他们，他们穿着农民衣服，胸前交叉缠着子弹带，手上拿着步枪，王春无法知道这是些什么人，他暗暗觉得自己落在土匪特务手里了。这时有一个人拿着火把跑来照了照就欢喜地喊叫起来。王春听不懂他满嘴湖南话，也就不知他喊叫的是些什么。但有无数的人从树林里跑出来热烈地包围了他，呼喊着，嚷叫着。那个拿火把的人看看王春的脸色，以为他不相信自己，就努力比手画脚说："是自己人啊，我们是游击队！同志，你一个人在这里摸，我们把你当作国民党特务呢！"这时王春才松了口气，他问："你们认得魏金龙吗？""认得，老魏是我们的人。"这是游击队的一个小队，刚刚从东面大林子里穿出来，——没有看到前面大部队，看见一些陆陆续续的人，还以为是国民党溃兵，恰好就刚刚赶上王春一个人，他们就想抓住问问，他们还是第一次看见自己的队伍，他们在这黑夜的山路上和王春见面就跟与全军会合一样兴奋、热情。

王春正因为一个人情绪很低，现在会合了游击队也就高兴起来。游击队听说他掉了队，也愿意立刻举起火把伴送他到前面好看看大部队。这样走着的时候，游击队员们不断从四面八方纷纷向他问话。王春努力了解他们的意思，就随口回答。可是他颠来倒去想着的倒是自己想问的一个问题："这地方这样富足，看样子总比关外好一些，难道也一样没有饭吃吗？"他就看了看紧身边这个农民，四十上下年纪，癞痢头，红脸，全身上下又粗又大，打着双赤脚啪哒啪哒地走路，王春就突然问他："你们有大米吃没有？"那个农民的眼色阴暗了，摇摇头说："吃不上呀，同志！胡豆、野菜是我们的，大米是人家的。"王春明白了，原来他这一天一夜望不到头的稻田倒是好稻田，可是穷人还不是捧着金碗讨饭吃吗？王春很有感情地说："游击队上的同志！我们在旧社会也是含着眼泪疙瘩过日子呀！"

那个农民游击队员忽然问："现在你们那里分了田地吗？"

一听到谈土地，游击队员都纷纷挤上来听着。王春突然觉得自己这个老区来的人有着无限光荣，他就讲起来了，他说："这是咱共产党毛主席领导得好啊！我们分到了土地，推翻了封建，——那个冬天下大雪，拉着爬犁，打着红旗分土地呀！……嗨，怎么说呢？！——哪，哪，我分到手一块地，我从来没有地，从我爷爷起就没有，……从前我们饿呀，半夜三更摸到老财地里偷豆子，我拿肚子贴着地爬，给人家看青的把式一枪打在这里，—— 永远留了个鬼剃头的记号，长大了给鬼子抓劳工，当黑人，有家不敢回，到'八一五'我才像讨饭的一样奔回自己家，现下我睁眼一看，地—— 是我的，你瞧！咱们地有了，还分到手一匹马，这还用咱们再愁吃穿吗？可是一想：光打倒农村里的封建还不行，留下那封建头子蒋介石和帝国主义，也是个大祸包，我就出来拿枪杆了，你瞧！……"

他们不等他说完就纷纷插话，问："你们那里的地归谁分呀？""比方人家使坏，不分好的给你，怎么办？""去吧！你当还由地主老爷说话吗？嗨！""我说分了地你们拿什么去种呢？""没有种籽，……没有工具，……""汗瓣是不出苗的啊！""你这穷鬼，有了地你倒发愁起来了，老板！有了地总有法子想的！"……只有那个癞痢头，红脸，打赤脚年纪大些的人听着，沉默着，后来他可说话了，他说："我们这里，给人家到处杀呀，砍呀，这压迫分量重呀！我们从前有过好日子，我们闹过革命，跟着共产党，分过田地。这二十来年，同志！穷人像扔在火炉里，—— 穷人的血快熬干了，……"这声音是悲惨的、痛恨的，一个字一个字深印到王春心里，王春也禁不住心里涌起一汪子苦水，可是—— 苦吧，哭吧，现下，这一切都过来了，日子不同了，社会不同了，不久，这群人也就又带着轰轰的笑声，带着可喜的火把的红光，往前走了。

王春高兴得忘记了疼痛，也忘记了自己是在生疏的远远的南方。后来，他们赶上了队伍，看见前面有几辆大车。火光照亮着，拉车的牲口都回过头来看火光，王春心里约摸这一定是另外一部分的收容车，我们一定和大路上来的兄弟部队会合了。因为这些天他们师穿过湖沼、长江，又穿过最艰难的山地，不要讲大车，连师长的乘马也不知跑到哪里去了。可是，他终于又看到了队伍，他立刻扑上去，高兴地喊叫。车上的人望着他，他却尽情地嚷叫："你们看见我们队伍没有？""部队多了，都是脚尖朝南走，谁知道哪个是你的队伍呀？"王春说："嗨，嗨，你们没看见？把迫击炮都架在脖颈子上的，……"一个小战士立刻从大车上站起来尖着细嗓子喊："看见了，看见了，—— 他们把什么都驮上了。""对呀，在哪里呀？""过去不远，也就三五里地吧！我说大哥，你是走不动落伍的吧？"可是王春对这种战士的嘲笑一点也不动怒，却一面走一面笑嘻嘻仰起头说："走不动？老乡！你可怎么上了大车啊？你是从东北坐大车到湖南来的吗？"他们纷纷挥舞着火把，轰轰笑着，超过一辆一辆大车往前赶。超过路边休息的炮兵、吃草的马、一队队宿营的战士往前赶，一路上十几个瘸着脚一歪一歪的病号加入他们的队伍，他们最后终于赶上了部队。

部队正停在路上，干部们在忙着侦察地形、了解情况、和前面兄弟部队联系，等待新的部署。

师长坐在地下。他病了，在发恶性疟疾。熬过下午一阵，他浑身疲乏无力。现在他回过头叫警卫员去查问什么人在后面这样嗷嗷叫，他不高兴地说："叫他们肃静点！"梁政委就自己朝这面走来想看个究竟。王春一看是政委就迎头上去，突然敬礼："报告首长，"回身一指，"这是湖南的游击队的同志！"

梁宾一听，立刻走到这一群穿着各式各样衣裳的农民面前，当他紧紧抓着一个游击队员的手，他看到这人流下眼泪来了。战士们听说游击队来了，从四面八方包围起来，大家望见政委高高地站立在火光中，举起一只手，听啊，政治委员说话了：

"我们会合了，同志们！我们会合了。"

火光照着梁政委的眼睛，他眼睛里流出泪水，但他响亮地正式宣布这胜利的、有历史意义的会合。师长和参谋长也从外面挤进来，四周热烈地鼓起掌来。梁政委继续他的讲演：

"同志们！这会合是有伟大历史意义的，湖南是毛主席领导秋收暴动的地方，现在是毛主席叫我们来的，（鼓掌）……游击队的同志们！我们解放军从这里生长，后来为了最后取得革命在全国胜利离开了你们。你们这些年受尽了压迫、受尽了苦难，没饭吃，没房住，我们知道。许多人被抓去，许多人被杀掉，我们知道。……现在我们会合，亲兄弟亲骨肉会合了。（鼓掌）同志们！对牺牲了的人我们永远纪念他们吧！你们教育了我们，让我们知道，没有当地人民，没有工人、农民的游击队，我们的胜利是不可能的。我们光荣地执行了毛主席、朱总司令的南下任务，我们不避艰难，不怕困苦，我们还要向游击队同志们学习，学习游击队同志艰苦奋斗十几年啊！敌人天天杀、砍，但是，中国人民不会屈服，没有屈服！（鼓掌）现在敌人就在前面，同志们！我们现在要一起向前进！去最后消灭敌人呀！"随着他的话声，引起一阵热烈长久不息的欢呼。这欢呼是山谷响应，悠然轰鸣，——这声音发生在一个小小的山谷里，这山谷只有树林、竹林和山石，这只是全国各路战线之中一个小小的山谷，可是这声音震响着广阔的全国各路战线，因为它代表了中国人民解放战争全部胜利的意义，这声音，包含着痛苦、仇恨，也包含着胜利，包含着过去的悲伤，也包含着未来的希望。现在顺着曲折的山路，点燃起无数熊熊的火堆，部队在路边休息、吃饭、露营了。

派出与前面兄弟部队取得联系的一科长雷英回来了，他还陪同师的参谋长一道来了。师长、政治委员、参谋长顺着火堆走向前面去开会了。情况是：今天上午已结束了追击阶段，敌人集结了一个师和两个保安团兵力在前面城里，昨夜，一度企图向西逃窜，兄弟部队立即派出主力攻占了西面的一个县城，切断了敌人向湘西（指沅陵、谷溪一带）逃跑的去路。这样原来师实行侧击敌人的任务改变了，兵团命令，他们作为攻城的主攻部队及时加入作战。根据这一新的任务，师决定派出一个团到敌人侧后方协同兄弟部队进行攻击。可是这里有两道河流汇合，东边面临洞庭湖，夜晚从高地看，只看到一片都是茫茫白水，这一个团只有乘船去迂回敌人侧后。陈、蔡团被指定担任敌后作战任务。为了避免空袭，暴露目标，团必须在天明以前开出五里到十里以外去。

时间已很短促，执行这个命令，对于团是极其紧张而艰巨的事情，可是在陈勇和蔡锦生的坚毅的决心下完成了。一批游击队员被派到战斗部队里面来担任攻城的向导，被派到这个团里来的不是别人，而正是游过长江的那个魏金龙。当浩渺的烟波上闪出第一片黎明曙光的时候，船已经一条线一样，保持着一定的间隔距离前进了。

水涨得很厉害，当船划过的时候，看见不少村庄、树林淹在水里面。远看黑兀兀一片荒林，只有萤火乱飞，可是一到跟前，狗就"汪汪"地叫起来了，有的房屋露一半在水面上，有的只露一个顶了。战士们头一遭把全部武器都摆在船上去作战，所以有一种特别新鲜、兴奋的感觉，彼此说着笑话："我们当了海军啦！""嘿，关公大战庞德大概就是这样的干法吧！""响应号召，1949年建立人民海军呀！"……

只有王春心事重重，指导员李春合昨天夜晚就跟他谈了话，没有责备他，只是鼓励他，可是农民游击队员那段话在他脑子里翻来覆去怎样也忘不了。原来他情绪一低落，一天一天就把南方当作一个可怕地方，——又热、又臭，到处是水、蚊子，他想不病死也得热死，渐渐失去了坚锐的意志，从思想里找不出一条出路。现在不同了，现在他找到了自己的亲兄弟，这血淋淋的事实，让他记起自己在诉苦时讲过的一句话："我知道天下受苦人是一样的了！"你看，他们听说分地是多么高兴呀！他想到人家还在受苦，自己倒分了土地，自己现在怕热，从前老部队下东北不怕冷吗？他想到三下江南大风雪中患了风湿症的团里的梁政委（现在的师政委），那样瘦，天一冷骨头就疼，现在他不一样满脸流着大汗，他不怕热吗？上级一再号召，指导员十几次解释、谈话，团结咱，我可落后了。他愈想愈懊悔、愈苦恼，他想：

眼看革命胜利了，—— 新中国要实现了，同志们都哗哗往前走，自己这样下去只有离开革命！……他在船上躺了一上午，就这样思前想后，自己责罚自己，他最后下决心立刻找指导员谈话。指导员李春合就跟他坐到船头上来。王春一坐下第一句话就说："指导员！我对不起上级，对不起党！……"话一出口热泪就滚滚流出来了。李春合是了解战士的良心的，他们思想认识到哪一步，话就说到哪一步。李春合就安慰他："老王，错误认到了就好办，你这些日子生病、不服水土，苦也算苦了。"

"不，指导员，就是思想上想不通。"

"那你又怎么想通了呢？"

"指导员！"王春忽然从眼中发出怒火似的光芒，"自从听了游击队同志的话。—— 我耳朵里总听着前边那还没解放的地方有人在哭叫，—— 那里人在受苦，比我们在'满洲国'受的苦还苦，……"

王春的话深刻地丰富了李春合的思想。李春合这一个富有朝气的青年，自从师政治委员在江北岸谈话以后，对他起了巨大的鼓舞作用，可是现在，一个单纯的战士经历过无数苦难说出这句话，是这样加深了他的认识，这句话把解放战争的任务和灾难的人民密切联系在一起了。他们俩互诉衷情，在船头谈了很久。末尾，他们的谈话一致地转到当前战争上来，他们一致地认为这一次和兄弟部队并肩作战，要打一个漂亮仗出来，两个人都准备好好干一下子。王春说："像在辽西战役一样，我……"指导员却严肃地打断他的话头说："要打好这一仗，不是一个人的问题，我们全连要紧密团结，团结就是力量。"他伸出一个捏紧的拳头，王春望着他笑一笑小声说："指导员，你放心吧！我王春不认识问题的时候是落后，一下认识了，你瞧着吧！"这战前的铁石誓言是十分激动人心的，指导员一听就一把抓着王春的手握了握，笑了笑，就算结束了这场谈话。

王春像洗了一个澡，他的眼睛发光了，脸上有了活跃的神气，腰板挺直了，……他从船头爬进船舱去。

李春合一个人还坐在船头上望着水面上的云影，他想："艰苦环境改造了一个战士。"他了解王春比王春自己还清楚，王春诚恳、老实、勇敢，可是也是个有缺点的人，他从前给日本鬼子抓过劳工，当过黑人，受过罪，也受过苦，可是早就离开了劳动，就沾染了不少游手好闲人的习性，因此，立了功，还没有通过入党，支部的意思，觉得他的革命立场还不够牢固，需要再经过一段时间考验，现在事实严酷地考验了他，他总算从艰难当中斗争出来了。让李春合最高兴的是这个战士的战前这一个转变，他希望他会像一星火一下子把全连本来十分旺盛的情绪再旺盛，像火一样燃烧起来吧！他在考虑，—— 这一仗他要好好地和同志们一齐作战，—— 他应该在最后消灭敌人的战斗中，—— 让战士们永远记得他，记得党的领导是怎样去完成任务的！……当两只船靠拢时，他纵身跳到那只船上，去进行政治工作，酝酿战斗情绪了。

果然不出李春合所料，王春在这重要关头起了决定作用。王春跟指导员谈过话，就直接去找杨天豹。他们从江北争吵以后，已经十几天没开口了。杨天豹这十几天也苦恼得抬不起头，现在他还别扭着个劲儿歪在船舱里不肯先讲话。王春不去理睬那些，只是低着头歉意地说："老杨！咱们个人是个人，打仗的时候可不能不团结。"

"我有什么不团结？"杨天豹懒着声音说。

"老杨，这么说吧！我该自我批评的地方不少，对不住大家。"王春深沉地皱了皱眉头，"你说你南方好，我说我东北好，现在我也不能说我东北有什么比不上的地方，可是问题不在这儿，咱们不是为了过好日子才到南方来的，咱们是为了任务，为了解放全中国的老百姓，你说是不是？我不对的地方，请你多原谅。"

这几句话，杨天豹可受不住了，他一翻身突然抓着王春两只手，激动得半天才说出一句："老王，是我错！"沉默了一阵，杨天豹说："从前我落后，往南走，我积极是积极，心里也时常想反正离家愈来愈近了，我就高兴起来，不管别人心里不舒服，只管自己嘴皮子好过，那时，我实在也没想到这最后胜利还是要靠艰苦，那晚在江北，你带来游击队的同志，他说的话我句句听下，我就几夜睡不好，我想也许不像我想的那样，也许我家早给国民党杀光了，——老王！你说得对，为了解放南方老百姓，——我们一道干吧！"

这时天色已晚，晚霞把湖水照得通红。今夜，他们就要迂回敌后进行渡江以来的第一次激战。王春望着河水，他记起1947年夏季过松花江，那时，新参军的老乡，都兴奋地乱嚷："过了大江啊！"这是多么快的两年啊！那时他捧了一口江水喝下去，不久前过长江他也喝了一口江水，现在他问杨天豹："这是什么河呀？左一弯右一拐，真多，咱北满可一抹溜平呢！"杨天豹一指说："老王，你往东瞧！洞庭湖，四海五湖的洞庭湖啊！"王春伸手去捧湖水想尝尝滋味。杨天豹却在思索什么，后来他问王春："你看，我能入党不能？"王春应了声："我看能。"他自己也在考虑，这回火线上下来，指导员该把他入党问题提出讨论了吧？

第十一章　火光在前

师部到达了前线的指挥位置，整天都在准备黎明的攻击。大家都又忙碌又兴奋，一科长雷英，不断在竹林中的指挥所门口出出进进，他显得比往日更年轻、活泼、愉快，从他身上反映着指挥部所特有的一种非常可爱的气息，人们忙碌，但愉快胜任，他们不是单纯靠热情与勇敢，而是靠正确的判断与精密而科学的准备工作，来战胜敌人。

今天，师指挥部还有一种不同的空气，就是愈经过艰难跋涉，愈渴望这即将赢得的战争，从人们心理上叫作"像样的战争"，就愈想把准备工作做得十分完备。

只有师长陈兴才睡在一张竹床上面。几部电话机安设了各条专线，有的指挥突击部队，有的指挥二梯队，有的指挥不同的炮兵单位，都放在竹床两边的桌椅上面。他的恶性疟疾害得正厉害，昨晚由一个参谋一个警卫员架着才拖过那条不高的山岭。现在黄昏前，卫生员计算了时间进来叫他吃奎宁，他却满面绯红，两眼干枯而发亮，还叫一个年轻的参谋把作战部署图第七次展开在他面前。可是他眼睛向上望还是望不清，红色箭头和蓝色弧线常常模糊在一起。他神经非常吃力，他用劲合了几次眼，再睁开，他看清楚了。这时那纸上就不再是地图，而是阵地、河流、树林、起伏地、城池和选择好的突破口、敌我火力点，他仿佛看见部队正在他亲自规划好的路线上运动，……他没听见卫生员的话，直到最后他由于高烧而昏迷了，把头伏在枕头上，但他心地还是清醒的，他还在构思某一个火力点重新配备的方案，但他说不出来，大粒的汗珠从他的额头上沁出。很久，他低声问："三〇七（政委代号）呢？"

参谋说："到突击团去还没回来。"

这时，政治委员梁宾正从突击团往回走，脑子里还响着战士们动人的战前誓言，他顺便去视察了两处主要炮兵阵地，今天他特别仔细，因为师长病了无法指挥了。

炮兵阵地的壕沟里，一个麻脸的炮兵连长，对于横渡长江历史关键处未配合作战，已经伤心十几天了，这一回他拼命绕着大路赶来，因此满面光彩，他对政委反复说："首长！保险五分钟扫开突破口！首长！"

炮兵阵地上是一片紧张忙碌现象，弹药手打开炮弹箱，细心地用布片擦炮弹，炮手走来走去，驭手在翘着屁股加宽工事，栽装伪装树枝。政委得到的印象是完满的，战士士气昂扬。当他走到指挥部，从竹林外就开始小心翼翼，踮着脚尖，放轻脚步，侧着身子慢慢走进光线变得昏暗的小屋。可是他大吃一惊，看见师长正在打电话。他发怒地叱责："卫生员呢？你在看护首长吗？"卫生员垂手立正，两眼望着师长，无法分辩。

陈兴才像淘气的孩子一样放下电话听筒，说："我告诉突击团一个火力点需要修正。"

"三〇六（一般是在严重心情下政委才用代号称呼），你需要休息！我们对付得了。"

他把汗湿的军衣摔在椅子上，他兴奋地两眼炯炯地说："他们搞得很不错，老陈！不要看不起，干部都提高了，你说哪个火力点？"

师长召唤："小参谋，拿地图来。"

"不，不，"政委忽然说，"不用你管，我们应付得了。"他挺立高大身躯，弯着头，跑到桌前去看作战图。

时间在前进，—— 前进，……

政委又打了几个电话以后，小屋里就非常平静了。

天黑了，一切都准备得异常周到，现在只等时间，时间一到，胜利就会出现了。

师长疟疾又发作了，高烧使他完全昏迷了。他在蒙眬中只看见无数火焰飞舞、跳荡，火焰在烧他。突然他清醒了似的，随即又什么都不知道了。他模糊地记起那一夜，—— 在悬崖绝壁上，他决心点起火把，无数火把，红红的，—— 他突然紧张地坐起来，又昏倒过去，他在呓语着："火……火……"

梁宾望着他。梁宾自己经过这二十几日夜艰苦行军，他眼窝深陷，颜色苍白，不过嘴旁两条纹显得更刚毅了。

战争就要开始了。侦察员已与渡船迂回敌后的团取得了联系，陈、蔡团可以按照规定时间完成突击营登陆。

政委又摇着一部直通正面突击团的电话，问准备情形，他也得到满意的回答。

"一切进行良好！"是的—— 一切进行良好。他站在那里，把手扶在带皮套子的美国电话机上，他昂着头，他在思索。

他想着这二十几日的经历。

啊！不简单的经历，有的说比二万五千里长征还艰苦，可是，这究竟是在胜利中前进啊。在东北一下江南到三下江南，那时不也有人说，那才真是困难呀，可是过来了，胜利了。二十几年里经历过多少这样的困难，都过来了。这时他眼前出现了他的老母亲，她白发苍苍，枯瘦如柴，她伏在他胸前耸着肩膀哭过，可是她眼睛里那样炯炯闪光，坚强地指着父亲牺牲的地方说："你再瞧这里！"—— 他又记起不少牺牲了的同志，中间也有自己的亲兄弟，……梁宾心情无限紧张起来。正在这时，门外有人送进军政治部送来的一卷"新华电讯"，他不禁对于宣传部同志们在这样艰苦作战情况下，坚持工作的精神，浮起一种崇敬之情，他叫警卫员赶紧再点起一支蜡烛，这是他唯一存在自己皮包里的半截蜡烛。烛光发出喜悦的亮光，他坐下来热情地读新闻，——他突然读到一条新闻，那是—— 毛主席的讲话，油印字清楚地写着，是在新政协筹备会上的讲话，是最近得到全文补印出来的。此时此地，他忽然得到毛主席的文告，他简直喜欢得喘不过气，他全身心紧张地来读它，当他读到最后一段：

"中国人民将会看见，中国的命运一经操在人民自己的手里，中国就将如太阳升起在东方那样，以自己的辉煌的光焰普照大地，迅速地荡涤反动政府留下来的污泥浊水，治好战争的创伤，建设起一个崭新的强盛的名副其实的人民共和国。"

他庄严地站立了起来。他口一面读脑子一面想，无数回忆又新鲜地出现了。

他记起，——他从中央苏区走到西北，又从松花江走到长江，他曾经看见多少老百姓流离失所，多少村庄被烧毁，多少桥梁被崩炸，多少车站变成可怕的废墟，……这二十年间，敌人是怎样摧毁了这个国家，可是人们坚强地站起来创造了自己的一切。他记得有一个清晨，他到达一个小车站，这一个小车站像一片焦土，只临时砌了一间小小的土屋，就从这小土屋里发出一列一列南下列车，人们不分日夜，把一切破坏了的恢复，立刻庄严地进入战争。他深沉地自语："这就是新中国，——我们的！只有现在才完全是我们的，这国家是受过很深的创伤，很深的创伤，可是我们爱这个国家，因为它是我们人民拿血换来的，——现在，它是我们的，第一次完全是我们的了！"他两眼闪闪发亮，热情地望着面前无限辽阔的前途。他觉得"我们"这个词在这时竟包含了他一时说不出来的无限丰富的意义。他好像为长久的斗争——前仆后继，找到了一个鲜明的结论，他又自语："同志！只要属于我们，荒地上就会出金子啊！"一种深深的感情让他眼睛湿润了。

当他捧着毛主席的讲话，这样快乐地想着的时候，突然，他看见师长猛地一下坐起来，睁着红红的两眼，一下又睡下去，昏迷中大声呓语着："火！火！"这时政委惊醒似的弯下身去看看表，政委脑际敏捷地闪过一句与这一切似不相干的话："火，烧不长了，同志！"他指的是——在前面，敌人还占领的最后一块中国国土上，在那儿不是如同一个火池吗？人们在那里，不就像在火池里一样吗？！……

雷英和黑麻脸的二科长柴浩一起冲进来，报告："信号弹亮了！"这是说陈、蔡团已在敌后完成登陆，开始攻击。政委迅速地拿起直接通往炮兵阵地的专线电话大声喊叫："喂，喂，——开炮呀，伙计，炮弹是你们一颗颗背来的，要好好打准呀！——打到残余敌人头上呀！打到反动派头上呀！干呀！"

他像一阵旋风一样奔出屋外。

远处有机枪声，忽然空气在震动，第一批炮弹"嗡——嗡——"地横空而过，向敌人阵地打去，一阵火光，然后传来巨大的轰隆、轰隆声，爆炸了，爆炸了。火光，火光，一条线的熊熊火光。人民的无敌炮兵，经过锦州、辽西、平津各战役之后，第一次在这遥远的江南重重打击敌人了。

　　师政委梁宾笑嘻嘻地昂头用望远镜观望着那些弹着点的火光。

　　突然，师长陈兴才从后面跳出来。他在昏迷中听到炮声就立刻清醒，虽然面色苍白，他可又激动、又快乐，他立了一下就说：

　　"给我！"

　　他一把从政委手里把望远镜抢去。忽然他头也不转，急躁地命令："电话兵！把电话机搬到这里来呀！"他立刻在这里亲自指挥进攻了。

　　离他们正面阵地约十里地，在敌人侧后方有一片高地，有一条河流，六连奉团的命令在这里登陆。连长秦得贵和指导员李春合因为突破任务给了七连而有些不愉快。可是一登陆后，他们马上鼓舞战士们说："只要七连撕开裂口，六连就勇猛地攮进去！"他们站在黎明露水中，不一会，他们一齐举头，看到六颗照明弹"哗"地一下高高冲上天空，照得天空熠熠发亮。魏金龙在敌人统治下过了十几年黑暗生活，现在眼看着自己人这样一点用不到隐蔽，发出信号攻打敌人，他的两眼都因为过度喜悦而涨满泪水。这时他们立刻听到远方正面阵地上如同天崩地裂响起一片轰隆声。愉快呀！分不清颗的炮弹在爆炸啊！像整个炸弹堆一下点着了呀！他们马上看到黑黑的夜里有了火光，这里，那里，开始像无数蜡烛点燃，忽然扩大了，许多蜡烛又会合起来，变成熊熊大火。枪响得很激烈。不久团的通讯员跑来，连长举手向前招了一下，六连立刻投入战斗了。王春先摸了摸左面小口袋里的战斗模范章在不在，而后决心大胆地跑向前去。当他们通过一段水田地，向一块高地冲锋时，在火光中看见杨天豹哈着腰跑在前边，他咬咬牙拼命赶了过去。他第一个跃身跳入敌人二线战壕，因为用力过猛，把壕边蹬塌，他扑通一下没站住脚就扑倒在地下了。杨天豹一跳下来，就看见有人正举着刺刀向王春刺去，战壕窄，他来不及拨转枪，就急着一跳挡上去，和那个敌人抱在一起。这时火光一黑又一亮，一声巨响震动在空中。王春刚刚发现杨天豹在跳上去时吼吼叫着，他就一翻身跳起来喊："老杨！"没有人应他。他只听见脚边有人像把鼻子堵塞喷不出气来，呼呼吼着。他蹲下身，他摸到杨天豹的脸，手上立刻粘了黏湿的血液，他又叫："老杨！老杨！"恰好这时火光一闪，他看见杨天豹面色惨白，从太阳穴到下巴尖淌着一股发亮的鲜血，英勇地牺牲了。王春抱着杨天豹，他难过极了，心中真是千言万语，一下子说不出来。他抬起头，前面枪声非常激烈，一条条黑影正是自己人在向前攻击，显然这个阵地上的敌人被歼灭，同志们继续前进了。王春不能不前进了，他把杨天豹抱到一棵树底下，心里记下这棵树的地点、位置，而后含着眼泪往上跑。当他顺着突破口进去，在那红布似的火光中，他看见一个人举着一面旗子在奔跑，这时他看见魏金龙跟了那人低着头猛跑，他知道那一定是攻击方向，就也加紧跟上去。突然一声轰响，那人倒下来，他跑上去一看不是别人，正是指导员李春合。李春合给炮弹炸伤，他还向前面举着手喊叫："共产党员！上前面去呀！我们胜利了，上前面去呀！"这时王春热泪终归忽地流下来了，他从指导员手里接过红旗冲了上去。从弹火激烈程度来看，火线上显然正在进行最后歼灭敌人，这时天已破晓。

　　这个故事就在这里宣告结束吧！最后的胜利进军还正在蜂拥前进。过去，在战场上我们走过多少路啊！经历过多少次风雨晴阴不定的黑夜或黎明，我们看见前进的方向上有火光，那是灾难的火光，现在我们到了最后扑灭闪在前面的灾难火光的时候了，黎明升起了，在我们的前面，那将是新的火光，辉煌的欢乐的火光了。

青河崩裂了

在遥远的边地上，从9月里就落下雪花来。茫茫的岗岭，长期地凝结在冰点下的多少度数里面。

雪是白的，冰也是白的，……游牧的人们，移往稍好的他方去了。山谷中还剩下由内地流浪来的，多少赤贫的人家，让雪堆得比矮檐差不了两尺。岩阪上的古木，给冻雪和苍白的风摧折着。每天，有多少枝梗乒乓崩碎，陨落。山里越显荒凉，古木，更像画在白纸上淡淡的几条墨线了。

孩子们的脸渐渐消瘦着。他们一边嗒然地喝下融化的雪水，歪曲地哼着歌谣：

> 虫儿蛰去了，
> 鸟儿也不再飞翔，
> 好一片荒凉！
> ……

黄昏时紫色擦着地皮滑动，凝聚。

北风的威力下，树木忍痛地呻吟着。隔了两条山岭，狼冻得发抖，嚎出几声凄厉的嗓音。它们嗅不到足以供它们饱餐一顿的食物。连死麻雀也寻不着。偶然从地皮上抓出山鼠，多半也是蜷缩着冻得流下冰凉的脓水。饥饿使狼的眼睛闪烁着蓝的光芒，还闪烁了红的光芒。……

冰把窄窄的青河冻成一条铅皮。

胡须领头，一串去山谷中砍伐柴木的小队走了回来。在那一整片纯洁的白色上，他们是黑的。

齐到膝盖骨下的毡套鞋，滑动在松软的雪底下的冰溜上，咿咿，响着。雪挺深，人们瞅不见埋在下面的是石块，还是凹坑。胡须发黄的长胡子，结住了冰，麦穗一样，在胸前撞动。宽宽的褡裢，束着了臃肿的白羊皮衣。泛着红赤的饱含了细汗的脸颊上，感到更削劲的风刮。

嗬，嗬……

这一串人，除了综错的一片喘声之外，谁的喉咙也不咕动一下，仿佛他们是凝冻在冰块中的鱼。

他们每一个宽阔、结实的肩膀上，都拖着一根粗绳，拽了木枝。一步步缓缓冲开堆雪。从那个采伐的山谷，到这个住的山谷来，走的完全是一块里巴长的盆地，青河偏左一点，静静的，……在夏天，青河里漂着小小的柳叶鱼。在夏天，这长长的盆地里，铺满的是苍蓝的丛芜，鲜红的野花。现在可是一片白……

——12月！

因为盼望着春天，人们的心里叨念着这短短的天，长长的夜。

木枝从龟裂的皮纹，冻结到最小的那圈年轮心上。所以增加了重量。沉重得像铅铁。绳子隔了一层皮板，咬着肉皮生痛。他们的肩皮在渐渐加厚。他们的手指在渐渐粗得可怕起来。五个指头伸出去，往往连一点缝也没有，鲜红的，黯黑的，还磨胼出多少块冻疮。

到了第二叠岗岭上，胡须望见埋在雪中小小的屋顶。

旁的家伙，要爬下坡脚，绕到岭后去，这里只剩下三个人，胡须和石松、张千。他们兀然立在岗头，一任冷风飘动着皮板、领口的羊毛。目送着一串人艰辛地在一面壁角下隐没，胡须眨了眨眼睛，三个人才又唰唰地拽动木板，沿着岗顶，横下里走去。

石松脚快些，雪一波，一波，从他腿肚上滚开。年轻的血液，燃烧了皮层下的冷意。

"胡须伯伯！"

瞧了一眼老头子额角上绷起来的血管，在蠕动。他放迟了脚步。

"雪快融化了！"

瞧着这傻头傻脑的孩子，他像引起了蛰在脑子上远年的一丝怅惘。眼，巴呀巴地，瞅着这健壮的年轻人挺在冷风里的凸出的胸脯，他笑了。

"呵！——12月！12月！"

一面换了一只肩膀来挨受摩擦，扯开大步。张千不言语，在伙伴的一堆里，他说话的时候很少，笑的时候也很少。嘴圈上，扎着青须须的短髭，攥了拳头挺够劲。背后的木捆，也往往比旁人粗些。年轻人耸了耸肩头嚷：

"伯伯，不是12月不去，1月不来吗？我盼着赶紧更冷！"

"冷！……"

张千惊讶地翻了下迟钝的圆眼珠子。

这会，他们已经走近住所，苍白的雪堆给黑夜慢慢浸蚀了。矮矮的土屋，掩堆在那深深的冰雪中。只门口上，劈开一条通路，一点炊烟荒凉地从那儿放出，诱惑着饥饿人的鼻子。……

胡须觉得手脚到底是迟缓了，看着石松去敲门。

夜风凉涔涔地贴到脸皮上，冰水一样。粗糙的皮肤，感到一阵痉挛似的。他的心里却笑开了一朵花，他侧耳听着沉厚的木板门里面，响着的脚步。他知道是谁来开门。仿佛有一股温暖的血液，立刻从心上渗进周身来，……他转头朝四处望一望，苍莽，倾伏在岭岗，都变成一片死灰般的苍白……

"秀子，……爹回来啦！"

苍老的嗓子，凝住在冰的冷气里。门开了一条缝，秀子蹦了出来。

秀子婷婷的身子，裹了件齐到膝盖的白皮袄。从草色的狼皮领口，露着两只炙烧的大眼睛。她招呼了石松，却不去接爹爹手上的绳子，只管一手撩着从额头上耷下来的黄发。爹爹望着两个孩子，笑了，……石松也笑了，有楞角的脸上，闪着一种光滑的欣快。跳过来，接了冻得粗粗的绳索。

"这丫头！我累了石松哥哥一天了！……"

秀子把鲜红的嘴唇抿了抿让开路。胡须推着，石松拽着，把一堆木枝拉了进去。她听到门砰地掩上，她矜持不住地笑了。她弯下腰，拾起石松的绳索，往肩膀上一背，就吃、吃、……拽着跑去。头发在冷风里披动着。她的两条腿一蹭，一蹭，灵敏地翻滚着洁白的雪块……

等石松出来，剩在雪地里的，只是一把斧头了。

挟紧了胁下的火枪，他踩着她的脚印，追往前去。秀子早等在一棵给雪裹得臃肿的枯树下。

胡须把褡袄解掉，瞧了瞧病在炕上的秀子的妈妈，这会倒昏沉沉地睡着了。他转过身，悄悄地把斧头放在墙脚下，皱了皱眉头，走到火池前面的一只木墩上，坐下。木柴劈巴，劈巴，响着清脆的声响，常常有一星火，嗤地跳起来，落向暗中。他搓着冻得木胀胀的两手。红火光炫染到他朝火的这半面脸孔上。

旁边，在秀子用荆条编的簸箩里，九岁的耙子，说着吃语。

极端的悄静，往往会惹起人的沉思，胡须的两眼，凝在红红的火花中。……

……在遥远的内地，他度过半生的日子，那儿有温暖，这是十年回忆中的一点红光。他们怎么样跑到这雪地中来？哽在这中间的一段隐秘，只有三个人晓得，可是一个人已经死掉，一个人垂死地病在炕上，自己呢？也年老了，怕也没有再回去的一天了，……想到这里，一面和石松脸型仿佛、微微苍老一点的脸幕的现出，那两星冒着火一样的眼，使胡须搔了搔头发。……

亮晶的水珠从毡鞋上往下滚。

火的热度，还从皮衣上蒸腾出潮气和膻味。

……石松的爹和老胡须从小生长在一起。

……那个城池外，有一条河。这个河年年涨一次水以后，就往南挪上几丈。所以人们都把它叫作望日河。河的北岸淤出多少顷肥沃的田地。那面的人家，便慢慢富庶起来。胡须的家，恰恰住在南岸上。从前离河岸还远远的，可是，他们早就有了一个念头：他们知道，有那么一天，他们的田地会没影了。

听着河水的声响，一年比一年近些。

为了生命，争夺着北岸的土地。在大伙都红了眼珠，骚动起来的时候，胡须和石松的爹，搽死了大富户李胡子，……在那儿，他们站不住脚了。从此悄悄流浪出来，一直跑到了这儿来。

……穷人的日子，到哪里都是艰辛的！

在十年前，一个冬天里，落着雪，石松的爹失了踪。胡须背了猎枪，摸遍山谷，没有……大伙都咒骂着狼。可是一直到了春天，尸首才从雪堆中融化出来。手里的枪，铺满了水锈。他是失了脚，落进雪坑的。……

胡须把手中的烟斗，在毡鞋上叩掉灰。轻轻地叹了口气。

"吭，吭，……"

他吃了一惊，回过头。秀子却戴了一顶大檐的、男人用的帽子，歪着头，……老胡须在火影中点了点头，笑了。她不知道是什么时候偷偷蹀进来的。她走到火池边，蹲下去。胡须慈爱地把她的帽子掀下来，缓缓地摸着她茸茸的头发，她把头放在爹爹的腿上，一面往火池中添了几根木块，木块清脆地爆炸着。

"秀子，……妈妈喘了没有？"

秀子坐到火池边上，摇摇头，一会，……屋中只剩下一团红火影，映着胡须粗壮的背，和秀子细挺挺的背。胡乱吃了一顿饭后，胡须躺到铺着蓬乱的羊皮的木板上，舒散着木胀胀的手脚。铁釜炖在火炉边上，融化了的雪水，蒸发着蒙蒙的潮气，……他听着，颠簸在山谷上，折下来的冷风，拍着冻了雪皮的屋顶，嗯嗯响。

夜了。

石松躲在那个角落里，透出鼾声。

狼沿着青河，在丛林里游寻着。偶然凄厉地落下几声惨呼。

秀子蹲在荆条簸箩旁，玩弄着爹爹的猎枪。还把那大的毡帽学着石松哥哥的模样，微微歪斜了一点，戴在脑袋上。火光一高一矮的，把她脸晃得一黑，一红。一只耳朵上，刺着一个小洞，妈妈的手亲自在那儿穿着系了一根红绳圈。跟着扳枪机使劲的一只胳膊，微微荡动。耙子烤得鼻子嗤嗤响着。

寂静中，妈妈醒过来。木板吱吱地响着。……

"秀……秀子……"

声音是那么惨烈地抖颤着。带着积聚的痛楚和悲哀。秀子蹑着脚跑过去，……妈妈伸出枯瘦的手掌，攥着她温暖的胳膊腕子。隔了一层皮，她觉得妈妈的手是冰凉的，战栗的。妈妈的头发乱蓬蓬的，完全滚得像一只老鸦巢了。脸，瘦成刀条子，两个眼眶黑洞洞的向下陷着，嘴唇抖了抖，震出一条凄然的笑痕，好像很满意似的盯着短光的眼珠……

在这里，人永远是在斗争着，和天和野兽。……

趁这几天雪花没有落下来，人们拼命地去砍伐树木，当作柴烧。像这样的天，是很稀罕的。虽然没有晃一下金澄澄的太阳光，可是雪好像稀薄了一点。昨天晌午，白脓般的天心上，还影绰绰地露了一下昏黄的太阳的圆影子呢！山谷中寂静地撞荡着斧头砍在湿木上叮叮，叮叮，沉滞的音响。

从树枝上落着的雪片，融化在赤热的手背上面。

喘着气，老胡须敞开了领口，把斧头丢到木堆上。他仰头望了望，空中是树木的枝梢，彼此遮盖得像棚顶一样。雪，在上面凝固着，透下冷气。大伙都歇了手的时候，远远寂静的山谷中，就撞击着野兽恶裂的嗥叫。同时在一阵风里，这儿，那儿，也有轻悄悄的落雪声、落冰声。

走上岗巅，朝远方望着，揉了下眼皮。

"喂！……"

突然他转过身，摆动着一只手喊。……大伙震惊了一下，都攥紧了猎枪跑上来。在他们心里以为不是发现了狼在搏着人，便是一个人失足半身陷在冰雪里，……可是什么也没有。胡须看了看身后的一堆人，用眼光找着石松，仿佛这事非他不可。石松的帽子背在脊梁上，黑溜溜的头发，给风刮得打着滚儿。

"孩子的眼尖……你瞅……顺着我的手，石松！"

刺眼的，皑皑的白色，一直扯到天边上去。石松发现了，眼睛瞪得那样大，他想再确实一点看一眼。旁的人也屏息着气，把眼光睃巡着，在雪地里找，……遥远，遥远的一条岗坡上，正有几个黑点子，在雪中滚滚地动，朝这面近来。那是到柴森堡的路线，也是到内地去的路线。老胡须眨着风泪眼，笑得胡子一根根发抖。可是这笑是藏在心里的，他不能判断来的是什么？是人，是骆驼，还是野兽？就说是人，给他们带来的是幸福，还是悲惨呢？……这几年，不去堡上走动了。从石松的爹爹死了后，没有了猎伴，也就懒得为了稀少的几块兽皮，自个儿跑远路了。不过，他还记着那里，那里……

"呵……！"

"呵……！"

一点疑惑和一点惊讶。每人的嘴上都感叹地嘟囔着。

距离还是那么远。一阵骚扰之后，他们又一个个溜回林子里去。攥了木把朝湿涨的树木上砍。一群人低下头去，运用着结实的手膀。热气，水一样从他们多毛的皮肤上腾起。突然，一阵雪地上奔跑着的脚步声，让他们扯过脖颈去。

"爸……爸……"

秀子刚一露头，就张开手，一下扑到擦着下巴的胡须怀里了。大家围拢上来；石松的手里还提拉着斧头。

秀子好容易喘过一口气来。眼泪黄豆般一连串扑扑拉拉落了下来，从那冻得像粗萝卜丝一样的红脸颊上往下滚，嘴撇得挺大。爹爹紧紧搂着她，摇着她。急灼得鬓上一根筋脉在突突跳，兀自嚷着：

"怎么？……怎么回事？"

女儿从怀里仰起头来，只含糊地说了半句。就一下跟着噢地一声哭，扎下脸去，肩膀迅急抽动着。

"妈……妈，她合上眼……呜，呜，……"

一串人拽了木柴，寂静地往回路上走。在这里，环境做成了一条无形的箝夹，让这些跌在灾难中的人们，都变成患难相助的了。头里走的是老胡须，把胡子耷拉到胸脯上，一声不响。石松紧跟着秀子，拽着胡须和自己砍的柴木。已经走下岗脚，胡须突然记起什么似的，转过身来挥着手嚷：

"诸位乡亲！你们不能回去，你们得等那远来的客人，……风地里是容易迷了方向的！"

大伙儿才想起在远方滚动着的黑子，……

望着那爷儿三个渐渐远去。大伙轻微地叹了口气，讲起秀子妈平日的热心肠来，……三十年来，她从生活的艰困中，巴望着有一天走回故乡去，故乡还有一娘所养的骨肉，可怜一点消息也传达不到。就是逃亡那时，也没有得到见一面，作一次最后的诀别。希望的花，在她的心上开放着。故乡，遥远的故乡，……一天，风在雪上打着滚，青河结着冰，她挣扎不过生命，死去了。她的眼睛里还在滚着望日河酱黄的波浪。耳朵里，还听着望日河清脆的水流声。

火池里熊熊的火，照着耙子哭得颤抖起来的脊背。

老胡须一脚踏进门，望一眼这凄凉的境况，暗中流了一点热泪。他悄悄走到炕前，摸了摸老伴冰凉了的手，寻找了一块羊皮，把死人的脸盖上了。……

秀子哭得弯下腰，给石松哥哥拖着，一面说劝。

胡须踱过去，拍了拍她的肩膀说：

"秀子，……你妈四十多年的辛苦，满心看着你们长大成人，再转回家乡去，……谁知，唉！这也是命运！（他披了手臂，颓然退到木板上，痴痴望着池中的火苗。）她在望乡台上去看看望日河吧！"

一点什么炙烧着，两个瞳仁里冒着火星。

"妈的……就让望日河水流得再凶，也洗不净那块地皮，那些猪地主老爷！……"

女儿哭得昏过去。给放在木板上的毛丛中，抽搭，抽搭。

易于伤感的，老年人神经微弱的心，给一种火热炙焙了之后，反倒没有一点泪水滚出了。他不住地在想，……年轻时，想也没有想到，自己的骨殖会丢在遥远的冰雪中啊！突然，他又轻松地踮了一下脚，啐口痰，……他妈的！这里倒干净些，家乡，有什么？只是锄地时，多掘出几块人的骨头，在那儿是阔人们的世界！……

在所有的眼睛都给泪珠蒙住了的时候，石松帮着胡须，用一块羊皮裹了死人的尸体。

火苗，给哭得昏涨起来。谁的手里，夹了铁锨。拖着僵硬的白皮卷包走出去。秀子呜地一下搂抱了弟弟在怀中，把眼泪沾湿了耙子蓬乱的头发。

哀哀哭声，从木板缝上透出。

雪地山谷中，寂寞地回荡着人类悲惨的声音。这声音，诡秘地顺了风脚吹过盆地，吹过树林，……砍伐树木的人们，临风揉着眼睛。为这声音感动的手，一下比一下来得迟缓了。

在矮矮的屋顶下，关着愁闷和死寂。

秀子倒在爹爹的木板上，把脸埋到毛丛里面，给毛磨蹭得发着烧。她不敢去看妈妈睡的土炕。她的耳朵中，响着每天妈妈颤悸的呼声。她觉得妈妈并没有死，还是在那儿睡着，忍着病痛，唯恐丈夫和孩子听了伤心，不愿哼一声苦。就是，那会，……那会……嘴唇已经发白，还是攥着秀子的手。

"好……好……照管……弟弟……"

眼悄悄往上吊着。她还在勉强要笑，安慰女儿的心，可是死已经铺在脸上，眼已经走了神……

秀子想着，又忍耐不住地想去瞧一眼，……是的，那只是一场梦，并不是实事，妈还躺在那昏暗的角落里。等真把眼睛抬起，眼皮突地早胀得桃一样地凸起来，麻木着。心也在跟着怦怦地跳，可是落入眼中的是什么？是空空的土炕，给火池里的火影晃着，微微瞧见一簇蓬乱的稻草。

……妈呢？妈呢？……

耙子早哭着睡过去了，这会在梦中抽噎着。

还没到黄昏，林子里的小队，早在冰雪上滑跌着脚，回来了。他们吹着号角，呜呜地游荡在雪地上，擦着雪皮，有时也被风声压落下去。在谷子里，立刻，一个消息传散开来。说由堡子那面来了三个人，住在斑鸠老头子家中了。每一家的屋顶下，都稀奇地谈论着这件事。

黄昏没一点征候地落下来。

老胡须怜悯地哄着两个孤零零的孩子说笑。他抓着酒杯，折了麦穗般的胡子，学着小车子，嗞嗞叫，学着鸭子。这些使秀子想起温暖，想起遥远的没有到过的地方。……

张千来了，衔着烟袋，沉着木头块一样有楞子的脑袋，坐到火池脚的木柴堆上面。

不知什么时候刮起了风。屋子都是靠山壁建筑的，风声兜到那儿，便剧烈地拍击着，不消散，山岗全沉入危危的夜色。雪的苍白，却从那远处反映过来，那便是一块夏天长满茂草的盆地，那儿是这谷子里人的牧场。在那苍白上，隐约有一条子微黑的影子画着，是青河。要在夏天，哼！这样黄昏里，就会有人在草地上，去坐到天明。歌声飘开旷野。

> 吭噢嗬！
> 青河里的水清又清，
> 青河里的鱼儿会变龙。
> ……

老胡须拍睡了孩子，和石松、张千咕噜着话。秀子挤在中间，凝着疑问的眼珠。

“这三个为什么在这冻天里跑远路呢？”

张千望了她一眼，她的眼还红着，嘴巴也噘得紫喇叭花朵一般。

他敲了敲烟袋灰，搭着腔：

"没有好事……奶奶的！左右是拉夫咧！端皮货咧！……可是怎么青河上的人，是管不住那一段的！他娘的！内地里逼，逼到这儿来，还是不得踏实，咱们，……"

石松耸耸细长的眉毛，插上嘴：

"听说那边早开火了！（说得很响亮，显见得这事情，是陌生的，然而又有着常常谈起来的兴味。）不知道谁打谁？可是……这样冷的天，伯伯！那边也是这样吗？雪！……"

老胡须没有响。灌了杯酒，看了看说话的人，又看了看秀子。

火池，一会比一会昏暗，谁也没想起去添上一块木柴，他们在叽叽咕咕地谈论者。

没有了妈的孩子心在慢慢地硬起来。耙子也裹了皮衣，往雪堆里跑。秀子常常到山岗上去，望着远方。她的心，有一点惦念着远方。仿佛在那边常有一串串牧笛会从风中飘来。……

没有风，没有雪的日子，她戴了大的毡帽，背了猎枪，一个人走去，……摸着一棵棵敧零的古木，沿着岗岭。

在这儿，没有边界，也没有习惯上的固执。遂了心的自由，只要有雪有冰的地方，就是他们可以去到的地方。—— 秀子在这样的地方生长起来，皮肤是不怕再大的风和再大的雪。她也知道在人间有着温暖的地方，可是那只是听爸爸和妈妈嘴上听到，是很远很远，……有时她摸着耳朵上的红线圈，女儿的心是别别有点跳的。她记起爹爹说的话：

"……我是想把你当男孩子一样养起来的……可是你妈不肯，我说算了吧！她不依……唉！她的性情就那样古怪，不过我明白她的心。那时，你哇，哇，哭着，她的手那样颤抖，拴上了这个绳圈，你……你……"

爹爹眼微微上翻的。

"她是想有一天那块土地干净了，咱们还回得去，她怕那时人家会笑话你说：这样的大的姑娘，连个耳朵眼都没有，……那样是不好找婆婆家的！……"

她心中有点发酸似的，用手去摸摸眼皮，可干巴巴的。

是风和雪锻炼着吧！她有那样坚定的魂灵，和强韧的心。……

两个月来，陪伴她的，是结实的石松……石松星子一样的眼睛，早深深地印在她的心里，两个人有悠远的从童年培植起来的友情。爹爹很爱他。说要眼瞧着他成了人，才放心，才对得住死去的朋友，对得住这在冰雪中生长起来的孤儿。在寂寞和冰冻中，两颗微温的孩子的心灵，花一样，一天比一天开展着。

石松所拥有的，是爹爹留下的那支枪。给雪浸蚀的水锈，现在，在他手掌中，又磨得光滑滑地发着乌亮了。

—— 那儿是不自在的，要不，为了什么爹爹们搬到这儿来呢？

孩子的心中，有时是这样理解着那个记忆中的远方的，他们觉得在那里男人要穿长褂子，女人要戴钏环、梳麻花头；……在那儿的人，都是用一根同样长的绳子捆着长大的。你不能满处去跑，那儿有地主老爷，有坏人，……他们所以有时是微带憎恶的，当提起那个远方的时候。可是自从秀子没有了妈，她忽然对那个远方，起了点怀念似的：

她的脑子里，幻想着一条泛滥的河流。

她的脑子里，幻想着那儿，是一片彩色的、春天的图画。……

一天，她默默地朝石松说：

"哼！……那里，爹爹说，妈的魂是回到那里去了呢！……"

石松大脚步踩着石块上厚厚冻结的冰壳。走在她的旁边，——这时，风一阵阵由冻了的青河上吹过，落在他俩的肩膀上、头顶的大帽子上，唰，唰……响。几棵冻得失了黑色的枯木，摇晃着，麻秸秆一样。他突然惊讶地回过头来，闪了闪发亮的眸子问：

"哪里？"

秀子歪了歪下嘴唇，瞅着远天的云层。

"哪里？……就是那挺远挺远的地方，那儿的姑娘都是躲藏在屋子里的，就是那儿！"

"……"

石松没有言语，山谷上，片片的惨白，使黑的凸处，眼睛一样向天空睁着。他立脚在一块岩石上，朝四下里望着，到处是冰和雪，可是风刮在脸皮上，他不冷，他只感觉到欣快。有时在夏天，还会怀念着像这样冰冻的日子呢！仿佛没有这样的风，他是活不下去的。没有这样的风，他心上就失去了什么似的。没有这样的风，一身的气力，就没用了。……

"哼！那里……"

他心下不自在地嘟囔着，临风舒展了一下胳膊，骨节在簌簌发响。

"那里……是那里，妈妈的魂会回到那里，我也要到那里……"

秀子用鞋尖踢着踩碎的冰块……石松别过脸去，望望那夏天同她一齐去洗菜的水沟。他的眼，睃巡地找着河岸上的一块石矶，一棵树木，他还记得哪一片沙滩上丛生过丰茂的芦草，在那儿掏出过黄嘴的小鸟，……虽然现在全给冰雪封锁，可是他知道迟早有那么一天。他知道冬天过去便是春天，他怜惜地一手去摸着左胯上的枪托把。

——离开这里，家伙也没有用哪！那不能！

石松靠着一杆枪，做了谷子中出色的小伙子。在打猎的时候，他永远是占上风。在那黄羊子迅急地迈了细腿奔跑的时候，他说左腿就左腿，说右腿就右腿，只要枪砰……地一响，那边浓浓的绿草地上，就会有一只黄白的东西，打个滚儿，不动弹了。那时，老胡须是怎样地拍着小伙子的肩膀哈，哈，笑着……

这儿是他的田园，只是眼睛看得到的，他都踩遍。

想着……他好像沉淀在一种极稀的泥窠里，除了留恋着这山岗，这原野；他明白还有更要紧的，那……那也许就是秀子，秀子嘴唇左角上有一个小小的涡儿。他停着脚，她也停着脚。

"秀子，忘掉那些吧！我们不能离开这儿，你想一想（嗓子低低的，有点颤悸）……"

"怎么不？爸爸常说……你们有一天，要回到那里去，望望祖先的坟地，那里……（秀子微微偏了头，凝注着悠动浮云的长空。）这些话，你都忘了吗？在爸爸坐在火池前，喝着酒，瞧着咱们，……"

沉默。

"好，好。"

突然，石松暴躁地吼了声。把手中折着的枯枝，摔下深谷。这使秀子吃了一惊！……

他回过脸来在那皱紧的眉峰下，瞪着两只亮晶晶星子般的眼睛，在那里诡秘地交织着忧郁和愤怒；下嘴唇咬得有点发白。盯了秀子一晌，又轻轻地吐了口气。转过身，噗地一下，跳下这高凸的石岗。嚓，嚓，急促地踩着雪，扬长地走进那片岗子的背后去。

北风吹着。

好半天，忽地一点热泪，从秀子眼睛上落下。她摸着这湿湿的一滴水，她怀疑地自语：

"怎么？……我的眼泪吗？为什么呢？我！……"

（孩子们的心里，还不清楚地了解什么爱情，可是从童年培植起来的友爱，是那么容易地让这两颗心渐渐往一齐溶合着。感情的深泉，是在艰苦中最易于发展的东西吧？在他们俩的友情中掺杂了风，也掺杂了冰雪。这风和冰雪，是怎样地泥巴一样，粘在他们的心上，可是跟了青春的进展这一点长久培植的爱，终于会找一个缝隙，显露，像草一样。）

在一刹那间，秀子的脑中，潮水般流转着：

……缩皱的妈妈的脸；临终时没有合上的眼皮。以及那颤抖着的紫色嘴唇上迸出的言语。远方，那儿的温暖。春天的，彩色的绘图；泛滥的河水。爹爹麦穗般的胡髭，石松哥哥星子般的眼。冰。雪。春天。青河里的小鱼……她凝望着山岭。这十八年里面的片段，有的透着霉黑，有的闪着小小的黄花，太多，太多了。这些都是那样火一般炙热着她。

"石松哥哥！"

朝岗子后面喊了一声。回答的只是头上啵啵的风。

忽然，她一口气奔下土丘，去寻找那负气的年轻人——她想起这雪层下的凹陷，和深深的峡谷，石松的性子是那样倔强。她倒后悔刚才说的一番话了。喊着的声音，有点发抖。可是向晚的风，却俏皮地赶快把它吹散了。

爬过了三条岗子，才望见石松在雪地上。他跑到哪里，她都找得着。她认得出他留在雪上的每一个脚印。

石松把脊背倚着一棵青青的虬松，脸朝了那面……

秀子飞一样，扎着两条胳膊，向他跑去。一看那支乌亮的猎枪，丢在雪里，连那鹿皮的子弹囊，也可怜地被扔在一边，她觉得有一点酸，在心上微微抽了一下。她蹲下去，拾起那些东西。石松回过脸来，受了什么委屈似的，瞅着她。她一手理着他蓬乱的头发。她笑了，一边嘴角上的涡儿，花一样旋动。他星子一般闪光的眼睛低低垂下来。

"我们不能离开这儿！石松哥哥！爸爸那样年纪，也不愿走远路……"

"那里（石松忘不下刚才说的话，又提起来）……哼！我想你也许会变了。这儿便是我们的家乡，这儿自由自在……"

秀子伸手捂着了他的嘴。

身上有点灼热，爬到最高的、一条凸出的岗上，他们立着脚，四下里，岗峦，浸蚀在苍白的颜色里。这会在西面的天空上，白云渐渐稀薄了，一条隙缝，露出厚厚的冻云外，黄昏凝固的绛色，深深的像一条血痕一样。那面，远远的林子里，有着狼欣悦地嗥叫。仿佛好的日子快来到了。

　　秀子笑着。靠在石松的肩膀说：

　　"春天快来了！"

　　在这两个月的中间，像一股暗流一样，谣言在散布着。

　　那天住在斑鸠老头子家的三个人走了之后，许多带胡子的人都疯狂了一般地。不顾孩子们是在怎样嗤着鼻管讥笑，他们欣快着，拍着手掌，舒展了冻在冰雪中的眉头，连老婆子也躲在矮屋顶下，笑得流泪……

　　外面，岗岭的雪堆上，人们蓬了头，叽咕着：

　　"年月快太平了！"

　　"只要是真龙天子出现呵！"

　　也有人在半信半疑地说：

　　"哼！说不定又是骗人的鬼话……"

　　可是这话，立刻便被坚信着的人，给顽固地推翻了。在谷子里，中年以上的人，全有一条愤懑的魂灵，他们挣扎着，为了生活……他们咒骂着不太平的年月。他们牢牢记着，怎样地在内地里被那些老爷、狗奴才，算计着，逼得站不住脚，才抛掉土下祖先的一把骨头，流落出来。他们疲惫地在冰天雪地中斗争着。有时放下手喘一口气，像浮起一种憎恨。这不知道对谁而发的憎恨，一天，一天，积聚着，留着一个时候去发泄。所以当一种新的诱惑的谣诼刺激着他们的时候，单纯的头脑，并没有仔细较量一下，便把积聚的愤怒，一下迸碎出来。

也许是日子过得太麻木了，需要着刺激……有点疯狂地、激动地不安分起来……

石松，张千，……他们却不这样。

年轻一些的人，虽然耳朵眼里，每个黄昏，都听着老头子、老婆子们的毒咒，蛊惑。可是，那除掉增加了他们对于那些老爷们的恶恨之外，一点也没有因此便常常留恋着远处，而不安于目前的日子，他们喜爱着风和雪。他们脑子上，根本就没有留下过那望日河上温暖的影子。

雪已经有二三十天不落了；风缓缓地吹走白云。

这一天——

老胡须去外面溜腿走回来，穿了一冬天的羊皮袄，从敞着的大襟上，散发出油泥的腻味儿。他搔着毡帽下微潮的头发笑了。解冻的胡须，飘散开来。他遮了太阳光。一面把眼睛溜向四下去看望，处处是冰雪，闪着晶莹的亮花。

"爸爸……爸爸……"

从岗岭的小径上，秀子颠起脑后的两根辫子，飞跑过来。

胡须没有动，只管眯细了花眼，盯着天空。秀子走近，脸跑得晕起红潮，爹爹看着浮动在谷子中的春天气息，看着孩子，……啊！冰冷的冬天，终于拖过来了。不久，人们该和鸟儿一般欣欢地吵叫着了。他拉着秀子的手，想说什么。忽然一眼瞅见她头上顶着一个簇新的红毡子帽，他惊愕了。

秀子拍着手喊：

"回去吧！爸爸……城里吴二叔叔来哪！爸爸……"

她叨叨唠唠诉说着，老胡须也感到快感。可是他有点疑惑。往年，吴二总是在雪融化了的时候。怎么今年？……

风从峭壁上折下，跟着还没有冻牢的雪片，纷纷坠落。这几天，晌午头，是这样了。一早，一晚，还是冷得挺紧，不过落在人们心里的希望，总算摸着了影子。他们知道，雪不久就要融化了，年轻的人们，一面呆呆瞧着那苍白的冰层。等到想起春天，草原上奔跑的黄羊子，树上的鸟，他们噗哧笑哪！

老胡须持着吴二的手时，眼泪可差一点没落下来。沙着嗓子问：

"二弟……才半年没见，怎么你……你……"

吴二眨了眨发炎的火烧眼皮，轻轻叹了口气。他的个子矮矮的，在那张脸上却画满了不可掩没的折皱。一年前，他不是这样，那时他还是一个满面红光的皮货老板。他每年跑到谷子里来和猎户们兜好生意，这一年内获得的皮货，便给他留到秋后，等他来拿去。可是现在他脸上一点光彩也没有。只是苍白，苍白。如果一定要在这张脸上寻点什么，也就是那两颗眼珠子更凸出了一点，现在脸一消瘦，眼珠子上的光芒，显得更真挚、老成了。他终于给胡须拍着肩膀，坐在铺着狼皮的木板上。

"唉……这半年，哼！你们这里倒像是世外呢！"

"怎么？"

胡须的眉毛蹙了蹙。两个月以来的烦闷，更凝固了一点。

"不是打仗吗？从秋天就干起来了……这回却是我们中国人的好处多！"

"哦！还有鬼子？"

秀子插进嘴去问，不管爹的眼在瞪——门外，起了一阵脚步声。秀子放下手里的火壶，转过身跑去开门。进来的是石松，拉了滚得满身是雪、鼻涕冻在额头上的耙子。耙子一直往火池上奔，给爹爹一把抓着，搂在怀里，一面把冻红的小手，送到皮衣毛上。指着毒焰一样的火苗说：

"你的手不想要了！……没有记性！"

大家都坐下来，吴二又摸着下巴，谈起远处事情。

"起初是蒙古兵，背后受了××人的哄弄……（他镇静地像翻着自己的皮货账一样）也有土匪……可是打了不久，庙子就给我们的队伍占哪！他们老是想用鬼话骗人的，派人到处搅乱人心……说什么'大元帝国'蒙'真龙天子'蒙！……谁信他们的！有一个堡子就把说这样话的人撵走哪！……"

老胡须从火光中望了眼石松，他的嘴唇咬得有点发白。

"……说他们是汉奸！"

"哈哈……（平空，胡须打了个哈哈，还下劲地往大腿上噗，噗，拍了两下）你猜怎么样！那三个人，我就疑心，只有斑鸠老混账，会信那一派鬼话！二弟，什么真龙天子，还不是××人想抢想夺！"

耙子躺在姐姐怀里，打呵欠。秀子却把眼睛瞪得挺大。

原来老二不是来真正地兜皮货。他是探子，是自家队伍上的探子了。

"你们这里也有这样的人来哪！嘿，好好放掉他们，那些狗——××人就狠，活埋咱们的人，还灌煤油！城里，哪一个人……哪一个人，不是磨着刀、擦着枪，谁愿正眼瞅那些汉奸一眼，哼！……大哥，咱们一把老骨殖，还有什么舍不得！……"

老胡须转过身，想拿点烧酒，可两个孩子没影了。

黄昏的紫色，浸沾了青蓝的天和苍白的地，风打着唿哨，把那野兽惨烈的嗥叫吹向远处去，树木坠净了枝条，光干兜不着一点风声。只管涉水鸟似的一歪一摇。

岗岭上，聚了一堆人。

嗥叫的声音，一直从门缝刮了进来。胡须，吴二，灌着酒，走了出来。……

"瞧！……那是石松。"

在那一堆人里面，一个挥着手臂的人，嚷着什么。旁的人也嚷着。

吴二把眼睛瞪得很大，只看见一堆黑兀兀的人影子，给深深的紫色涂染着，在那儿抖动，老胡须却能一眼瞧见，哪一个是石松。就拐了他的臂肘一下，笑眯眯的。两个老人，踩着晌午的溶雪，微凝的薄冰，慢慢往那儿走。各个岭岗上，掠过带着欣快的骚动的微风。

石松一眼望见他们俩，就喊着嚷：

"来了，老吴二——你们去问问吧！我们谷子里，不会全是老斑鸠那样的呆子，挨人家哄弄……"

老吴二——心里笑了。他知道，年轻的人们是给热力燃烧着了。他们是一帮真挚的、不安分的家伙。在他们的心里，是企望着热烈的光明和静谧的和平。他们不懂得什么叫"帝国"，什么叫"天子"，他们只知道不能让旁人穿了皮鞋的脚，自由自在地，从自己头上踩过。他们知道……迟早有一天，这样的脚，也许会一直踩进谷子。……

老胡须拉了秀子。听着吴二对他们说着，他笑了。

头顶上的太白星，也闪着一般的黄光……

日子不再是有胡髭的人的了。他们刺猬一样蜷缩起来了。

一个早上，吴二走了，胡须望着他渐渐远去了的背影，好像有一点感伤。然而这感伤是终于给欣快侵蚀着了的，初上的阳光，把鲜红的曦色，熨遍了凸岗。在这影子里，他拍拍孩子们的肩膀说：

"我——我是老了！往后的世界，是瞧你们的了！……"

他喘了口气笑着。

"从前我盼望着人们有一天应当回去，望望祖宗的坟地……可是现在我不那样想了，为什么要回去呢？那里，这里，都是我们的土地，哼！老爷们（冗长，凝想着，微笑着）……在那里，年轻的人会撵跑他们，年轻的人，不再那么好摆弄了！"

他指了指四处。

103

"你们瞅——这儿的冰是多么白，雪是多么深，可是咱们应该往艰苦中去找快活呵！这里要没了人嘛！那些鬼子，该更流哈喇子（唾涎）了……"

老胡须脸上，又浮上一层红色。

秀子抿着嘴，偷偷瞟了石松一眼。石松不知是感动的，还是喜欢的，眼睫上，闪了光。

一天，溶得湿漉漉的雪山上，谁这样喊：

"青河崩裂了！……"

4月里的天气，一股春天的气息，从潮湿的树木身上，发散出来。树皮下的筋脉，又苏醒了。一天天透出黑糊糊的绿色。朝阳的山坡上，冰积层，从下面往上化着，卷出霉酵的土味。溶解的水和冰的碎块，一齐滚入深峡。青河两岸的草原上，松松的土，给太阳晒干的地方隐约浮现了绿影。山岗间的颜色不再那么单调了。

石松蹲在阳光中，擦着猎枪。

秀子拖着耙子从外头跑回来，也撞进屋去，一把把枪抓出来，嘻嘻哈哈地笑着……

"擦好了枪——等候着鬼子们！"

"汉奸呢？"

"汉奸，也是一枚子儿流花红脑……"

"……"

年轻的人们，都往来地跑在太阳光下，说着欣快的话。

老头子就只奄奄地喘着气，把破褂子脱下来，寻觅着虱子。他们咕噜了眼睛，看着活泼的人们东钻西跳。不爱说话、也不爱笑的张千，也把擦得乌溜溜发亮的枪支高高肩在后背上，使劲地踩着鞋底，噗噗……响。他瞅见斑鸠他们就举举手嚷：

"老爷子——你们的真龙天子，给人拴上当狗喂呢！好不伤心呵！……"

大伙拍手笑着。他却绷绷脸说：

"伙计们！不要笑——赶紧把你们的刀和枪擦得快点吧！不久鬼子们也许跑来看看青河……"

黑天，白天，怀中的枪闪着亮光。

黄羊子趁没人的空儿，跑来河边上饮水。青河上的冰块，泛着浅浅的蓝色，在泛滥的白沫中，疯狂地，碰击得嘎，嘎，发响，往远处冲流了去。草原上，铺满了草芽。山背阴的冰冻，都没影了。一股股风，欣快地卷着鸟的稠碎叫声，黄羊子抖颤地细声嘷叫，也卷了谷子里的人们欢喜地歌唱……

蓝河上

一

秋风渐渐凉了,蓝河上像给一抹柔软的头发织了片网罩着,变得忧郁郁的。

沿岸的石块路上,草,已经不可掩没地露出衰老的样子。在那一阵一阵抖得嗯嗯响的风脚下,草仔,便离开了那白胡须一样垂着的草穗,吹散开去。路旁,一片杂树林,太森长,太密了,遮蔽得阴暗暗的。风一过,质料不相同的叶子,薄的,厚的,带绒毛的,……乱拍着响成一片。这骚响,不会在一瞬间吹散,却陀螺似的,一直旋到水皮上,隔岸严峻的峭崖上。

"呼嚯……呼嚯……"

这稍微有点仿佛裂了缺口的,铜片敲打着的,发沙的喊声,单调地从给林树遮断的路拐那面送了来。

太阳,羞涩、焦灼地哆嗦着。那一眼望不尽的,这蓝河岸上充满了的树林的影子,却无耻地,不顾忌地,如同一堆堆浪漫的梦幻,摆动了诱惑的黑发,把那瘦长的树影,倒向地面,有的就像一只手,伸进水面去，摸抚着。扯得更长一点，更细一点了。树叶的骚音，在这一瞬间，也变成了诡秘的细语了。

一个人影，先从那路拐角上现出，挪动，……一会，又是几个影子模糊在一起了。

喊着的是一个老头子——看样子，是惯走这条路的老手。拐过来，先把两只烧火眼的红眼皮翻一翻，机警地，往深林中瞥了一转，看有没有狼群在那儿守候着。一面嘴里还不停止地"呼嚯……呼嚯……"喊着。这喊声，很有节拍地撞碎在石块上。显得很疲乏、很脆弱。

听着这喊声，瞅着他的细心动作，跟在后头的王得，再也忍不住了。从后面跳出来嚷：

"老李，照你这样走走看看，得明天到吧！"

讥讽的！他刚一住口——背后两个年轻的小伙子，也哗地笑起来哪！在他们的笑声里，充满的是热情的溢流和任性。老李的头回也没回，仿佛这些声音，在他那老于世故的耳朵里连蚊子的哼声那么大也没有。这一下，似乎是一只含满了侮蔑的、滚热的熨斗，一下烙在王得的心上。等他立着脚，把眼睛四周一看，吓……这没止没休，漫无头尾的杂树林里，就跟魔鬼的大嘴一般，吐着阴森逼人的凉气，使人的毛骨都有点发麻。再加上岸脚的石块上啃着的浪沫，发出来的那股声响。……

"来，来，……小伙子！歇一歇脚吧！"

他以为是在愠怒着的老李，却和缓地招呼起来了。

老李这会坐在一块倒了的、渐渐给虫子蚀得朽化起来的树根上面。两手捧着下巴，臂是放在膝盖骨上的。薄薄的两片发白的嘴唇，钳子一样，夹着那个烟斗，吸。一缕，一缕，冷清清的蓝烟，从披露着黑毛，微微有点上翻的鼻孔上，袅袅地吐出来。两手遮着了腮巴，胡桃壳般的瘦脸，更显得小了。那两个人，提了两只草鞋，去坐在岸沿上，洗着脚上的污泥。王得走向老伙伴那里去……

"老李！这儿真荒……"

他歪了左膀头，把背在脊梁上的枪弄下来。

"这蓝河上！……哼！老弟！嘿，嘿，嘿，……"

老李一只手，把烟斗从嘴唇上拿下来，举在半空里，指了指那泛着千万颗珍珠般细蒙蒙洒着白雾的蓝河，……他笑起来，那发沙的声音，沉重的含有一种野性的酵发。他一笑，那薄小的嘴唇，颤动得紧张着。他那一只手拍了一下刚并排坐在身旁的王得的大腿。

王得垂下头去，正扭开机柄，检看平躺在枪膛里的一串子弹。

嘎，嘎，嘎，……就在他们头顶的老楸树顶上，一只枭鸟怪声怪气地笑起来。两人抬起头，上面的楸树，高拔上去有三四丈，丰密的树枝树叶的交搭遮蔽成一片漆黑的笼罩，一点阳光也晃不着，枭鸟就躲在里面。瞅了一晌，老李又把枪夹在两条腿的中间，坐下。王得听着不停止的怪声，暴躁起来。他拍着手掌，呼喝着。

"唬……唬……"啼声，还是没停止。他的脖子仰得也有些酸痛了。他把倒在树根上的枪拿起来，朝着那枝叶顶密、黑得顶浓稠的地方，瞄了一下。手指微微一钩，砰，这一下，树叶缤纷地震落下来。雨点一样，落到两人头顶上，肩膀上。声音却一直一圈圈散落到树林的深底里去了。那枭鸟吓得拍着翅膀扑出来。可是外面阳光在斜射着呢！扑啦，扑啦，几个周转，落向深深的草丛里去了。

老李一边扑打着满肩膀、满怀的叶子，埋怨着：

"这样浪费……嗯！真是头一次，遇上狼群，你就懂得子弹是宝贝了。"

王得却瞑着两只眼睛，在那儿深思……

一个在他心上永远是冷灰屑一样的秋夜，那青蓝色的菜油壶嘴上吐出来的火焰，还忧伤地，一个爆栗似的，炙在深邃的记忆里，没有湮没过。爹爹在各处酗酒，胡闹，十天不见影儿了。妈妈瘦条条的脸，在那不祥的影子底下，怎样把那已经陷做两片黑坑的眼圈，往外绞着泪水，……她安息了，最后她的眼圈，不再绞动了。那会……一阵西风唰唰地，从窗纸上抛过去，梧桐叶子，也人手掌一样，在那冷冷的月光中播荡着，印在窗纸上，飘飘落下去，毫无声息的。自己的喉咙，像掘开的水沟，哽咽……那会，屋顶的高亭亭的梧桐树上，就落下那么一阵怪惹人厌恶的枭鸟声，嘎，嘎，嘎，……那次他没有呼喝，也没有捡一块石头去抛打，……只是冷冷地靠在树身上，不动。

"我得生活，我抛开这里沉沉的死地，不能和妈妈一样瞅旁人肚子吃得那样鼓，自己却饿死……"

现在他只记得牢这几句爆炸一样深重的话，从那儿他离开了家乡……王家峪。踩上这一条向远处伸展着、伸展着的道路。王家峪西头的，铺满了草的山阪上，每天，早雾还像浓云一样罩着的时候，还有很多、很多黑灰皮的，长角的水牛，给孩子们横坐在脊背上，赶上山阪来啃草。只是不见了王得。五公公的牛也换了旁人了。

嗞，嗞，……哒，哒，……嗞，嗞，……

两个小伙子踩着草走来，水珠从那多毛的腿踝上往下滚。

掠过那交搭着的，树的尖梢，蓝空上，正流着一股电火样的霞，像给烫卷曲了的头发，在那密密的波折上晃着更红的，近乎金黄了的闪亮。王得一手摸着青须须，沿了下巴骨的胡髭，沉郁地把两只眼光，尽力往远处抛着。这样宽宽的眉毛的尖端凑聚起来了。

那霞光，如同一条从炼钢炉中提出来的半熔化的链子。……

在我的家乡……

那里有过一个英雄骑黑马。

哼着这平日他最爱听的歌子，从厚厚的嘴唇角上，扯下两条弧线形的，老实的笑纹。老李霍地拍了他肩膀一下。他吓得猛然把头激动地翻过去。老李却抖开那两片小嘴唇，一连串咯，咯，……从喉咙管里榨出一阵嘎笑来，他仰起左脚，一个劲儿把握在手中的烟斗，往纳麻的硬皮底子上磕着。从那肮脏的烟灰烬里给风扒出许多碎星星的火点子，灭在风脚上。

"老弟！到不了站头，就叫你瞧瞧狼！"

王得翻了翻上嘴唇，连那鼻子都有点歪斜地笑了笑。仍旧把下巴仰一点，两眼望着天。霞炙热了他沉稳的心灵。眼球上，也多少染上一些霞的焦灼。塞在他记忆里的，是广漠的、甜蜜的热情奔放着的草场；是野马般无顾忌地、任情地奔驰。他是一个勇猛沉挚的流浪汉，从那耸动着的、厚宽肩膀的线条上，是看得出他青春燃烧着的力量，……现在，表面却沉默。

忽然一片黑，悠然地，插进空中更绵远了的霞块。

一只鹰把坚硬的膀子一平，旋了个旋圈，啊！说不上来的静谧和庄严。在它背后衬托着的红霞，以及蓝得杳远的天空。王得扯了一下老李指了指，他的两眼跟着鹰的尾巴，盘旋了十几回，然后它猛然发现了什么似的一斜身，倏地一条黑线，落向远处山岭后面去了。

"走吧！还有一条峡沿得赶呢！"

老李皱下眉头，抬眼瞧了瞧那条稀松得渐渐要臃肿起来的霞块。站起来，弯着腰去整理那磨黑了的枪背带。王得看看鹰再也没飞上来，就也招呼了两个小伙子。—— 一个听见喊声，赶紧往树上磕烟袋，拴起草鞋的麻串绊来。

他们走了，那边深深草丛里又扑啦响了一阵。

在王得深邃的意象里，永远像火镰打在石尖上一样，闪着不可磨灭的火星。在东家的马房里，他没有和旁的伙伴那样酗酒——像老李就是一个。他在那提灯摇晃的黄影下，常常红着脸笑闹。有一次王得把拳头敲得他骨头山响。伙伴们还在一旁挑拨着。可是，第二天早上，旁人却看见两个人在场院后老桑树下，说笑得和没有那回事一样。背着他，老李多半是耸着那怪可笑的红鼻头说：

"嘿！他？……小孩子！小牯牛！……"

这小孩子，在摸不着的日月里，有时也摸得出上嘴唇上有铁丝般的髭根了。夜静时，他也那样想过：

"咳！怎么一活就二十五六了！……"

长长的生活的疤斑，在他那比旁人坚韧点、厚点的脑子折皱上，却也没有什么了不起的分别。等到天一亮，鸡声把他唤醒，他就忘掉了一切。……仿佛苦累是并没消耗到他真正的精力。总没打过呵欠。也许就因为这点好处吧？平常虽然他又粗鲁，又倔强，就是东家拍他一下肩膀，也会陡地车过瞪了两眼的脸，像要拼命。可是东家永没在他身上想过一个"走"字。这次叫他跟老李去云谷收租，前一晚，老东家还叫上他去，嘱咐了几句：

"出去见见世面吧！王得，你也二十多了！……"

走着，走着，耳边仿佛又响起这句话来，像老头陀手上的钟锤。

那会，在他心里不也想着—— 走吧，走吧，向更远的地方去，……

他们脚下走着的岸头，却跷起来，有点往河面上突出去。河水，也不像刚才那么平静地流着，一味的是涡漩一样的巨浪，泛着渐融的冰片那样的青白色，击打着岸头岩石。岩石上，一簇簇不知名的水草，把窄长的绿叶摆着，向浪头里涮着。对岸，岸给一片矮矮的野茶树拦住了。再往上，却变成峭壁，嶙峋地，刷了一截深蓝色、土青色。拔起。一直往上，快到顶端了，因为落日的晃照，涂出很庄严的、焦灼的金光。顶上，挂着冷冷天风的小树头，也仿佛几个爬着的黑点。

王得仰头寻那片霞，没影了。

天，完全是逼近黄昏时的慵懒。旅人的腿，也许是麻木木的吧？只有他，一手探在右胯上的粮袋里去，摸出块干麦芽饼来嚼。

"老李！落脚还有多远？"

"拐过峡沿，狼见愁，还有半里路，老弟！"

在路上，老李可变得比他机警了。时不时往前多跑上几步，攒了枪杆探头——每次，跟着脚下的路，拐一个弯子，全都不嫌麻烦地这样做。这次上路，老李说好不再喝酒了。到了宿脚时，也不像王得那样，扔下脑袋就睡。他更乖巧的是对于走路用劲的经验。往往王得他们喘了气，擦着额角的汗珠，他只平常地把薄薄的上嘴唇一掀，露出一个笑花来。赶夜路，他总会叨念着：

"老弟！黑泥，白水，牙色路，——你记着！凭你摸遍天涯海角，哈！……"

王得的心，这会却更沉重了，沉重了。他在这次远行——这是头一次吗？哼！每次想起那决定了的念头，总会咬着牙，用大拇指和二拇指更下劲地去摸索一阵枪托把。

眼前，忽然黑沉下来。

还没仰起头，老李轻轻把臂肘拐了一下他的胳膊说：

"到了，狼见愁了！"

果然，迎面是突起的悬岩，两岸拔立起来的岩顶，接连着像吻着一样，只从那横戳着的、小小的杂树柯的密叶间，狗齿般露出一条曲曲折折的、金黄的天空。这条窄路盘上去，就在最高的那层岩头下面，往前进。里手是棱角突兀的石壁，外手便是稀稀的小枫树，朝下灵巧地探着手。假如要落下一片叶子，……至少飘飘的，要落一两刻钟才能浮到那吐着白沫怒咽的水面上。路到了这里，又那么窄，缘着峭壁脚凸出凹下，就像一股虚茫茫向上浮升的烟或雾。上面，岩顶蔽着日光，显得黑沉沉的。

老李脚快，早走过一个凸岗，拐上峡沿小路。

到了那里，王得很想探首看看下面究竟有多少丈深，可是仿佛有冷气从下面扑上。他一手攀住那附爬在棱棱的石角间，小孩儿臂粗细的老野藤蔓。

枫树的叶红得像多少滴血，凝在一堆。风一来，一翻动，有的地方才露出微青、微黄的嫩色。

老李走着却谈起天来：

"吓！有一次，大清早我赶往这边走，唉！少年气盛，老弟，……人家对我讲，一个人，早不得，可是，你猜……我想，就白白在那儿瞅着太阳红满天吗？多么倔强啊！我仍然赶上路了……挺凉，奶奶的！走到这里，一个劲儿，露水从藤叶上往下掉，我啊？……只背了一把雨伞，走，走，……忽然听见对面拐脚后，也有哒，哒的声音，一瞧，……老弟！一只那么大的狼，简直没有过，嘴里叼着血淋淋一个死孩子！……这一下，魂飞魄散，老弟，你懂？……那家伙瞅见对面有人，两眼露着蓝湛湛凶光，就跟狗吃食的那股劲，它也不躲，一直走来，就那么股道，……这里你瞧！眼看到了跟前，我真急哪！把手里的雨伞朝前就打，……嘿，嘿，谁想拴伞的麻绳崩断了，哗……红澄澄的油伞整个散开……"

脚停了停，他把手一挥，朝旁人笑着：

"……那狼也不明白这是什么来头，一吓！怎么样？你猜！……真眼花了，一跳落在一棵小枫树上，喀喳……小枫树腰断两节，狼也落下去了……"

一边走，一边听的人，都有点神往了。他打个哈哈。

"所以，所以，……没枪，一个人是走不得。走不得，……"

路拐了方向，不再沿着峡沿了。两旁，多是蓝得沉默的，像披了长衫的教士，颠着多年的头顶的黄檀，厚壳，野榆。风冷冷吹着。太阳最后不忍扯下去的纯红的光芒，从树根上，射得他们浑身哆嗦着，这只有一瞬，……再走下一块凸起又凹下的石岗，太阳却没有了。只在远远的，红粉一样迷漫的，苍茫的暮霭里，露着一个红轮。

王得正皱着眉在那儿，应着四处山峦的黑影，一股神秘的感觉，掠过他铲形的长脸。忽然脚底下，树梢上，飘出一阵狗吠声。他撞了撞老李的胳膊。

"……"

那是一种幻觉吧？倏然把他扯到那已经渺茫的远年。在一株乌桕的稀权下，他瞅见几只水牛，慢慢地，踱在一块绿茸茸的草岗上。背头，几个背了大斗笠的小孩子，横坐着，一面扬着手里的柳条，往空中扑打。他的脚快跑了几步，树却不作美地隐蔽了一切。

二

几棵落了花的木槿，把黑影子膨胀成一团了。

沿着山径的一排排柿子树走，树一直顺了坡脚，长满了这半面山谷，那经过了一两次霜打的柿子，渐渐发出黄红色来，可是外圈还润饰着一点青绿。有的长了四五枚的细枝，禁不住过重的分量，坠得弯了下来。王得瞧着这些掩映在巴掌大的厚叶下的果子，觉得嘴在炙烧一般地发干发渴。

夜已经开始掩没了岩头下的蓝河。

四个人，此刻全感到一阵近乎麻痹似的酸软。王得把那顶软胎的、发黑了的毡帽，推向头顶后，探进一只手去，搔着蓬乱的头发，一些白的屑末，顺着他的指甲往下飘落。

天空流着一片极浓酽的、刷了一层毛茸似的紫雾。几只鸱鹰伸平了两翅，从对岸山顶的苍林上飞过来——大概是因为正是鸟雀，栖歇在树枝上的时候了。它们傲慢而冷静地啸着，吓得小鸟全从树梢上，落叶样，纷纷地飞向深深的草丛里去。

隔着树林，还听得见河水，梦一般的咒骂。声音在穿过树林的时候，一路给树叶的轻拍声剥削着，送过来，已经微细得模糊了。

罗，罗……

突然，一阵含着钢弦的、尖锐的嗓子，从密密的枝叶上掠过来。

仿佛远行人偶然听见故乡的人语。一种甜蜜的、安慰的笑，从各人鼻翅上拉下来。王得先一脚跳上一块突起的石岗，极力把眼睛睖巡地向四处抛去，声音就在近处，连一个人影可也看不见。倒是那几头水牛，变成了几个痣般的黑点，正从这个山岗往那个山岗上爬动。

"老弟！你别费心吧！我劝你！哈，哈，……"

老李打着哈哈，却舍掉长长往前拖去的路脚。往几株高耸的白杨树下走——那儿看出一条窄极了的，踩出来的小路。

"哦，走山路是得让火眼猴的！"

两个小伙子，听着这恰当的形容，笑起来。王得沉默下去，只把两眼瞪着那瘦削的矮背影，好像感到有什么事情要触发似的。他怕想起来早一天或者早一步的事，——他觉得那全是会耸人毛发的黑瘆瘆暗影，只有前面是光亮的，……这不是一天的感触了，从他两个肩头还非常消瘦，离开家时起，就是这样。现在，走过了多少路给野性的风发酵地吹拂着，又开始觉得在东家的马房里凝固的沉郁了。他不能在那儿，他并不是喝上斤把白干，一醉半晌，便算对于生活满足了的家伙。他开始觉得那是多么肮脏的日子，只有麻木的，给生活压倒的，才会习惯着呢！这堆话，他早就想对老李说，可是到了嘴头，那小而皱的脸露着一点诚朴，在眼前一晃，或者是笑着递过一斗烟来，他咽住了。他又不得不把视线转在自己鞋尖上。

路是随着山在起伏的。突然一个小伙子嚷起来：

"一点不错，李老爹，你闻！"

果然，一股带着焦味的炊烟，在前面不远的林梢上，淡淡地飘出。老李仍然固执地走在前面，仿佛是怀着一种极自信而且对于同伴值得露骨的傲慢。王得笑了，轻轻地自语着：

"这倔强的性根……"

那张笑的脸忽然一绷，两条浓浓的眉毛，动了一下。一面咬紧了牙巴骨，心里下着决定："准说，准说，……我不能那样，我不能永远呆在一处把魂合骨头都在一齐朽化，我还年轻，我需要更热烈、更远大，……"眼睛眨了眨，微微向前突起的鼻梁颤抖似的，又停止了。

他忽然觉得胸膛上的闷热，侧转头微微叹了口气。

炊烟更浓重地扑落地面，迷眩了眼睛的时候，一边揉着眼，才觉得天在发霉一般阴着了。担心的……朝前面赶了几步，重重地敲了老李的肩骨一下，忧黯地压低了声音问询：

"明天落雨能走吗？"

"老弟！告你说别担心吧！还有长长一夜哪！"

这会，两人是并着肩的。老李故意把那和他脚踝不大相称的皮鞋——那也许是他当副爷的爹爹的遗物哪！——撞得脚尖下细碎的石子乱飞。路开展了些，却变成曲曲弯弯，在那无秩序的小树间。走到顶端，往下是一个坡脚。坡旁，依靠着一张峭平的石壁下，露出一个人家，几棵枝梢上还挂着红点子的枣树，把那有刺的粗枝，铁般坚硬地从竹笆墙头伸上来。

老李一滑脚跌倒了，又站起来往下跑。

跟着"罗……罗……"的喊声。从不远的树后，一个小女人走出来。她一眼瞅见这突来的旅客就嚷起来：

"李老爹，爹爹这几天叨念着你呢？"

她的臂弯里，挟着一只麦秸秆编的巴斗。几头肥肥的小猪，拖了那将要垂到地面上的肚子，跟在后面。蠢笨地把那小尾巴，卷着摇起来。在它们那些温善的狭短眼睛里含露出来一股蓝的光芒。也许它们是一堆惯于知足的家伙。王得懒懒地，一步步走下来，瞧着它们却笑了。他上嘴唇的一角往上掀着，倚在一棵细细的小桦树上，点着下颔。

—— 猪猡！猪猡！

两个锤子敲着似的字，在他脑筋里响。他的笑变作惨烈。—— 他想起那木圈里，窒迫着的猪，他也想起在充满干草味的马房的夜里，醉得一摊泥般的伙伴。

隔着一方草坪，是缠绵的山谷。

夜色，已经不让人再看见谷那面的山影，是怎样的颜色。

水向啊……东流，日西投。

一场凉雨，做就了一场凉秋！

一个小伙子，拣了个石块坐下。一面摇头哼着曲子把草鞋解下一只来，往地下摔，粘在那上面的干泥巴，就虫子一样往四下飞。另外一个也蹲了下去，随手捡了块光石，在地面上画些什么线条。一会又把两只充满羡慕和钦佩的眼，往那边瞪了一下，低低朝那个耳朵低声地说：

"李老爹真老练……王得就不行，是不是？张兰……"

被唤做张兰的耸了耸鼻尖。把两手不住地摩擦起那裸露着的、圆圆的腿胫。

"可是，可是……"

老李跑出来，拖了王得的手臂走进去。—— 天，已经完全黑了。

空中淤积的云块，更显得笨拙地臃肿起来，这是预兆着一场秋雨。是急湍一般的风暴，还是长长的缠绵雨，那只有天知道。王得心中却希望是场暴雨。他仿佛是窒迫在暴雨前蒸热的霉气中的燕子，企图吸一口雨歇止后从树叶上溜下来的清凉气。山中，暴风雨是一冲就过去，雨停后水清石洁，正好行路，就怕缠绵起来，落上三天两夜，弄得路上泥泞不堪。叶子变黄了，山色蓝得也许想流开了。

那小女人在院里忙着，一会呼喊着，关起了鸡笼；一会呼喊着，把猪赶进木栅圈去。

山坳里的夜，一刻后变成静肃、诡秘了。沿着石岩，一瞬不停地流着的紫雾，这会也变成窒人呼吸的黑块了。

他们两个，坐在屋中一个阴暗的角落里。面前柱子上，插了一只小小的铁油壶——就跟下窑掘煤的煤黑子头上顶的小灯一样。几条棉线搓成的绳，从那细细的壶嘴上，爆起一朵蓝花。这蓝花射不了很远，只照见柱脚下一圈。王得就坐在那木炕沿上。炕台是下陷的，上面摊满了取暖的稻草。老李歪着身子，躺在上面，把头放在高凸起来的木炕沿上。疲乏了的腿，都刚用热水烫洗过了。这会，苏苏地像有多少只虫子脚从肌肉里往外爬。王得一脚蹬着前头的板凳，沉郁地转了下头。

"老李，你又灌这个，路上，嗯！"

"路上不比家里，我明白，老弟！可是少喝一点是解乏的。这家是咱们老住脚的地方呢！每年，只要东家派我，总得来往两三趟，那老头儿！量也不小呢！"

王得把擦好的两条枪，顺在炕沿上。

靠门的黑暗里，两个小伙子早无忧无虑地发出鼾声来，王得想起刚才在路上下的决心，牙巴骨都有一点痒痒，像受了风寒在串着痛。偷眼瞅了瞅。老李又把一只锡酒角子送到嘴唇上。倏地一片什么东西在王得脑子上一撞，他转过粗糙的腰躯，风一般扑过去，攥着那温热的酒角子，……老李瞅了这披覆着一层汗毛的大手，一会，缓缓地仰起头来，眼皮更红了，连带着嘴唇有点打抖，笑了笑说：

"你，你来一口！"

一面轻轻弹了一下那手背。

一滴滚热的眼泪似的，滴在王得近乎炽热的心坎上。他觉得周身的皮层下，全在炙痛着，木然地站了好半晌，才皱皱眉尖，把酒角子沾向敏感的嘴唇上面去，想仰一仰脖子，喝下。可是那冰硬的锡片一触到嘴唇，一凉，他倏地清醒过来。像在混乱的意识里，注射了一点薄荷汁。他把那锡角子又塞向老李的手里。

"你喝吧！我不搅你了，老李！"

老李灌下酒去，瞅着王得耸了肩头，往黑影里走去。

干草味，很刺痛了老李的鼻管和喉咙。嘴唇和舌尖全有点麻酥酥的了。他把眼睛死死地盯着露出麻皮来的墙壁。伸出一只手抓了几个花生米，一皱眉头，又咕噜噜喝了一大口。他不是在想心事——在人世间没有什么挂念。他是一个流浪惯了的汉子，没有家也没有亲戚，在马房里喝醉了酒时，听他嚷：

"来，来，老子就是一条命！"

可是，有时他也找个没人看到的地方，婆婆妈妈地叹起气来。……尤其是这几年来，他渐渐觉得一个人的孤单。有些老了！人不能不服老，他明白。不过四十多年的岁月，已经不可避免地把他磨炼出来了，变得软弱——虽然还是那样倔强、固执。年轻时不顾一切的勇气没有了。他成天躲在忍虑中过生活。他怕人家问他的年岁，或是当他搬不起一件东西，人家来帮忙时，他也许颓然放下，头也不回，悄悄地退走了。

现在，他又陷于沉思……

他不时把小眼皮的折皱扯开。向黑暗中去找王得的背影。有时也轻轻地喊两声：

"老弟！……老弟！……"

也许是发音太微暗了，他得不到一点儿回响。

王得觉得头有点胀痛，一手揉着头发。那圆圆的肩膀，柱子一样，靠在墙壁上，一些什么思索磨难着他，他想狠狠地啐上一口。终于……终于又沉默下去了。面前是一扇木窗子，镶了两片不大透明的碎玻璃。他的两眼，极力地从那上面掠出去。可是外面也没有放他这急灼的眼光的地方。一片黑。……

在夜的静止的波纹上突然两声低哑的小孩子的哭声飘过来。

跟着这哭声，对着窗子的黑暗里，一点模糊的头影晃出来——王得眼睛仔细盯了一下，才瞧见是在一张窗纸上，那光摇摇不定，忽高忽矮。在那一瞬间的明亮里，它透过窗纸，照在院子里的几株枣树干上，颤着……哭声慢慢低了，却听出那从梦中惊醒把奶子塞在孩子嘴里去的妈妈，在不停地哼着催眠的声音：

"啊，……哼！……狼来哪，虎来哪……"

声音全归于静寂的时节，烛影还露着橙黄的光芒。

在那光里，王得忽然瞅见几根细细的雨丝，跟银线一般，倏地斜角度抛下来。"哦，下雨了……"他想着，把两眼往天空中瞥了一下。云浓得像冬天冻结的墨汁。右面，峭平的石壁，相同的一张满含眼泪的忧愁的脸膛，苍白的，绷在黑空中，使一切更显得严肃和冷淡。

噢……噢……

一阵急涡的风脚，从所有的树林上掠过，扑在石岩上，又落下来，裹着带了凄厉的狼的嗥叫，……很遥远，至少也在蓝河的边沿上睃巡着。风里，还裹着落的叶子，飞虫一样撞在窗纸上面，飒飒的。顺着这一阵风，对面烛影熄灭了。空中，像滚流着极愤怒的电流，沉重，……王得使臂肘撞开木窗子。

黑暗中，风旋进来，他打了一个寒噤，几片叶子落到头发上。

噢，噢，……噢……狼的嚎叫，又高扬起来，打成一片地撞在岩石上，树梢上，石片砌平的屋顶上，不立刻散去。一直等到又一阵风旋来。他卷起袖子伸出手臂去，果然一凉，一凉，雨点一滴接一滴地打下来——这场风雨是不可避免了！他想呼吸，他想像蜻蜓一样跑向雨脚下飞翔。一条电闪，在他思索的时候，掣了一下，唰……紧跟着那蓝色的恐怖的光芒使得王得的一双瞳仁刺痛着，一个雷击下来，撞着满山满谷疯狂一样的树木。尤其是那厚叶子的杨树，铁片似的，敲得乱响。雨，跟着大起来……

风的方向无定了，一下带着雨卷进窗。王得的头发，都淋湿了，他吃惊的，皮肤上起了一层粟粒，砰……一声猛地把木窗拉上。

哗……外面响起来，混搅着轰轰的雷。

柱头的灯花，结了一个球形，王得把手绞了长长的头发，搔了几下。慢慢踱回来。瞧着老李一只手垫着头不动。"……睡着了，这个固执的家伙……"一边想着，他轻轻地走过去。把一把锈满红皮的小剪子，剪了一下那吐黑焰的灯花。瞅着那灯花，巴，巴地爆炸，他垂下两条手臂去。

"王……得……"

一只老羊哀泣地颤抖声音。老李一翻身坐起来，瞅着王得微微苍白的两颊。指了指炕沿。

"你坐下，老弟！……我完全明白，在你的心底上，也许藏着很多的话要说，……不止一天了。在东家那儿，也许你在嫌厌着我们这样的人，啊，啊，……你坐下……"

王得下劲地把那笨重的剪子丢在脚下了。

"……你会说'这帮酒鬼，这帮猪猡……'是不是？……可是我也这样想过，在年轻……现在老了，觉得一切都完了，老弟！你不必闷在心里。噈！……雨下得很大吧？"

屋顶上搅着树枝、树叶,和风搅在一起吼响。老李侧了头听了一晌。自语着:

"不小……唉!"

这叹气声,仿佛一只刺了个小孔的气球,泄出来的气响。

"老李!……没到这儿来的那会,不,……可以说每天,每天我都那样想:'准说,准说,……'可是到我真应该开口的时间,我又闭住了嘴。不是我犹豫,也不是没有那股劲儿,是我怕太伤了你的心,老李!……他们不会明白你,他们说你是酒鬼,是懒虫。他们会使鬼手段,叫你吵嘴,同旁人打起来,他们是疯狂了吗?不,不,老李!不是那样……"

他迷惘地按了一下嘴唇。

嘘……老李悄悄装了一斗烟,吸着,又喷出来。

"……在他们的心里也充满了应该一下发泄了的烦郁啊!所以你酗酒,他们也要酗酒,要醉得糊里糊涂,老李你想!……真是,多么别扭,一个人被人家当猪一样养活着,想舒坦吗?这只有向糊里糊涂中去寻找……"

就这工夫,突然有人的喊声,从雨声中撞着木窗。王得停止了话头。立起来,跑向窗前去。风下劲地拍着,他两只手努力地把窗推开了一条缝,……雨却带着空气打进来,使他倒吸了一口气。老李一手抓着枪,也趿着皮鞋,橐橐地跑过来。那喊声在风绞里挣扎一会又高起来,……

"是柴门外,有人敲着,你听!"

"这深夜!"

"也许是失迷了路的?"

对面的窗上,烛火又晃了起来。起初是一个臃肿的大人影,扒在窗上往外瞧,……在那惨烈的喊声沙沙地响起来时,那人影子,一转身不见了。烛光,洒在湿漉漉的树根上,照见地下不停息流着的水,像一条小白蛇似的，沿着黑暗里，往前游泳，钻进。一会，树影后，一个人走出来，嗞，嗞地踩着泥浆。

撑着一只牛皮伞，风却把伞一个劲儿往上兜。那人艰辛地走进黑暗中去了。

风雨喘息着，声音暂时平静了下来。

王得，老李，拉了门闩，走到院里去，脚下的泥滑得像踩着碎冰一样。雨丝凉渗渗地浇在脸上、脖颈上，风从那枣树枝上，悄悄地掠过，露骨地拂着黑影中所有动摇的草木。柴门外，人嚷吵着。

一会，这山家的小主人（一个二十几岁健壮的家伙），领了一个给雨淋得精湿的矮个子进来。雨又在一条急剧的闪电里，大了起来。他们都退进屋去。那矮个子把上牙和下牙磕得哆哆响。主人抱进一束高粱秸来，抛在冬天用的火池里，又向老李，王得，道了打搅，回去睡觉了。

"来！你烤一烤吧，喂！你叫什么？"

两个小伙子给吵醒来，绕了个圈子，看看没什么稀奇，又回去，倒下身睡了。只剩下王得拉了条板凳坐下。

"我姓张，叫张和志！"

他一面拿了引火，把柴束拆开点着。脱了褴褛的衣服，两手捧着在上面烘烤。火渐渐旺起来，红舌头一样，一直在他裸露着的手臂上粘。脸是白得可怕，这会给火烘着，慢慢显出一层憔悴的红色，……肋骨一根根露在外头，在他的皮肤下，也许就找不出一点脂肪来。连两只眼也怯生生地，露着羞涩的微芒。

"老弟！明天还有路可走呢。你别费心了，他不是傻子！"

老李早退回炕上，倒在稻草堆里，燃了烟吸着——实在，夜已经渐渐移近重心了，风和雨还没有停歇的意思。王得一点也不困，他转回头朝老李笑了笑，老李的肚子里，大概酒的热力在艰辛地胀起来了。

消瘦的两颊，露出难看的红渍。同时他也习惯地，不时伸手去摸摸红得有趣的鼻尖。

王得在梦幻一般的火影里蒙眬了眼皮，听着一个懦弱的喉咙在那儿低诉。

"……我真不懂得，命运会这样捉弄人啊，唉！一刻以前，我没有想现在还能坐在人间烤着火，唉！反正我知道，命运是这样注定了，迟早是一个死！命运，哼！就仿佛谁在你额头上盖的戳记！"

他把干了的上衣披在身上，掉过身烘着身上的湿裤子。

"……所以你就会到处撞上霉气。"

他把眼睛，往那烧着灯花的柱子上瞥了一眼。火烘着，一片白的蒸汽从湿衣上出来。

"仿佛早就这样安排好了，活着也不过是一天挨一天，可是还想着：'活下去吧，活下去吧'，就这样，又活下来了，像一头猪，一条狗，没人还会把你当做一个人，是活着的一个人啊！刚才在那山石都震得轰轰响，凉风一刮，狼在远远近近地嚎叫着，伸出手去，什么也看不见，我想：'这回死定了，说不定脚下的地就会崩溃吧！'我简直闭了眼。像一个祷告的虔诚的教徒。在火影里他的脸微微仰着，眼闭了起来。可是……猛一睁眼，瞧见这儿的灯光，我想：'这是命运，让我多活一夜，'那么我多活一夜吧！我的心又活了！"

王得一只手托了下巴，沉默地听着，一面想：

—— 这是多么可怜而懦弱的一条虫子啊！

张和志又抽了几根柴，折成几段，插进火池去。等他仰起头来，故意往黑影里歪着的时候，王得早瞧见他满脸的泪痕，风从窗隙上吹进来，夜真地凉起来了。打了个呵欠，王得把板凳拖了拖，凑到火池旁。火也给突然的风吹得摇晃着。那红光一直照亮了屋顶上黑朽了的席棚上垂下来的、长长的尘丝，头发一样，给热气拂动着。

"那么，你只有一条死路了？"

对方没答话，就在这会，老李突地从黑影里跳出来。脸红红的，两只小眼睛几乎给白的眼屎把折皱的眼皮粘上了。他的上身在剧烈地钟锤般地摆动。头发乱得像黑鸦儿窠，在那上面印着一生的倔强和背运的灰色。他疯狂了？嘴困难地一张，一合，一下把那只酒角子，朝张和志撞去，"砰⋯⋯"地磕了他的肩膀。老李一边吐着沫子骂：

"我不会死，告你说⋯⋯你这猪！⋯⋯猪！⋯⋯"

猛地往前一栽——王得眼看他跌向火池里去。一下跳起来，把他的胳膊抓着。

"劝你少喝，哼！醉了丢丑！"

"不，老弟！⋯⋯我得同那小子算账，他害得我一生好苦啊！我翻不过身来了，我⋯⋯"

叨唠着⋯⋯给王得连推带搡地倒到炕上去。头刚一枕炕沿，他呜呜哭起来了，两个肩膀抽抖得很厉害。王得两手按着他，转回头朝黑暗里瞧了瞧，火渐渐要熄灭下去似的，露出几根骨头一样的灰烬来。那人在黑暗里低垂着头不言语，只露出一角额头，桑皮纸一样白，酒气从下面往上喷。老李呕吐起来。

窗外的风雨，全小多了。

三

壁岩上滑下几声凄厉的狼嚎以后，雨完全停歇了。天上的云薄薄地匀了一层，浮烟般的白影，一刻后，也悄悄地流落开了。在西面天空上，露出细极了的一条月牙，可怜的光芒，无力地投在岩顶的几棵高耸的桐树上。肥大的叶子还沾着水珠，一摇一摆的。⋯⋯

风一刮，凉得透骨。

屋里，柱子上的火，油快涸了似的缩下去了。底下，两个人呼，呼……地把长而且粗的鼾声冲上来。在他们的梦中，也许还落着狂风暴雨吧！

老李要不是醉了，有这么个陌生人在屋里，也许不会这样踏实地睡着吧！

火池里剩下一堆灰烬。突然坐在旁边的人，立了起来。游魂一样虚茫茫地，蹑着手脚走往王得、老李睡着的土炕前去，像只胆怯的老鼠，不时把眼睛向四面看望。两条枪靠在炕沿和柱子之间。他伸出手去，一把抓起一只来。是过于兴奋了吧！他的胳膊抖着。

他瞧见两个脑袋。一个是王得的，另一个是……

在他懦弱惯了的眼睛里，露出不相称的凶光。在这时，他的神经已经碎麻头般错乱了。他嫉妒一切，这虚虚的烟火，这黑暗，……当他高高举起握着枪的双手时，一种怒和恨的热力，使两条眉毛，出乎自己意料地倒竖了些。嘴唇也咬得发白，周身全在颤着。就在这刹那……远远突然飘来几声鸡叫，从窗隙送进来。

——哦，天亮了！

他又颓然把枪放回原处。一声不响，回转头走了。

一会，院中柴门轻轻被人推开又关上了。

浮云完全刷净的那会，天，变成纯青的浅蓝色。所有的树叶，全在风的漩涡里，悄悄地欣语。石块经过了激流的冲洗，白的是晶莹的，蓝的就如同几堆蓝靛上滴了一滴水，慢慢在那儿融化。白与蓝往往吻合起来，变成一片。只是中间倒垂着的枣柯、山楂，挂了几片小巧的红叶。衰老的草，更不像样了，穗子全粘在一堆。

凉的风吹进屋里头来，老李的酒全消了，懒懒地翻过身，爬起来，揉着眼睛，走下地去，……屋中烧了一夜的高粱秸，充满了呛鼻子的焦味，这会还没消净。他去踢开门，瞅了瞅门旁的两个小伙子，还猪一样蜷缩着，睡得很香。他拍醒了他们，往回走——火池已经灭了，可还有淡青色的烟一丝丝往外冒。

"哦！……"

他呆住了。在他脚下明显瞧见一摊血，已经凝固成深紫色。

……是一种良心的责罚吧！他想起昨夜的，那是多么遥远而模糊的梦啊！倏的，像一种刀割的刺痛，在他的灵魂上，仿佛插入一只尖锐的木刺，……他咬着牙，瞧着那团血。那血在他的眼前涨起来，浮动起来，觉得是从自己身体的某一部分流出似的……

主人橐橐地从窗根下走过去。

老李仰起头来，两颊红红的，蹲下去，无力地把一只扒灰的木锹削去那血渍。

咕，咕……咕……

一阵磨磐的摩擦声。一片枣树疏朗的影子，印在木窗上。朝阳刚露出来，从那两片裂了纹的玻璃片上滑过来，撕碎的白纸片一样，懒洋洋洒在黑土地上。屋中开始旋回着一股一股发霉的潮湿味。王得还睡着不动，肩膀头在随着呼吸缓缓起伏着。老李的心上给一片扯不碎的灰埃和蛛丝掺杂了的粘东西罩着。在这清朗的早晨，他突然觉得一片没有头尾的灰色。

立起来，把木锹当地扔下，心里想着：

——昨晚真不该喝那么多酒，昨晚。……

惭愧地走到土炕前，拍了两下王得圆圆的，结实的肩膀。王得一咕噜爬起来……一眼看见老李把一张小脸皱得跟胡桃一样。他羞惭地说：

"哦，我起晚了！……"

满屋的晴光有些刺眼，他揉了两下。没想到老李一手拍着他的肩膀，一面攥着他厚厚的手掌，下劲地摇了两下，扫兴地悄悄地说：

"老弟！我不应该喝那么多的酒！……"

"你现在醒了吧？后悔。哼！你也学会了！真瞧不透。"

王得摆脱他的纠缠往门外走。当他一只脚跨出了门槛，一只脚还在里面，一阵凉风，就使他鼻子一痒，打了两个嚏喷。太阳发着葵黄的光，照在树叶上，石块的尖锐点上，窄窄的草叶上，全都反射出一点点珠子似的闪烁的星光。倏的一股凉气般，掣了一下，他听见老李叹了口气，……自己捣鬼：

"我知道，在人世上永远有一个人愤恨我，不明白我。"

那个小女人在枣树下推着磨。旁边一个披了臃肿的棉衣的小孩子贪吝地望着枝上的干枣。

"睡得好吗？"

一条苍老的嗓子，震动了一下他的耳朵。忽然他想起什么似的，一面招呼了一声，就转身走回去，老李正紧着那支枪上黑朽的背带，一条腿蹬在炕沿上。王得抢过去，拍了一下他的肩膀嚷：

"那个人走了？老李！……那个……"

"走了，不知道什么时候走了……我们也上路吧！老弟！"

王得背好枪，两个人一齐走出去。这使那殷勤的主人，很惊讶——每次，老李来这儿落脚，因为次日只有半天路，就到云谷了，所以他总是清早起来，喝着茶水，同主人畅畅快快谈起这边那边的情形，……尤其是当人家称赞着他的胆量，说着他在狼见愁怎样吓跑了一条大狼的时候，他会扯开薄薄的两张小嘴片，嘎声地笑一气，这回，这回，……

"老李爹，早呢！半天路还这样忙？"

老李沉默着地只挥了挥手臂。倒是王得招呼了两句：

"打扰了！客走主人安！走回头路，再来谈！"

他们走出柴门去，太阳从树上掠过，照红了半个脸。这回走的，该全是石板路。走了丈巴远，王得回过头去，看见老主人还站在门前的绿荫下，一手搭着凉棚在眼睛上，往这面伸着脖子瞧。他拐了一下老李，两个人停住脚，把手举起来，摇了几下，然后大踏步走去。

从两旁树根下的莽丛里，卷出一股青气味。太阳把四个人的影子，扯得森长。风一过，王得觉到一种说不出的爽快，吹起口哨来。

跟着路拐了方向，蓝河又吐着白沫横在眼前了。这里对岸是和这边相同的山岩、树林搅在一起。可是已经不很险恶，峻峭。河水平平地流着浮着浓浓的乳酪一样赶着朝烟，四处岩顶上，树梢上，还挂着一些，不过大部分都压向水皮来，流滑开去了。草地里，有许多野兔欣快地追逐着。

咕……喔……咕喔……

清脆的鸟声，从那散着松子味的树上投下。

老李始终没开口。王得在欣欣的晨风里，想起昨夜同老李谈了半截的话，现在是必得说的了，出了山口，就得分手了，最后他又把那沉淀了很多日子在心底的思索，滤淘了一下。他想起马房的酒味干草味，他想起昨夜老李醉了的胡闹，他想起那可怜的虫子，那惯于知足的猪……

他走近老李，拉了他一把。

"老李！你听我说完了昨夜的话吧！真的，不是一天了，直到今天，你明白，我也不能不讲了！"

他顺手在路边拔了一枝野在轮草，折着，折着。

"……那种生活，我真的不愿再过了，可是，……朋友们凑在一堆，也不容易，不过，老李！我现在还不是给人当猪一样豢养的时候啊！假如我这样下去，我知道手和脚会磨得那么大，那么厚，简直会让你自己害怕，哈，哈，（他猛地摔了手中的草叶、草梗）可是你的脑子呢？试问？它，将要变成一个木块，或者是一个小孩子踢的枣核球，是不是？从此你的脑子失掉效用，不会再有一点好梦让你做了，下去，迟早会像那个人一样，嚷着：'命运啊，命运啊！'老李！在多少年以后，我也许渐渐变成一个这样麻木的人，可是现在，现在我年轻。老李！你不要忘了我还年轻！"

他末尾激动地摇撼着手中消瘦的肩头了。他还看见那小小的脑袋在摇，头发在颠簸。

朝曦里，每一朵云，都鸟一般划过去了。开始展开一片蔚蓝的天；在高远的空中，仿佛正响着一阵诡秘、细微的银铃响，这声音一直从披满了草棵的深峭谷中散出回音。在树叶上飘荡下去。

柿子树全羞涩地垂了头。枫树倒多起来，沿着下斜的坡脚，一堆堆的红影。

老李抿了一下嘴唇，转过头他瞧见王得的脸上闪着从水面上反射过来的日影。他轻轻打了一下那攀在肩膀上的沉重的手掌，轻快地把枪托了托。

"你是养不住的野马，老弟！……我全明白！……"

两个人的眼睫毛下都凝固一点想爆开的火星。

"……可是……你以为我就甘心做一头猪吗？每天流着血汗，任凭着人家打骂，像一头猪样吗？唉！昨晚你说得太对了，只有你明了我！不错！在年轻的时候我也那……样……想过……"

眼微阖着，仿佛在回想一段甜蜜的过去。

"我要干，我抛开了家，心里老那样想：'我不能就这样呆下去。'现在……家？家也许都饿干了，跑着，……一晃啊！老弟！完了，一个人的头发也有点发白，手指头往往麻木起来什么都不知道，那还说什么，……这几年就不敢想，我的性子多么倔强，可是一辈子的磨炼，锤砸，我没有勇气了，所以喝酒，……一喝就得醉过去胡嚷，胡闹，完了，唉！……"

王得一句话也说不出来，他很清楚，二三十年把一个倔强的性子揉成棉团。这一个人，只能这样一天天活下去，一直到他最后喘不过来一口气为止，……他猛然嘴唇上拼出几个字：

"这是生活！……"

拐了一个山脚的路口，旁边又耸立起一片树林，蔽得下面很阴森。老李眨了眨眼，并没呼嘿，呼嘿，……喊两声探出头去。倒是张兰他们脚快跑到前面，……王得、老李，谈着天落在背后。两个人心上全有一块锡铅在熔化，这融化的热汗，有一个时刻也许会灌注到每一根血管里去。

"喂！……李老爹快来哇！……"

张兰站在树林前，一只手举在空中晃着嚷。

老李退下枪背带。两个人手心都微微沁出一点汗来，攥着那滑滑的枪杆，往前跑去。

"那儿一个人上吊了！……瞧！"

果然，一株粗大的树上，一个枝子手臂一样，在空中横抄过去，一个人高高悬在上面，脸朝那边看不清楚。风一来，那枝子一颤，尸体也转了一转，又歪过去。王得眼快，一瞧那粗毛蓝布的破褂子，裹着那瘦瘦的身子。他一边把脚插入树林里的草丛，朝老李扬了一下手：

"喂！……是那可怜的虫子！老李！……"

老李一声不响。等他仔细看时，老李的皱皱的小脸膛，忽然变得像白灰片一样，没有血色。

走着，一些衰老了的草虫猛地钻出来，跳着飞着乱撞。小米粒那么大，那么黄的草籽，沾在脚踝上。风习习的，除掉几声天籁的鸟声啾啾响一阵，静极了—— 几乎是一种死的沉郁。走到那粗大的树下，王得使枪铳把那绳子打转过来，……昨夜，坐在火池旁叨唠着"命运"的家伙，真地在这命运的绳索上停止了呼吸。明显的，在他的左额角上淤积着一块血渍。那血是沿着耳鼓、腮帮，流到肩膀上，紫糊糊的。

"我害了他！……"

两行泪水，忽地从老李绞动着的眼皮上淌下来。王得也愣着了。他有点模糊：……这血，这紫色的血，当时给这末路的流浪汉，是怎样的侮蔑。……

黑。……

老李的心上，非常难过，头有些眩晕。他的眼睛，不敢望一下这可怜的死人的脸——那红得已经发紫发白的舌头，仿佛一只给刀子剖开皮的鱼肚子，暗紫色的鱼肚子，跟着一股血，从那破口上迸榨出来。干涩的舌头，就那样露在张开的嘴唇上。脸像风干的鸭脯一样，松弛的，连眉头也皱不上。

嘎，嘎，……密密的树顶上漏下鹞鹰的吟叫。

王得把那绳子一枪杆撞断了，扑的，一棵木块般落下地来。他用脚把它踢翻过来。脸朝下地栽在草丛里了。

"走吧！……老李，这世界上是没有弱者的路的，只有鼓着气走！……"

他温顺地拉了老李的手。他觉得这只握在手心里凉得石子一样的手的轻微的颤抖，很呕心……这只手，同那懦弱的在生活前面默认着命运而死掉的那两只手有什么分别，他不明白。不是一种憎恶，也不是一种怜恤，是与失望仿佛的一股冷流，穿过他炎热的脑子。他下劲地抛丢老李的手。……

谁也没言语，往前走去。

蓝河渐渐平静了，河面也瘪缩地窄拢了。

下了一个陡阪后，太阳渐渐烘得空中发起淤热来。老李敞开了泥污的衣襟，露出那瘦骨嶙峋的胸膛。山的凸面的蓝渍，在扇着的微风里渐渐收缩了。走过一条窄窄的、两旁都是岩石的路，升上一个岗巅。

回过头望望一叠叠山耸着，越远越高。这儿仿佛是在一个山麓上。拐过一片树林，蓝河拐了弯。

远远隔着山林，那里有放羊人吹着口哨，清脆地甩着鞭子。

走尽一段树丛，老李突然停住脚。

"这儿是岔路了，往这边……那顺着河岸是到云谷的。往那边，涉过水……老弟！那里……嗯！那里也许是更远、更远的地方吧！"

王得缓缓地退下枪，交给张兰。他转过手握着老李的手。

"我走了……你，你，……"

"好吧！小子，真棒，"他挑了大拇指，"……我也许是最末一次了，这凶恶的蓝河啊！它磨毁了我几年来的倔强……"沉吟了半晌，"哼！你说的一点不假，这是生活！去吧！趁着年轻。但愿你好运气，老弟！蓝河的水永远是向南流的，你走吧！向更远的地方去吧！"……

王得扬起手抹了一下额角沁出的汗珠。点点下颌。

走了……一会他走到河沿的乱石堆上，挽起裤脚，涉往水走，很吃劲地，一只鸥鸟般地渡过对岸，回转头来！……老李一脚蹬着一块巨大的光石，兀然不动。王得举起手摇了摇，老李也笑着牵了牵薄薄的嘴角举起一只手来。张兰他们也呆呆莫名其妙地扬起手来晃着，晃着。

王得摇晃着唱起来。

> 望着这条大路，
> 我讥笑着一些脓包！
> 他们怕风，怕雨……
> 可是他们还咒恶着没有一点光！
> ……

太阳在河滩上闪出千万点金星、金花。

一会，那个蹒跚的背影，在黄绿色的地下，往远处消没下去了。只剩下响亮的、铜铃一样的歌声还留在空中震荡着。

成　长

一

从早晨就落雨。推开窗望了好几次，雨总是灰屑似的，紧紧落着。桌上的表，已经到达了一个指定时间，是一位朋友来访我，恰好我不在，他留下张小纸条，叫我在这一天这个时候去看他。我只好戴上帽子走出，到江汉关搭了轮渡过武昌来，寻找到那纸条上写明的胭脂山一个地方，一家两扇黑色板门的人家，我推开门进去，有几步宽的天井，便是客堂，左手有一个小门。我叫了几声没人答应，就又走进那间房里。在那房里，除了一张红漆方桌，几把椅子，是多么空旷啊。桌上摊着零乱的报纸和茶杯。污秽的窗玻璃上，透进光线，几乎不易看清屋底。我正想退出，突然，另一个角落里的一扇门开了。我听见一种尖细的女孩子的声音：

"你是找勃生吗？"

我点着头"唔唔"了两下，就顺便看了她。

她有矮而活泼的身体，椭圆的脸，头发梳得很齐整，披在耳上，两只大眼睛，但我立刻看出那眼里含了戚然的暗影。

她似乎知道我是被约而来的，甚至她似乎知道我是如何的一个人。于是她走到窗前，再回过头来，用颤抖的声音说话：

　　"你来的是时候，勃生却一清早，不能等看你一眼，便走了。"

　　这些却暗示了一种奇妙的感染力，立刻在我神经上起了反应，可是结果我还是漠然地站着。

　　"你奇怪我吗？……我不是他的什么人，我只是由于同情……"

　　"那—— 你……"

　　"我叫杜兰，一个初中学生，—— 也好像他所说的，是一个太单纯的孩子。"

　　"那……你一定知道一点勃生为什么……"

　　"这，你不必关心，这是他叫我交给你的一封信，不过，你一定得回去看，给你！"然后她赶紧用脊背对了我，我就退出来。

　　是落雨的原因还是怎样，我心上感到无限的烦扰，好像这些事都是没头没脑的。在过江轮渡上，我就想把信拆开看，但立刻想起杜兰最后说话的严肃态度，也许这信是不宜于在随便什么地方露出吧！一直等到回家，走上昏暗的楼梯，扭亮了电灯，急忙看那信，信是如下写着：

　　"并不是什么了不起的事，只是因为轮船起碇改了时间，就得立刻走了。在这曙光刚透过雨丝照在窗上的时候，我开始模糊地看清窗外的桂花树。但是她，这个单纯的孩子，一定会吓你一跳，她会这样，她时常有点残酷的不顾旁人着急的。我最初就是因为这才对她注意起来。不过，这孩子是那么一个可怜的人，……她又不允许你对她有一点怜悯，她对这会起反感。她也许不肯把这封谈到她许许多多事的信交给你，我这几天来是如何努力地把你介绍给她啊！我说你有热情，有勇气，我这样形容你：是会从内心发出火来的那种人，会在人生的道路上，以自己的火为人照出道路的人，……可是谁知道她会不会把这信交给你呢。然而除了经过她的手，又能经过谁的手呢。人给一种强的意志力所支持，原不足怪，可是在她的年纪是太早了，不，这里就正埋伏在这大时代里一幕悲剧的线索吧！假如可以的话，把这时代比做一株生长的树，我们是那上面的一片一片叶子，叶子落了，再生新的，都是为了树的生长，我为什么说到这呢……并不是奇怪，昨天，我在这里度过最后一个黄昏，她好久好久凝睇着窗外的桂树，忽然回头问我，‘树叶子能不能不落呢？’我看见她眼里是多么圣洁的光彩啊！那是她从灵魂深处点燃的两只小火把啊！然而她为什么这样问？为什么这样问呢？……可怜的孩子，可爱的孩子，她走的人生的路还多么短促，但是她的思索已超逾到如何如何远的前面去了。——我在这里住了五个月。最初我并不注意她，像不注意一只鸟或一只猫一样，然而她以她意志力的表现召唤了我，叫我走向她。原因是我们有一种共同的命运（她和你也是一样的！）。你也许会逢到，那你注意！这家那对老夫妻，是如何慈悲的吧！他们永远以无限的爱抚加在这小动物身上，但是她，常常还给他们以暴怒，或不好的颜色。他们会为这时时引起的小烦扰而流泪，却从没一句埋怨话。他们对另外几个小孩也是慈爱的，却有种种责罚，独独对她，是连一手指也不肯杵她，—— 这就足够我奇怪的了。—— 我这窗外有一棵老桂树，你知道，去年来住时，桂花正开放。我喜欢把窗推开，让香味立刻进来。她常常来趴在窗上，看着花半天都不响，也不动。我和她就从这沉默中熟悉起来了。我才如同发现新大陆的哥伦布一样，发现了她同这家庭的一种秘密关系。如果说我先注意她，倒是这个小孩子以她特殊的，也许先天的（假如可以这样说的话）智慧来同情我了，——我的贫穷，时常遭到饥饿，不清洁的蓝褂，奇奇怪怪一些来访的客人，尤其在这一点上：我是从遥远的北方流亡出来这一点上，掀起她心灵上第一页冒险的注视。于是天天以那小火把的眼睛来照我的路。我渐渐知道她——原来是一个无父无母的孤儿。最初这老夫妇只以一种人类崇高的责任感，才产生了感情。是 1927 年，那时武汉是处在风云际会的时代，从这里面却来了摧残的风暴。那时在我这有桂树阴影的屋里，原住着一对青年夫妇。当时的变动是突然的，一个夜晚，他们敲开老夫妻的房门，脸是烦恼的，说把这孩子托给他们，过几个月就回来，便踏着黑夜的路走了。……谁知到现在整整十年，他们却没回来过。这孩子长大了，她知道这些历史，她知道这屋子的重要的意义，这老桂树对于她的意义。……现在天已大亮，雨却落了，我知道顶多还有十分钟耽搁，我心里忽然难过起来，因为我就要叫她来了。这怪癖的小孩子，假如我不叫她，她会愤怒很久，因为她要送我到轮船上去。你呢！——我想让你知道，她在命运上是属于我们一齐，而不是属于那夫妻一道的，虽然我们将给她颠沛流离的生活，而他们会给她温暖，但这有什么关系呢！你会为了帮助她而快乐的，因为我看出她不会辜负你的，至于我——只有一句话：在一条路上走的人，迟早是会碰到的。暂时告别了！"

我看完它，我两手拿着它，又重新温习了一下，那突然闯入却不肯即去的影象，暗伏在这影象背后的一段凄凉故事，更那样纠缠我。我立刻后悔，刚刚那样轻易就离开她了。我低下头，望着染了泥星的鞋尖。我知道这绝不是一种单纯的责任感，因为她并不是一盆花，朋友走了，委托我，我天天给以阳光，给以灌溉就行了。问题是她的经历感动我。我退后，坐到窗下一只破藤椅里，吸烟。我忽然想到一个问题，使我微笑起来，——立刻却浮上来一阵冲动，又抓了湿的呢帽，准备出去。我走下楼梯，楼梯是那样黑暗，虽然底下裁缝店里的电灯照上来，还是十分暗淡。在楼梯转角处，突然有一阵皮鞋响，一个人走到我面前来，我仔细一看是李青，这真是一位不速之客了。立刻，我脑子里另外转了一下念头，便轻轻地告诉他，我原是没有事，想到雨中去散散步，就和他一道又回来。他把手中提的一个黄牛皮纸袋放在桌上，从里面滚出金黄色的橘子来。

十五烛光的电灯，是朦胧得让人气闷的，在许多夜深的时候，我伏在案上工作，是情愿关了它，而以洋烛来代替的。

前楼住有两家人，是拿薄薄竹篾编的墙隔开来住的。有扇大亮窗的那一半，住着裁缝铺老板娘和两个小孩子。夫妇两个时常为了细事口角。有时在深夜里也弄得楼板咚咚响，小孩子要被压死似的大哭。另一半房间里住着一个左臂残废了的老女人，白发苍苍，天天拐着两脚，手上挂一个竹篮，到市场去。从我门前过，她总是偷偷窥察我。在我的楼梯下，就是出后门的路，厨房在这儿，自来水龙头永远关不紧，总是"滴滴嗒嗒"地响，学徒劈柴，和为了买鱼而争吵，都是在这块地方。一天三次，总有烟气和鱼腥味，由下面楼板缝里钻上来，加深我的闷烦和苦恼。早晨，那老女人窥察的眼睛总给我无限的不舒适。更可怕的是和我并排的那家邻居的后楼上，住着的一位三十岁的湖北女人，有两颗包牙齿，把上唇支得高高的，她每天不知和什么小贩之类吵骂，她能一口气像流水似的骂上二三十分钟。我就在这些杂乱的烦扰里，也已住了两个月。因为当时的武汉，想在这一带找这样一个宿处也就不容易了。今天却特别沉寂，而落得窗玻璃上一串跟一串往下流着的水柱，外面的路灯比屋里还亮些，于是屋里更显得闷塞、阴湿。我和李青就这样一声不响地剥着橘子皮。忽然他说：

"你还是想方法搬个住处吧！"

"我似乎给烦扰弄得已经麻痹了，能搬动一下自然好，不过，其实到处一样。"

我就此停止了。因为再说下去，一定又重复李青听过不止一次的话了。果然，李青抬起头一闪那亮亮的眼珠：

"又要来你那一套怀乡病吧！"他沉吟了一下又说，"其实就搬到武昌去也算了。"

这时，立刻像有一阵光亮掠过我黑暗的头脑，我看见一间房子，有窗，窗外有天井，天井里长着一棵桂树。但这只使我的心跳了一下，就放下了。

李青看看手表说："我们去吃饭！"我就听从地跟了他往雨地里跑。一个在北方生长惯了的人，真是不习惯在雨里走来走去。可是雨永远不停，你又不能不出去，也只好把自己淋得湿湿的了，最讨厌是那脚底下的泥泞。这次，我们还和每天一样，拐过一条角，往江汉一路走。那面灯光也并不很亮，只有好多人力车和行人，践踏着泥泞，从你身边过去。商店的玻璃窗口，好多处是沾了雨珠的。我们走到一家宽敞的广东酒馆里去。在那里面，有许多穿黄呢子军装的人，他们把穿了长筒马靴的腿伸得直直的，很悠闲地一面喝酒，一面谈天。我是从来不喜欢在馆子里谈天的，就在等菜的时间，我也那样沉默。

李青是我中学同学，那是十年前的事了。有一次闹风潮，他被挂牌开除之后，一分手就是这样久。这回在武汉很意外地与他相逢，而且住在一条街上。这时我悄悄地问他：

"你还记得从前在学校的事吗？"

他点了点头，但突然一阵凄苦的暗云，极迅速地在眼角出现了一下，随即没有了。我半晌望着他，觉得他真的苍老了许多。

不知为什么，每天相伴消磨初夜的朋友，今天我却只想早些离开他，吃过饭便推说有一点事情，望着他摇了肩膀从人丛中消没，我把两手深深地插到大衣袋里，拉低了呢帽的边沿，便在落雨的长街上，一直走去，心中涌起无限的思潮，——如同不安稳的海边的一块岩石，我的心，那样不断地受到了浪潮的击荡。这一天，短短的一个下午，一扇活生生的人生的门忽然对我大大地张开来，我看到在那美丽的桂木的木槛上，坐着那个有两只大眼睛，以忧郁的神情望着世界的女孩子，我默步着，雨滴开始从帽檐上滴落。……我无论如何分不清楚，单单是这女孩子的面孔，还是她背后那不平凡的经历，在吸引着我；总之，是新奇的生活，是我没想到的那种生活，那种命运；而载负了这命运的是那样年纪的一个孩子。……走到大世界附近，街上是漆黑的，商店的灯光是暗淡的了，我才折转身往回走，感到寒冷，谁知雨却大起来了，跑回家时，已淋得湿透了。

二

第二天一睁开眼，听到楼下老板娘正在和卖鱼的小贩争价钱，……穿过前楼的隔壁，一条太阳黄浊的光线，落在我的窗玻璃上，反射出紫的和青的光来。

我忽然想起昨天李青告诉我的消息："敌人扬言要轰炸汉口市区了。"虽然这几个月来，在南京、长沙以及旅途上，不断地受飞机的骚扰，炸弹、扫射，已经锻炼出我一副淡然处之的心境，或说是麻痹。今天这黄浊的阳光，却给了我一种启示，我匆匆穿了衣服，决定到武昌去。临行环顾了一下这霉湿污秽的小屋，微微笑了笑，好像是说：我回来也许只是一堆灰烬而已。顺手拉开了一只抽斗，里面是最近由北战场带回来的材料和一束稿件；但我皱了皱眉，又慢慢推上了。拉开另一只抽斗，看了一眼，把勃生的那封信拿起来，又稍稍看了一次，放在口袋里。便连门也没锁，只托付一下前楼的老太婆，就出门向码头上走去。不过，天又阴淡下来了。

过了江，在江边彷徨了一会，曲曲折折地走到粮道街的一家小公寓里来。

走上那松弛了的楼梯，到一个房间去，而那房门锁得紧紧的，朋友出去了，我只好又下来，就在公寓门口，心下不觉浮上一句问话：

"到哪里去呢？……"

就向胭脂山走去，一会，就立站在那两扇黑色的门前了。我敲了门，来开门的是一位瘦瘦的满头白发的老妇人，用一双极慈祥的眼睛，在打量着我。我立刻觉醒，怎样对她讲呢？我不能告诉她是来看杜兰的，那她会怀疑的，我这样一个年轻的陌生人。我虽然知道她们对待勃生很好，但我又不愿说那样多的话来讲清来历。谁知在我犹豫的时候，她倒解救了我，她安详地说：

"先生—— 你是来看房子的吗？"

"唔，唔，"我只好随意地这样答应着了。

一会，我就走到昨天下午来过的那间空房里。我又看见，那桌上的乱纸，我又看见窗玻璃外那桂树的枝桠。我看昨天杜兰走进来的那角门，门却关着。

"先生……这房子是要收拾一下的，原来住着一个没有了家的北方人，一个年纪轻轻的……是很好的人，他很穷，饭有时没得吃，但从也不肯拖欠一点租钱。这乱腾腾的年月，人们是在受灾受难，听他说成千成万的人赶得没有家了，风里雨里乱漂流，—— 噢，先生，你也是北方人？"

我默默地点了点头。她又悠悠然在讲：

"这比民国十六年遭的难还要大，—— 听说日本飞机又要炸汉口了，是真的吗？快些搬到武昌来住吧！"

由老年人娓娓的谈吐里，我感受了无限的温暖，她是真的同情像我们这些已经失去家的人。于是我相信勃生告诉我这家老夫妻是如何慈悲的话来；甚至连昨晚李青劝我搬家的话也想起来。不过我的心倒有点跳，我含糊地应付了几句话就退出来，看到在小小的天井里，一个额下一部银白色胡须的老人，在踱步，看见我微微点着头，把手扣

142

在胸前微笑着："要炸汉口吗……武昌也免不掉吧！"于是我感到一种悲哀的酸意，很快从心底爬上鼻尖来，我昂起头。我看到那忽阴忽晴的天，潮湿的地，这将要绿起来的桂树，不都是平静的吗？但从老年人嘴上听来，这地方是受过多少次血的渗透了。

我刚刚往蛇山的小路上走，杜兰忽从迎面走下来。

她穿着蓝哔叽的短大衣，红绒袍子，手里提了一只黑布书袋，她是慢慢走着的……这会把头一扬，微微抖了一下那整齐的短发，那天真的笑脸，在阳光里，就如同露水里的花朵一般清莹与可爱，我再寻找昨天所见的眼睛里的戚然的表情，却没有了。我只看到她那黑黑的眼珠是那样深湛地凝视着。我立刻笑了，我想我从昨天一直到现在以前，是把她想得年龄太大了，实际，这面前不是一个小孩子吗！她有时也忧虑，但她大半是愉快的。她点着头笑着：

"吴先生！我知道你今天来看我，我早一些回来，到我家去吧！"

她来牵我的手，我让她拉着，但是我说："你看，杜兰，走一走不好吗！我愿意走走，你陪我。"

"是啊！春天快来了！……"

我们便走上蛇山去，我望着从那窄窄山脊上能够瞭望得到的空旷的天地，树和草都在发出褐色闪光，远处有几片湖渚更放亮的玻璃似的闪着白色。远近的房屋整整齐齐地排列着灰色的花环，许多人在那中间来来往往的。杜兰站在我的左侧约隔两步远，尽在观察我，半天就叽咕地笑了一声说：

"勃生也喜欢这里，有时候落着雨在这块转来转去，他说烟雨里比晴天还好呢，是吗？"

我回过头："你说呢？"

"我不知道。"她故意摇了摇头，进入沉思了。

我们的谈话涉及的范围虽很多，但我觉得我们各人具有一种谈话目的，如同在雾蒙了的海上转来转去的小舟，总逢不拢来。她的谈话总在接近勃生和我的生活，不知是因为好奇还是因为同情；我却想多少知道一些关于她亲生父母的事。老实说，一个深夜，两个逃走的人，委托下一个小孩子，而就是站在我面前的小姑娘，这样事，对我产生了一种吸引的力量。不过我又不能直截了当地问她，我怕她为这伤心。我时常为她的话锋所窘迫；那时她的眼里露出一种极恳切希望的光来，似乎说：我是多么愿意知道那些新奇的事啊！……于是我便讲了一些我们7月里由北平逃出来的故事，我说："那时天气热极了，……是8月二十几号，我和勃生化装到了天津，在一条租界的街道上，一处临时难民收容所，住了几夜。那家难民收容所原是一个小小的福音堂，那穿黑袍子，胸前挂一个木质十字的老年人，尽扰乱我们，叫我们跪下祈祷上帝，他颤抖着嗓子说：'上帝的孩子们，你们都是犯了罪的，请求上帝饶恕吧！'我们不这样做便不给饭吃，最后气极了，一天清早，我们扯坏他那锁住的门，搬到广东小学去住，勃生还给他留一个条子：'请你的上帝去饶恕那些日本人吧，他们才是犯了罪的。'……"杜兰对于我所说的故事，是那样兴奋，那样仔细听着。我讲完了，她还是张嘴等待着。谁知从这一个开头，以及后来我无数次讲给她听的故事里，却在她小小的纯洁的心房里种下了无限的仇恨了。因此，她听着，她羡慕着，继而思索起来。这天，我和她在蛇山上走了一些时候，已是下午，我们都饥饿了，她挽我去她家里，我推辞了，却也没告诉她刚刚看房子的那幕短剧。最后我站在山上，目送她回家，她一面走，那样荡着手里的书袋和短短的黑发，好几次回过头来招着手。我并没有立刻离开那里，坐在一株树下，看着远处的太阳，一直到它落下去，我相信我的脸完全照成红色的了。

三

　　是为了生活还是为了工作呢？这两天我又不得不把自己关在上下四面都是枯朽了的木板小屋里，坐在桌前，写着东西。把两扇玻璃窗推开，风便吹到桌子上，吹走了香烟灰。我倒很高兴，从这风里嗅到种种春天的气息，窗前伸手可以摸到的电线上，有时是燕子，有时是麻雀站着叫着，蓝色天空很高很远，使我想到北平有名的蓝天了。我便写了几封信给朋友，都说我很愉快、很乐观，的确，那时节在武汉住过的人都会感觉到，人们从战争初期的茫然里走出来了，虽然仅仅七个月，人们却看得清清楚楚，那最后的希望鼓励着大家，大家都浮在热潮里。可是这晴天，并不会被人像往常一样喜爱，前楼的老板娘说怕一定会有警报，早把包袱收拾好了；以致街上人都不多，整座楼也寂静了许多。忽然我的门上"嘟嘟"响了两下，我去拉开门闩，原来是前楼白发苍苍的残废老太婆，来请我把他儿子寄来的一封信念给她听，我看了那下面的信：

　　"母亲大人膝下：儿厂内日来已经停工，儿无饭吃，也不愿回家累你，还想这抗日时期，儿年轻力壮，应当为国效劳，儿决去信阳参加队伍，请大人不必惦念，同行有厂内同伴三人。家里生活还请阿福哥多多维持，儿不知何时回来，请勿流泪，万安。"

　　当我读到如上的几句话，那么坦白而又真挚的话，我望了望那残废的老太婆，我踌躇了。

　　我原从裁缝店的学徒李阿三处知道，她是一个被男人遗弃了的妇人，只有一个儿子，在厂内做工，刚刚十八岁。我不知道应不应该把这消息如实告诉她，那岂不等于告诉她：你唯一的希望已经断绝了吗？但我又不能隐瞒这十八岁的孩子对他信上所谓的阿福哥的委托。在这样踌躇的一瞬，心下充满两种感情，我好像由这件小事上，看到这个大时代的小小的缩影。这是悲壮的鼓舞，而随后一种悲哀却淹没一切，我望着这生与死的悲剧里的人物……最后我走到窗前，我不让她看见我的眼睛，我骗了她，我说："这是他写给阿福哥的信，你把信送给他去吧！"然后我听见她道谢、她笑、她走出去、她悄悄下楼的声音。……

正在此时，突如其来的，警报响了。那声音带着震撼人心魄的力量，像从天空里落下来一般狂叫起来。跟着这响声，我听到街上立刻人声沸腾了。我不自觉地心情有点激动起来，奔到前楼窗前往下看，满街是人——喊着、叫着、驮着包袱箱子、小孩子哭着，他们都是往法租界江边上奔跑，脸都惨白。悲凄的愁云，跟随警报声响马上笼罩这里的市街，一切陷于慌乱、恐怖。我不想动，更不愿挤在人丛中跑，只是一股愤恨的火在燃烧，便低下头，走回小屋，想冷静，坐下来，只是吸着香烟。谁料到在此刻，从楼下后门外，听见有尖细的声音在喊叫我："吴先生！吴先生！"我推开窗望，原来是杜兰，我便话也没讲，匆匆点了一下头，飞也似的奔下楼梯去开门，头一句就是：

"怎么这个时候在外边跑？"

"我在街上玩，听见警报，想起你在这地方住，就跑来。"

她还讥笑似的告诉我："你看，他们简直是疯子一样地跑呵！"

我无可奈何地望着她，心下想：你这不知道痛苦的灵魂，你好似不知道这警报声所含的死亡的威胁，你一点也不畏惧。……

上了楼，她坐在靠窗的椅子上，两眼一直盯视着天空，好像等待那飞鸟一样的敌机到来，好仔细地看够，这时我又是喜爱，又是怜惜，我记起去年秋天在南京的一次大轰炸，我在国府路所看到的情形，那房屋整排的变为瓦砾堆，许多块血肉贴在未倒塌的墙壁上，女人的长头发一绺绺挂在电线上，我在那散满黄色硫黄的地面，看见一只十岁的孩子的腿，血糊糊的……这时我拿眼去看杜兰，她也正转过面孔来望我，她立刻问：

"你在想什么？"

我一时给她问得答不出，眼睛却有点潮湿。她跳开来，拿着我的两手，也露出要哭的模样。我赶紧笑了，顺嘴把刚刚警报前那残废老太婆的故事告诉了她。最后我说："她现在也许知道了，她一定很痛心，失去儿子的人总是难过的！"

杜兰突然问："你有妈妈吗？"

我见她颜色变了，我才发现我说这诳话，倒不如把我所想的告给她好些。我半晌说不出话来。她却说：

"你知道吗，我听学校里的张先生告诉我，她顶喜欢我，她说现在时局不同了，许多年前从武汉逃亡的人，现在又有人回来了，她说：我的爹爹和妈妈，有一天会来拍我们的门，说：'杜兰，我回来了！'"

"你不喜欢现在养你的老妈妈？"

"不，——她只让我像她一样活，我不，我早晚要像我爹爹妈妈一样活。"

我像在打开了一扇小小的心灵的窗子，看见里面热情的火焰，我不响，我望着她的眼睛，那眼睛发着倔强的光芒。

"我听说我妈妈是山东烟台人，个子高高的，很美，我长得那样高时，就和她一样做事了。"

我不愿让这个小小心灵上所受的损害，再多温习一次，我愿意让她暂时忘记，便想用话岔开她："杜兰，一个人长大了，不能尽想妈妈的，你看，我就不想。"但是不知怎样，一种感情的激动，使我很快地忘了我原来的心愿，我忽然对这还太小的人说了很多我不应当说的话。我告诉她，当我不得已逃出家来的前夜，母亲怎样流着泪说："孩子，也许今生看不见了。"我说现在那里已为日本人占领了，说不定母亲已经死亡，家也许被拆毁，连树也烧光，小孩子腰斩在血泊里了。我始终有回去的心，这仇恨是总要报偿的，不过那时恐怕连灰烬也看不见一片了。何况想到这些，那仇恨的心，是多么深刻地在激动呵。不过我一次也没说过，今天却在这纯洁的灵魂面前尽情地泄露了。说了，我立刻就后悔了，我想："像这样年龄的孩子，应是在黄金的日子里，为什么过早打破她的幸福，让她知道的尽是人间的丑恶呵……"这一代的孩子，的确是处在一个最艰辛的时代呵！应该坐在学校教室里的时候，炸弹却告诉她们毁灭与死亡了。……因为在沉思，我一声不响，这使她焦急起来，她摇撼醒我，我摸抚着她软软的头发，我勉强笑着问她：

"你在学校干什么？"

"我参加宣传队、募捐队，……勃生叫我参加的。……"

她提到勃生，眼光就亮了一下。这给我一点启示，我就问她："杜兰，除爹爹妈妈你还喜欢谁？"

"勃生。"她赤裸裸地一点也用不着掩饰地这样喊出来。

在这中间，街上楼上楼下，一直是沉寂的，我们倒把空袭这回事忘了。突然，解除警报以和缓的声调吼叫起来的时候，电线上原来站着的一只鸟雀一惊地飞跑了。就是我和杜兰也吃了一惊，赶紧又互相望着笑起来，感到了无限的平安已经回来了。我知道警报一解除，那残废老太婆就会回来了。不只我自己，我更不愿让杜兰看到那太多的悲惨的事情，便对杜兰说："我饿了，我们去吃点东西？"便一起走出门，折出弄堂，到大街上来。下午的太阳，斜斜照着电线杆和商店的额匾。每个人都露出笑脸，好像大难已经过去了。人们又回复到日常的平宁安静了。吃了点东西，送她到码头上轮渡。我朝回走，忽然怕起那阴渗渗的小楼上的一间木板笼子。我不甘心回去，就一直跑到李青这儿来。

四

　　李青刚从报馆回来，疲乏地躺在他的床上吸烟，他住的是一家前楼，很宽敞，正面有六扇玻璃窗。最惹人注目的，是摆在桌上的一个玻璃镜架，里面是一个女人的头像，她也是我们的同学，和李青恋爱过。李青在那一年的一个夜晚，被宪兵从公寓里捕走之后，就没有了消息，她也在去年因为肺病，死在香山了。李青还保留着这张照片。现在还时常引起我们共同的思念，引起我们很多的回忆。现在，李青见我进来，告诉我说，今天敌人轰炸了长沙，我没有告诉他我没躲避，那他会责备我。我只默然地坐在他对面一只椅上，望着他。他的脸仍然是红的，下巴尖尖的，眉很浓，他从前脾气是暴躁的，——中学时候，一次闹风潮，他留给我的印象很深刻，——可是现在他那样懂得爱惜生命了；他劝我搬到武昌去，他相信敌人轰炸汉口是可能的。不止一次了，我每次看着他那苍老的面容，听他那平稳的语调，都不免心上有点戚然。今天，他却有些兴奋，面孔红得可爱，眼珠上闪着灵活的光芒，不住地说着往事，虽然也时常微微摇头。他却告诉我这几年在××陆军监狱里的事，还告诉了我一段悲惨的故事：

　　"我1933年春天由北平解到了××，开始我那自由惯了的心，是十分不甘，常常充满许多幻想，那是怎么一回事，你会明白的！"

　　李青用眼睛盯视自己那长期套过脚镣的腿腕，并不看我。

　　"后来，才慢慢转入那种潜伏式的生活，在那里面有一个难友叫鲁秀夫，山东人，三十几岁快四十岁的人了。我进去，他正患伤寒病，差点死掉，要是死掉也好了！最让我记得的，是他那双炯炯有光的大眼睛，他也是政治犯，据说是在上海被捕的。他平常沉默，他却尽量帮助旁的同志，那时，他，脸瘦得像刀条一样，还那样苍白，……但是每次有事情，他总站在前面，……事情是在两年之后发生的，因为他和几个新进来的犯人接近，他们是毫无经验的人，他们狠狠闹了一场，看守搜查出火柴来，在监狱里那是绝大危禁物，立刻三个新犯人被判死刑。当鲁秀夫听到这事的时候，他心里是那样难过，他皱着眉，……

"到第三天，三个死刑犯中的一个软弱下来，因为供出鼓动他们的人，对监狱方面说来更重要的，他们用毒打和诱惑，软化了那一个。

"鲁秀夫在这三天内，把他的一些书籍交给我，他还凄凉地笑着说，在外面有一个女人带着个孩子等他，这孩子将成孤儿，这女人将成寡妇，当外面叫到他的时候，他毫不迟疑，一跃起来，便出去，我听见他唱着歌，……"

李青的眼睛发亮了，他狠狠吸香烟，嘴唇有点发抖。

"后来，由外面传进消息来，有一个女人哭得昏过去，隔了两年，还有人想起鲁秀夫。后来又听说他没被打死，逃走了。"

这时，我为这传奇似的故事所吸引，但我下意识地很希望最后的消息是事实。我又转念到那抱着孤儿的寡妇坚强而又孤寂的身影。李青半天都不响，他的眼睛却好像在告诉我："人是这样容易就死了的！"我望着窗外，天完全黑了，高处楼上的电灯亮了，大概是顶楼上吧，一只雄猫正在"噢——噢"地叫着。李青忽然开了灯，一面穿大衣，一面指给我放在桌面上厚厚的一叠书，我过去一看是《译文》，已经尘土封满。我很想看一看，便随手抽了三四册，用报纸包好，挟了，一齐下楼去吃饭了。李青永远是迈着平整的步子，走在我前面，瘦瘦的肩膀微微向左倾斜着。路灯把我的影子投到地下，我看见我头发蓬乱的影子，才想起今天出来时连帽子也忘记戴。

五

现在我想简单地追忆一下：总之，杜兰常常跑到我这里来玩，而且在那小木房子里和李青也认识了。并且由李青介绍参加了一个青年界救亡协会工作。她干得非常起劲，时常往来武昌、汉口，而且也成了我和武昌一些朋友中间的联络人了。她不但活泼健壮，我发现她还非常勇敢。她身上的红绒袍，好久就不见了，换了一件蓝阴丹士林布的窄褂，脸比以前发红，稍稍瘦了一点，两眼便更神采奕奕的了……李青很欢喜她，常叫她做这样，叫她做那样，她都相信地去做了。我时常陪她到交通路书店里去跑跑，买些文艺书、杂志给她看。

有一天，从早晨起便风雪交加。我因为想到战地去，赶忙在交涉关系，跑了一上午。很冷，两只鞋上踏的雪都结成了冰，我回来，看见杜兰一个人寂寞地坐在木椅上，我的屋里是从来就没预备火炉的，我一想来，就觉到阴暗、潮湿和煤烟气。等一会，李青来找我吃饭，我便提议吃过饭一道到维多利亚去看电影。我的习惯是在电影开场之前，总欢喜翻翻报或带本书看，临行便从抽斗里拿了一册《译文》塞在口袋里。三个人都很高兴，因为他俩忙着工作，很久没有玩一次了。但这里，我得把我早就在担忧的事提出来，那就是李青对杜兰已发生了一种近似爱的情感。眼睛是比嘴唇不会瞒人的，它时常把人还没想出来的事，过早就泄露了。因为近来，从李青眼睛里看出一种光彩，如同孩子们在春天太阳地里歌唱时眼里的光彩。我是无论如何不同意这事情的，因为杜兰才十五岁，我们应该鼓励她勇敢地走上一条人生的道路，却不应该太早地就让她又进了爱情的苦闷的门。我便处处小心注意这事。当然在杜兰一切是单纯和无知的啊。吃过饭顺了法租界江边的一排法国梧桐下走着的时候，杜兰小妹妹一样走在中间，把两手一面套在我的臂弯里，一面套在李青的臂弯里，我想到这些，一直沉默着。

李青问："老婆婆还吵你没有？"

"怎样没有，昨天还哭呢，说鸟儿长大了，就要飞呢，说出了岔，她对不起我的爹爹妈妈。"

"你呢？"

"我不言语，到出来的时候，还是出来，她们也没法，只说早些回来。"

"那你跟她说……你们是将要死的一代了，不要管我们这新的一代人。"

突然一阵反感，从我心底一直冲上来，让我的心紧紧地跳动，每当这时我便失去了理智，我的眉毛会皱起，声音变了调子，我猝然截断李青的话："我觉得不对……那年老的夫妇是没有什么不对的，杜兰不必过早在感情上给以打击，要知道革命的人，不是不近情理的，而且是要有最深的同情人类痛苦的感情，假设矛盾到最尖锐的，那又是另外的问题了，李青！我觉得你近来又恢复了七年以前的样子了，……"

最后一句太露骨的话，使李青难过了，他便去吹着口哨不响了，我知道他心里一定翻起很多的心思。

到了维多利亚，离开映还有二十几分钟，我们都不响，——杜兰悄悄把我口袋中的《译文》抽去，翻着看，忽然她头一昂，头发一甩，半嗔半笑地说：

"谁让你把我的名字写在这里，你看！"

我一震，去看，果然在一页书的行间——很刚健的笔迹写着"杜兰，胭脂山某某号"一行字，那绝不是我写的字，我很快地瞟了李青一眼。

李青如同受了一下很大的打击，而要昏倒下去，脸上立刻一点血色都没有了，嘴唇抖了几下，没说出话来。我马上用眼色制止他，我轻淡地掩遮过去："杜兰——是那一次看你回来，怕忘记，写在这里的，怕什么？"她也就不再追问了。但我对李青起了十分的不解，为什么在我那小木屋子里和杜兰相识之前，他就会在这里写得这样详细，他早就知道她，又为什么不告诉我呢？

这场电影，我和李青都那样沉默，而且未终场便出来。李青说到报馆去一下。我陪杜兰过江，送到家门口就折回来了。唤醒了裁缝铺的学徒李阿三才能够上楼。

夜是这样深了。我心上说不出来的那样烦乱、不安。刚刚把钱给李阿三，叫他设法去冲一壶开水来，我便屋门也不关，两扇窗也大大地推开。雪是停止了，天还阴沉沉的，我很希望风吹进再吹出，好把屋中的阴暗潮湿吹走一些，让我太热了的心，也为这夜里的寒冷冲淡起来，我便站在屋中央的地板上，燃起一支香烟。楼下弄堂里的铁栅已经关了，一幢幢的楼房只是一些矗立的黑影，只一两扇窗上，还投出温暖的橙黄色柔光，照着那冷静的铺砖的矮屋顶和甬道上。恰在我心情稍舒适了一点的时候，突如其来，一种声音突然刺激了我，几乎每根头发都竖立起来，一阵寒冷循环了周身，我一转身站在门口仔细听——是极细的女人的哭声，我更进一步分辨，才听出是发自那前楼的一半房间里，声音是幽幽的，含着无限的绝望和酸楚。一会楼梯响了，我看见李阿三走上来，我接了茶壶，把一支香烟递给他，悄悄指着前楼问：

"怎么样了？"

"她的命根子没有了，那天带了信去找阿福哥，阿福哥是一个摆摊卖橘子的，把这事告诉她，从那天回来，她就常常哭，……其实，这抗战时候，年轻人有饭吃的还好，没饭吃的关在家里干什么，我就想有一天，只要日本鬼子打来武汉，我就干不下去啦。"我一面听，一面望着这秃头、黑脸、大嘴巴的孩子，很久说不出一句话，只想去握一下他的手，他那砍木柴震裂过的、热熨斗烫过的、沾满鱼腥布满污迹的手……

他走后我更不能平静，便靠在窗台上，一会，听见弄堂的门房在叽哩咕噜着，一会钥匙在叮叮——叮叮响，铁栅门打开了。

我想这一定是那些上大舞台看夜戏或是在朋友家搓麻将的人们回来了。果然，一阵皮鞋声，两个人的黑影转过来，那人的呢帽戴得低低的，肩膀耸着，一走近，好像瞧见我窗上的灯光很惊讶，立刻停在我的后门外，仰起头叫我的名字，我一听原来是李青，就自己轻轻走下去，把后门打开引进他来。"冷极了——还好，还有一壶热茶。"

李青带着极浓的酒气，站在桌前，一连喝了三玻璃杯的热茶，然后叮着了我：

"今天，让我把一切过去的都想起来了，我现在不能这样拖，决定到北战场去。"

我看出他眼里那戚然的光芒，有些暗红色。脸是灰条条的，他一只手抚着左胸，我知道他是有胃疼病的，可是他说的这几句话，使我非常惊讶，如何决定得如此之迅速？而且事先又未与我说起，况且他是知道我原是想跑到战地去的，……我很烦恼，我示意叫他坐下，他坐在椅上说："我告诉你，我确实爱上了杜兰这孩子，你会责备我，说她年纪还小，但那并不是理由，机械地以年龄判断爱与不爱，在我是不可行的，我是从死里逃出来的人，我是不愿轻易付出我的爱情，那是我的生命，……但一旦付出了，那我便拼命地爱，热烈地爱。这几个月在武汉从没想到过会看见这样一个女孩子，她却突然闯进我的

154

生活中间来，这不是一个平常的女孩子，我最爱她的一点，是她那男孩子一样的勇敢，纯洁，热情，你看她那鹰一样的眼睛就懂得了，总之，她有一种春天一样的生命力在鼓舞我，我便渐渐成为一个毫无戒备的人了。你说得对，我又恢复了七年以前的样子了。可是就这样，我便付出了我的感情，我又年轻起来……"

我摇着他的头，因为刚刚呢帽从额上滚到地板角落去了，他突然把头伏在胳膊上了。

"我不责备你……那，你爱吧！"

"不，"他急急摇着头，突然脸白了，"你以为我在《译文》上写了她的名字吗？"

"就是写了，有什么，……"

"可是……那就是那个被枪毙了的鲁秀夫写在那里的！"

这倒使我口呆目瞪，半晌望着他，连一点声音也发不出来。一瞬间，我忽然感觉到脑筋里的一段悲惨的戏剧，杜兰是里面的主角，但这戏剧已结束了，现在可以说是另一个开始……此刻一阵冷风，把两扇玻璃窗自动合上，我看见那黑玻璃上照着我的脸是如此失色了。李青抑制着悲哀说下去："这使我想起他，想起他那个漂泊的寡妇女人，她这些年不敢到武汉来，怕带灾难给她女儿，鲁秀夫也从来不曾对我说过，而临刑前暗暗写在书上给我，……现在她们不知道，女儿却长大了，她的鹰眼跟爸爸是一样的，……我多么替鲁秀夫高兴，……"

"那你为什么难过？"

"我难过的是……我想起一切，我已经不年轻了，像折过一次羽翼的鸟，应该狠狠飞一下，我得飞一下。"

电灯，突然就熄灭了，我从抽斗里找出洋蜡点起。这一瞬间之后，李青是渐渐恢复理智了，可是他又是那样一个红脸、浓眉，眼睛露出苍老的光来，下巴似乎更尖地抵在衣领上的人了。当人兴奋过之后，总是显得那么疲乏松弛。而他这些天，眼睛里—— 那种光彩也就从这一瞬间消失了。他原有的激动的感情，只要他一说出口，他便开始平静下来，如同火旺盛到极点就慢慢冷下来一样。这时我内心想着，人的感情与理智的时常冲突，……马上，我又从李青身上感到一种默默的可爱可敬的地方，他究竟是和以前不同了，他能努力控制自己，他有他的一番事情要做，当整个土地上的人，整个武汉，连白发苍苍的老太婆的儿子、学徒李阿三都要站起来的时候，李青更倔强地挺立不是应该的吗？战争现在是拉长了，我们要生存下去，不是住在这小木板钉的屋里，等候第一次或第二次投到市区来的炸弹。空洞的愤怒是无济于事的了，需要的是行动。

两人相约暂时不把这秘密告诉给杜兰，我就送他下来，从前面裁缝铺的门出去。

我回来，蜡烛给风摇着，蜡油流到桌面上，像眼泪。我还听见从前楼送来细声的哭泣……

六

杜兰生了病，好多天没过长江来了，她给我来信显露出这十五岁的孩子早熟心境的抑郁，她说："假如不相信学校里张先生的话，盼望和爸爸妈妈在这里能够见面，我早就想离开武汉，"她说她在这里住得厌倦了，"人家都在战场上跑着，我为什么不能呢，许多要好的同学都加入战时妇女服务队了，……"我拿了这信纸很久凝视着。我忽然记起很久以前，勃生给我的那封信上末尾所说的话："她在命运上是属于我们一道的，"现在，李青要到北战场上去了，我也准备到战地去，那么，也让她就早些吧，开始走上颠沛流离的道路吧。

现在战争的火已燃起，要烧到什么时候，谁知道呢？但是长期的，长期的这谁也不会怀疑，而且成为无上的信心，是风是雨，就让孩子们在这风雨里奔走长大吧。此时，从弄堂里飘来无数小孩子稚弱的唱歌的声音：

　　　　……你听马达悲壮地歌唱着向前，
　　　　它载负着青年的航空队员，
　　　　它载负着青年的航空队员……

　　我在盘算：假设我把那事实告诉她，那么杜兰会不再等候什么，而离开这里了，总之，我愿意她在我离开之前先走。

　　天气很快地暖起来了，武汉上空已展开了好几次激烈的空战。一次警报解除之后，我便到胭脂山去看杜兰，我顺便把她不必再等待她父母的事告诉她。因为我想假如他们可能，一定会早来找她了，何况那个人是生是死谁能猜测呢。杜兰说她是早就想走了，要我替她找关系，……她自己要得到家庭的允许，她说她不愿太伤那一对老人的心，说着她突然低下头。我知道她有些难过了，虽然平常她是那样发怒不满，但一个小小的心灵里的感情有多么深，谁又能懂得呢？我又劝她，鼓动她，她才抬起亮晶晶两只眼睛笑了。然后就是永远有的美丽的幻想，平常，她也时常为这种种美丽的幻想所支持，她爱听一切流浪、冒险、饥饿的故事，她也希望自己到那样的幻想里面去。现在她说她要走，一定会穿起草黄色的军衣，她要把头发剪短，她早晚还要弄一支小手枪来……惹得我也对她笑起来。

　　经过我和李青大约一个星期的接洽，杜兰得以参加一个就要出发的妇女救护队，我写信通知了她。

　　次日，朦朦胧胧的罩了雾的清早，她来了，叫醒我，我首先就担心地问讯：

"怎么样？"

"总算说通了，……我闹了两天，她们怕起来，只是说让我再回来，我也答应了，只要现在肯放我。"

我起来，暗暗看她，她的脸庞是微黄的，眼圈有些肿，嘴唇微微闭着。——她就要跨过一道门限了，她要走她的路了。

在这些天里，武汉变得沸腾起来。虽然，从敌人扬言要轰炸市区以来，大批大批的人早离开了武汉，一直在疏散人口，长江码头上，行李箱子堆得山丘一样，人们都在露宿，船，每一次载得满满的向长江上游驶了去。宾阳门车站上，也是拥挤得水泄不通。这一阵纷乱之后好像又安定下来。虽然法租界的一间小房也几百元房租，靠租界的边沿通路上都安上栅栏、铁丝网，警报一响便关闭起来。从市区里，人们拥到这铁丝网边哭着，叫喊着，终归渐渐安定下来了。炸弹常常落着，爆炸着，人在死亡着，血溅到房窗上，树梢上，人们对死亡的恐怖在减低了。会到处开，夜间游行着火炬的行列，他们从瓦砾堆上走过去；到战地去的团体、组织或者个人增多起来。就在一个暮春的早晨，太阳还未出来，但天是蓝的，没有云也没有雾，人心上都想着这是可能被轰炸的一天，便忙碌起来了，我洗洗脸就到宾阳门去，还顺路约了李青，因为这天杜兰她们的救护队到长沙去。到了车站上，我们一前一后，刚刚拐过那堆积了许多麻包的月台口，就瞧见了杜兰。

杜兰扬着两只手跑过来，把两只手分给我们两人握着，她只管笑着。

我看看她——果然是一身草黄色的军衣，军帽正正地扣在头上，头发是和男孩子一样的短，不露在帽子外面；她兴奋地望着我，又望着李青，说不出话。

还是李青勉强装笑，实际很黯然的："你很高兴吧，……我们都要走了，……"

她倒很愉快地说："你们收到我从长沙写来的一封信再走，一定，答应我吧！"

我点着头，李青忽然抛开我们走出站台去了，我便陪了杜兰顺着月台边踱着。许多和她一样的女孩子走过来，走过去，和她招着手，笑着，叫她做"小妹妹"。她告诉我："她们都很高兴我，我是队里顶小的一个。"这时，那些给初升的太阳的红光照亮的铁轨上，有的地方，停着空车皮，有一辆车头在拉着汽笛，吐着白烟，来去地走着，一会又不见了，只剩下远远一团团棉絮似的白烟。

她望着蓝天的远处。忽然转回头："给勃生通信，把我的事情告诉他，他会高兴吧！"

"他一定会。"

"那……你会见他，知道他在那里，把这寄给他，交给他都好。"她从上面小口袋里掏出一只小小的粉红色信封，自己动手放在我口袋里。

当她忽然鸟一般抛开我的手，奔开，我才注意到那对老年的夫妇，摇着白发苍苍的头，颤巍巍的，在车站门口出现了。杜兰一跑过去，就两臂一张扑到老太婆的怀里了，我走过去。李青抱着他买的两匣食品也回来了。这五个人围成一个小小的密集圈子，谁也不能出声，只听见她俩呜呜的哭声，老太婆一面哭，一面用那干枯的手，抚着杜兰黑黑的头发，杜兰只是耸着两只肩膀，抽搐地哭着。……我心里很难过，望着她们。另外的老年人也偷偷侧过身，用手帕往眼镜底下擦着。结果还是李青颤抖着声音说："不要伤心吧，老太太！杜兰一定常常来信，时局要真平复下来，也会回来的，在外面跑跑倒好，住在武汉天天不也是轰炸，还不一样担心吗？"

杜兰第一次当着我面前流泪，很害羞，半晌低着脖颈，拨弄着衣角。

老太婆却尽自说杜兰的性子怎样像她的妈妈，说怎样做就怎样做，……杜兰突然哭了出来，说：

"也许我会寻到他们。"

月台上，人更拥挤了，列车开进了站，上车的就往上拥，这一阵混乱，约延长了三十分钟，我们也挤在那激流里面，帮助杜兰和她的同伴去占位置，把行李、箱子，从车窗上塞进去。杜兰有一只行李卷，一只提箱，一只黑布袋，一只暖水壶，她在靠窗一面，和她同伴把大衣铺在车椅上，她才跳下车来。车厢下，一个工人，在检查机械，不时用一根铁棒敲得"叮叮"响，车轮边什么地方的汽缸在放着气，"咝咝"的，那白色的气像雾一样，从下面拥上来，慢慢地遮着月台边沿上站着的人们。有几辆兵车挂在后面，许多戴了绿色钢盔，背着枪的人往那面跑，我看见一个人在嘶喊着，脸涨得通红的，一会，前面火车头的汽笛长声地叫起来，这使我们每人都震惊了一下，杜兰机灵地转过身去，但忽然又迅速地转回来，慌张地拉了老太婆的两手，……又一转身，跑上车门去。一会，她出现在那车窗中间了，她的眼满含着热泪，但是泪珠挂在眼边边上，嘴唇却因为微笑而颤动着，—— 立刻，汽笛又响，又响，一阵铁的撞冲声，由前面很快地一节接一节地响起来，车开动了。我向杜兰挥了挥手，直到车驶出很远，我才看到她的上半身从车窗中缩回去。我走回家去。但还没有开门，当我还站在楼梯口的时候，突然听到背后有人唱难听的歌似的呀呀叫起来，我赶紧让路，谁知下来的正是前楼的那个老太婆，白头发乱得跟鸟巢似的，脸已使我辨认不出来，因为遮盖了许多乱发，我只见她很吃力地瞪起一只灰色的眼睛，我去看另只，却已经瞎了。她的衣服显得特别肮脏和褴褛，拐着两只脚，还是一只竹篮挂在那残废了的手臂上。见到我突然狠狠弄得楼梯紧响，一转眼跌撞撞奔出裁缝店的门口。我好久不见她了，也没听到她哭，只是早晨她不再提着竹篮出去了，已改为下午，因为下午阿福哥在江汉路摆水果摊子。我走上楼，遂听见老板在下面叽咕："我们也要关门了，我说还是撵走她吧，这样出出进进算什么呢，我是不爱看的……"

回答他的，只有那缝纫机忽缓忽急的嗒嗒的响声。

七

一个星期后，落着细雨的一天，我送李青到大智门登平汉路车，回来感到那样寂寞。我也在结束一切事情，准备不久就到北方去。只有两件事情，使我临行之前，受到了不安与烦扰：一件是打听勃生的去向，想把杜兰的信寄给他去；一件是等候杜兰来一点消息，这两件事还无一点着落。当我知道前几天敌人轰炸长沙的时候，我是那样不安。我一闭眼，就看见杜兰临别招着手含泪含笑的影子，而她却是立在红红的血泊里面。等冷静下来想想，又相信在这战争时代什么都在迅速变化着的，她们的救护队，也许临时又开拔往更远的地方去了。我还是等了很久，一直到徐州吃紧的时候，使我不得不赶快北行了。

临行前一天，我把一只箱子带到武昌一个邮政局做事的朋友那里去存放。然后，买了一只旅行用的皮包和零碎东西回来。

小木屋已经是空洞洞的了。租家具的商店，今天就派人来把几件桌椅搬走了，经我再三交涉，只留下一张床、一只小茶几和一个凳子，做我最后留用。我把东西丢在床上，准备休息片刻，忽然门板上传来两下轻稳的叩门声音，我懒懒地答应了一声："请进来。"

门一推开，出现在门框中的，是一个约四十岁的陌生人，中等的身材，衣服有些灰旧，容颜也有些衰老，但是那样兀立在那里，他环顾我的空房间，也开始注意我，他低声地问：

"你是吴先生吗？"

我点点头，把凳子指给他，他很局促，只管用一块手帕擦脸，我才看到那长满黑须的脸上，有一双发亮的眼睛，他摇摇头，很客气，不想坐下，我很想快些知道点什么。

"我来打扰了你吧！我是来向你打听一个人就走。"

"谁？"

"一个小孩子叫杜兰。"

我惊讶了，我急切地问："你怎么知道我住在这里呢？"

"她家那个老妈妈，你见过吧，是她告诉我来问吴先生，她说你一定知道她的通信处……"他马上又用修正的语气并且先笑了笑："我是受人委托。"

"那你知道鲁……"

"是啊，那是我的小同乡，"他忽然又赶快改换了修正的口气，"他夫人托我顺便看看。"

我极想诚实地告诉他，我还没有收到她的信，不过我说请转告她母亲，杜兰是会好好生活的，不是弱怯的孩子了，她的团体也是可靠的，请她放心。……

这个高大的人只是答应着，然后告了别，昂然地转身出去了。

楼梯响声一消没，我忽然被电击了一下似的，感到了一阵突如其来的闪亮，我牢牢记起刚才那个山东人亮极了，鹰一样的闪烁的双眼时候，我赶紧风一样呼地拉开门就奔下楼梯，挤开裁缝店里几个顾客，跑出门口。可是站在门口石灰台阶上，我迟疑了，我往哪一个方向去追呢？我望望左边，再望望右边，都是闹攘攘在动着的人。只不见了那高大的粗粗的背影。稍一迟疑之后，我想右面是通往大街的路，便下意识地决定了，朝这一面匆匆走去，我一直走到街头上，那儿是一个交叉了好几条路的路口，汽车在叫着，警察很忙碌，太阳红红地照在前面一家银行发亮的乳黄色瓷砖的墙壁上。我又迟疑了，可是我不能再追了，因为警报那样吓人地"呜呜呜"地狂叫起来了。

尾　声

四年后的春季里，远远的北方的冰冻河流开始溶解了。山地里，这时候，虽然时常风沙蔽天，但早晨的阳光，照着抽芽的柳条，已经是一串串的绿色。到山谷里去驮炭的人们，带回来一束一束的杏花。由土壤里复苏了野草和艾蒿。再过一个月，河边上的打碗花就将要放开血红色的花朵了。我在这里，认识了杜兰的妈妈，她带着五岁的男孩子，在一处保育院里做着工作。我时常去看她，我很喜欢那小孩子，他是那样像他自己没有会过面的姐姐，椭圆的脸永远红扑扑的，经常带着满脸憨笑，很活泼，和你玩或者说话时，总是用两只乌溜溜的发亮的眼珠望着你。……

我知道李青在山东做地方工作，很好。关于杜兰，知道得不多。倒是在重庆的勃生来信告诉我一些，因此我知道她三年来，一直在做着救护工作，很努力，很热情，现在已做了一个善良的医生的助手了；可是她同时也遭受着种种迫害，被人追踪、监视，——黑暗总想扑灭她，而她呢，我知道，她坚毅地走着父母的道路。我把这消息告诉给杜兰的母亲，她喜欢得流下眼泪来，说做梦也想不到，她还好好地活在人间，而且勇敢地为人生而服务了。她说她希望有一天能看到杜兰，她将给杜兰过几年有母亲照顾的温暖生活。

不久，勃生乘卡车由南方来了，我很快地看到他，我们散步在河边上，他告诉我：

去年，敌人沿江向上游的一次进攻中，她由重庆跟随一个医疗队出发，星夜赶到了阵地，在战争最紧张的时候，她病了，不得已送回了重庆。但这使杜兰非常难过，她病好了，很久不讲话，时常一个人自语着："为什么在那最紧张的时候，退下来呢……"身体还没复原又到医院去工作，天天穿着白衣服在病床间走来走去奔忙着。我想象得出，杜兰一定高了，她不是十五岁而是十八岁了，她已经是一个丰满的年轻人了。我相信杜兰是能够认真工作的，我一想就仿佛看到她，她挺着胸脯的身影，在那圣洁的面孔上，那种严肃、热心的神情，简直像早晨的阳光一样美丽。可是一次，她治疗一个病人，状况忽然恶化起来，而且是黑夜，值班的医生又出去了，她紧张了一夜，第二天上午又病了。勃生说："要不是病，她这次也许就来了，她那样想念北方，她说北方是她亲人生长的地方！"我们站在小河边，春天的河水流得那样平稳，我很久很久望着河的彼岸，彼岸绿色的平野上，正开放着许多自然生长的花朵，是那么新鲜而富有生命力的花朵，是那么美丽而芬芳的花朵，都朝向着太阳光闪着红的、金黄的、蓝的种种色色灿烂的花朵啊。

小骑兵

王福孩拉长他的身躯，将脚尖跷起来，才把手里的刷子刷着那匹马的鬃毛。这样，他虽然吃力，还是勤快地移动着右臂，——因为他非常心爱这匹黑马。一个礼拜以前，他还在大队部里充当通讯的时候，就连夜里做梦也会梦到自己要是有那样一匹雄壮漂亮的黑马多好呢。那一天，吃过晚饭后，他下了决心要求调换工作，便去找那个常常朝他笑的指导员，他申叙他愿意到骑兵大队去。

"小同志你听清楚，你才十五岁啊！"

"不，指导员！我在大同家里，连光脊背的马也能骑呢！"他用那样渴望而颤抖的声音说着，噘起嘴巴来。

结果，那指导员看说服不了他，而且也为他渴望做一名战士的热情所打动，在黑脸上，掠过一个呵欠，那样甜蜜地微笑了一下，拍拍王福孩的肩膀说："好……你去吧！"

从那以后，他很神气地做了骑兵大队里一个顶小的战士了。而也由那时开始，他获得了这匹黑色的蒙古种马。他天天要刷它，牵去喝水，半夜三更睡眼蒙眬去上马料。六天了，他完全适应了这种生活，更深切地爱那匹黑马和一支短短的马枪。在骑兵队一百二十个同志中间，都看他做一个"小弟弟""小同志"……这会，他又在马脖颈上梳着落下来的毛了。马经过梳理及再三爱抚，感到一阵亲热似的，慢慢回过头来，把长的嘴触伸到他的肩膀上来。他淘气地伸手朝那匹马的软软的鼻子上，打了一下，马却呼呼喷着气开玩笑似的，又碰了一下他的额头。他便笑骂着跳开去，歪着头，像对一个热情的同伴一样亲昵地说：

"入你先人的！……"

那边有人乒乓地提着木桶，为马匹打着吸饮的冷水，这会伸过头来戏谑地喊他："黑马！黑马！"他发怒了，他溜烟追赶着那个人跑去。

天空中的太阳不怎样温暖，时时的阵把冷风兜着树林响一下……马，一排排地拴在树根下，有的静站在马桩子前面。骑兵大队，和一个步兵连开到大宋窝来两天了。——十来天中间，没有战斗，那些马匹，好像都有点厌倦了。一百二十个同志多是除了上识字课、政治课，已有咒骂着说或者把着枪练习瞄准的分了。有时就纳头便睡。王福孩刚刚赶着那个人跑得顶快的工夫，从那面队长走来了。那是一个瘦瘦的矮子，从王福孩眼里，第一天就看见那件棉布军衣真是顶出色的家伙了，肮脏的深深布满了油的布都发了亮光，还有两个洋火头的小洞口。可是这个人也怪，也是会那样甜蜜地微笑。不过嘴很大，平常皱着眉毛的时候多。由两颗眼睛里经常突出着针尖似的光芒来。此刻他赶上来一阵揽着王福孩在怀里说：

"蠢家伙看你跑得这样喘！"

那个同志趁势更调皮地站在一堆谷草边，跳着脚，说："黑马！黑马……"

他就举着手在帽檐上说："敬礼！报告队长他骂我。"

这一来惹得全场都哄笑起来。连那个大胡子的农民拉着牛从这里经过，也无缘无故笑得眯细了两眼。王福孩却一下不好意思地挣脱队长粗大的手逃掉了，一口气奔到村边一块磨盘后，直到再也听不见那"嘻嘻哈哈"的笑声为止。他慢慢地兜了两个圈子不知不觉两只脚又走回到黑马身边来了。

他刚才的气恼还未消除，鼓着圆圆的腮巴瞪着圆眼。站在那里等那马摇了摇头和尾巴朝他招呼着，他还是笑了笑走拢去了。——两只雀在头顶上噪，他一只手搭在马背上，低低唱起来：

"白杆子呀……双手，打罢肃州上口外……"

突然，他记起这个唱儿，在大同家里是常常唱的——可是现在呢！家呢？……王福孩茫然了。他记起他的爸爸——那一个凶暴地常把骨臼节粗硬的手掌雨点一般打在他头上来的农民来了，他对爷爷素来是没有好感的。怎么那一夜在睡梦里给敲门声惊醒之后，他只听见爸爸在他头上惊慌地喊："快跑，你们快跑！……日本兵……"枪声砰砰在外面的夜空中响起来。王福孩吓得哭起来，给被窝里跳出来的妈妈一把捉住他的胳膊拖着就跑——他却叫着"爸爸"。黑暗中听见门板的分裂的声音，爸爸紧促的沙哑的喉咙："快，快些……"然后"啪"的一声枪响，门扑通倒下来，爸爸呻吟了两三声。王福孩只觉得手臂给妈妈捉牢地逃出来，……从复杂的、恐怖的哭叫声里他们算是逃了出来。他和妈妈及一小群难民顺着一条僻静的小路奔向山里来——以后，十几天，妈妈连吓带冻带伤心，就病倒了，不能再走路了，妈妈伸出枯瘦如柴的手抓着他，指给一位三十来岁的邻居陈老叔说：

"老叔！……你把这孩子带走吧！现在落得家破人亡……我也不行了，留下他也算是我们王家的一条后根呀！"

"你安心吧！大嫂——我也无亲无故了，我带——他，永远在一块！"

妈妈以前蓬松头发下，突出着两只红眼无力地哭泣着——王福孩这会想起来眼泪还止不住下流呢！后来也给陈老叔带着参加了游击队。

167

当然陈老叔为仇恨所燃烧着，他那一个钢铁般的身子在队伍里，成为一个很出色的战士。王福孩当了勤务，又当了通讯。陈老叔一次作战带了花，被抬到后方去医院里治疗。他们俩分别了。分手时，陈老叔在担架上呲着牙笑着说：

"好孩子，好好学成，努力工作，——长大成人别忘记你爸爸和妈妈是怎么死的……"

王福孩一直送了他三四里地，才依依不舍地停住脚，看着他们走远——王福孩虽然才十五岁，身材又矮，看去不过十一二。他却在脑子里，坚实地堆积着这些东西了。他从艰辛的阅历中间生长起来。现在他置身在一堆进步的苦斗的人群里，他们一百二十个人都兄弟一样关心他、抚育他，使他一天比一天坚强，一天比一天知道得多——他现在已经能从油印的战斗教本上认识很多字了。人们有时挑逗地问他。

"你还想家吗？"

"不，同志！咱不能想那一套，咱是为了抗日，为了四万万五千万同胞……"

这会，他抚摸着马肚皮凝想起来了。……

号声，让人惊愕地震响在大宋窝的空中，他一下给这声音怔着，他不懂得号音，他是一个新的"兵"，他嘟哝着。

"咦！这是什么号？"

仓促的从那面，头一个是他们五班的班长，他一面拔下嘴里含的烟袋锅，一面跑着喊他："喂——小同志，赶快备马呀！"

他便弯下腰去把那整理好随时准备在那里的鞍子，一下一跳脚放到马背上去，便把头探到马肚子下去伸手捉那面的马肚带。二分钟后，他的马嚼口，完全上好了。他赶紧跑着去背了短短的马枪，斜披上子弹袋，还带了一把磨得光亮的大砍刀。拉着马，他位置在他们班队最后的尾巴上，"嗒嗒"地往集会场上迅速地跑去了。在那儿很快人都到齐了。一个骑兵队和一个连。那个矮队长，在老早以前，就皱着眉毛，在坪场上走来走去的了。他好像根本不知道在他身边聚集的人是更多了。他只在磨难地嚼着什么，不时地动着嘴唇。然后，一个转身开始了那简而有力的讲话：

"同志们，情况，是在谷棚那里有敌人几百名，纪律很坏，大多数是中国人，伪军，一个老乡来报告了，我们要去……"

不久，队伍出发了。当王福孩听到前面传过来的口令：

"上马！"

他跷起左腿，高高地寻找着马蹬，一耸肩，跃到马鞍上面去了。——那黑马，很欣悦地摆着嘴里的嚼口，清脆地响着，王福孩两条腿习惯地微弯了一点。任马"嗒嗒——嗒嗒"地小跑着。风从迎面刺割着两颊，半点钟后，他的脸是冻红的了，但他的身上却相反地沁着汗，肩膀承受着那颠动的倒挂的枪。晌半，过了，他们连队到谷棚附近去了。他们停在一个山坡上的树林里。队长同志一只手插在挂手枪的皮带上绕过几棵树不见了，……

王福孩屏着气息，站在黑马的颈根旁边。谁亲昵地笑他：

"小娃娃！第一次吧！"

"第一次怎么样？"他挑战地昂着那细细的脖颈。

一刻队长回来了。他脸色发青地咬着下嘴唇放低声音说："上马——冲出去！"他是那样矫捷地跳上马鞍去。王福孩心里有点跳，但那的确像偶然一阵风。他是不能把捉自己的感情，他只是随着旁人动作着，心里却紧张地绷起来的。当他在马背上拔下刀来，一百多匹马，已潮水般卷出树林。烟花在他的眼睛底下翻滚着，他看见左右前后，一闪闪的刀光，——那是一条道朝一块坪场转过山约有一二里远。马上的人开始呐喊了，那震动的喊声，混在蹄铁声里。谁在他耳边上说："敌人发现！"王福孩想站直在蹬上看一下，但前面的那个麻脸皮同志，是那么凶的一任那马跳跃着，便遮住了旁人的视线。队长喊：

"散开前进！"

尘土乱跳着，人却扇面形地疏散了。王福孩的黑马向前比旁的马冲出一头，他心里说："咦，—— 那不是敌人吗！"果然出其不意，在坪场上正在下操，还一点都不知道的敌人慌乱了。枪零星地"砰砰"响起来。他们却已经一阵黑旋风似的闯到了。王福孩的黑马扬起碗大的前蹄，想跳过前面在跑的人，而跳跃到空中，他的两腿夹紧，弯了腰，举刀砍下去，血朝上溅，他咒骂着："入妈的—— 一个……"乱七八糟，敌人大部分骑着马溃退了。他们呐喊着追赶上去。他抡起刀追上就剁，就斫……太阳完全被尘土封着，一团团烟雾，马的腿在烟雾中间跳着，猛烈地奔驰，刀光闪着半弧形的雪片般的影子，王福孩是第一次，但黑马不是第一次，它跑得快，践踏着尸体，一会，追出有十里地了。停止前进的号声颤抖着从背后响着了。但是他不懂得这些，他还是一个新的同志—— 一刻后，在成群的苍蝇似的溃兵尾巴上追赶的只剩下一匹黑马了。马上的孩子瞪了两只眼抡着刀，他咬着牙齿准备砍死第十六个敌人。可是尘土慢慢地轻淡下去些了，黄澄澄的太阳光，透过鼻烟色的浅雾，照着这一匹汗流不停的黑马。

敌人听听背后老是响着马蹄，他们不敢回头地跑。

那匹黑马就不停地跳跃着。—— 穿过一片小树林，又是一条道路，还是追逐着。有一个人回头望了望，有所发现地："咦，就是一个！"

这样一来，好多个都回过头来："咦，一个！""咦，一个！"但是这一个孩子却是瞪着两只圆眼，刀上沾着鲜红的血渍。谁在喊着："不要跑罗！只是一个小孩子，捉住他，围上呀！"那些马都拨转头围拢来，可是一个刚靠拢，王福孩的手一扬，一刀从那人肩膀头上斜砍下去，那人一翻，那匹马惊跳起来，冲在王福孩的马上来，他从鞍子上一滑，一翻身跌下去了。一会，他被很多只手抓住，捆住了——

夕阳的金光里，疲倦的叛逆的行列投到一个村庄里去了。他们带着一个十六条性命换来的孩子和一匹黑马。

在村庄里一间烧着火炕的屋里，不久，窗子上开始凝了黄昏的暗色。

他们——伪军的很多人，都为这可惊诧的事而聚拢来了，都怀有一种好奇心，同时也怀有另一种说不上怎样的滋味来。总之，是因为那小小的，颜色黧黑，圆眼圆脸的孩子太可怕了。他此刻就在这些人当中，被倒剪了两只手。一会人丛中一个家伙皱着眉，跳了过去，在王福孩鼻尖下摇着拳头，喝问起来：

"你怎么这样凶！这样一个小鬼这样凶！"

多少只眼睛，注视着他，没有憎恨，只是好玩，心里都说："看他怎样？小孩子嘛……"

王福孩挺挺肩膀："我是中国人……我是抗日的！"

"咦！抗……"有的吞着了舌头不动，有的拐了一下身边的同伴，点着头，默默的。终于一个人从低沉的气压下，愤慨地慢吞吞说：

"他妈的——我们又不是日本人！"那话完全是无力的，好像伤病者的呓语。说话的，并不能因为这个理由而壮胆抬起头来，因为他忽然觉得有一种责罚似的。是谁呢？就是这个孩子给他的责罚吗？不过，他是中国人，说话的自己也是中国人，这一点是很清楚的。

"呸，不是日本人？是日本的私孩子！"

"你！"那个人因为羞愤而恼怒了。跳过去，就是"劈啪"两个耳光。王福孩没有动摇，他变得更是铁一样。

"要杀杀吧，连我那匹黑马！"

一个人抢过来，跳着脚嚷："杀！杀！"但是人群骚动了。谁也没有注意这个人的粗暴的提议，因为他们想着的，可以说是另外的问题，也许是很远，总之，自己是怎样过活下来的呢？这些日子？这些日子？……他们混沌的，一群羊一样。可是很快，他们被这喊叫的单调的"杀"字惊醒。他们马上呆着了，谁在叫："杀？就是这个孩子？"于是又一个人在说：

"不要……"

"为什么不，他杀了咱们十几个。"

"为什么？"一个迟缓的、颤悸的声响，"因为他是个中国人，一个中国的小孩子！"然后，谁也没言语，沉默了。只有王福孩在骂着、跳着。谁"劈啪——劈啪"又打了两个耳光，一股细细的血流，从他嘴唇角上，一根红色花须一样弯下来滴下来。谁料王福孩他更凶了，更猛烈地喊骂起来，……一会，人们慢慢地一个个溜出去了，谁也没叫谁，谁也没理谁，一个个溜出去了，……这时，黄昏跟着冬天的风，很快沉落了。村庄外，零落地响了几声枪，"砰"，隔了半天，又是"砰"，在屋里，只有火炕里散射着鲜红的光亮，火苗摇着，光亮也摇着，火苗向四外伸长着，一下伸长到王福孩的脸上来了。他脸上的表情是静穆的，像没想什么，但眼瞳上又反射出诡秘的光，那象征着一个孩子旺盛的生命力。它逢到红的火光，就更发亮起来。当"砰"的一响的时候，马上引起他的希望，抖地他转过半面朝着黑暗了的窗口，从中叫着，但很快，外面响起脚步。他真要喊出："他们来了……骑兵队……"

进来，却还是刚才那些中间的一个。他的愤怒马上又冲上来。这人低垂了眼睛，把两个饼递给他，解开他手上的绳索说：

"小孩子，我求求你，别骂了，……你吃吧！吃完你去给我们喂马，要不，他们会杀掉你！"

王福孩一言不发，饥饿驱使他，他开始吃那个饼。他悄悄翻眼珠瞧见那人是一个有胡须的四十几岁的人，火花一闪，闪亮他眼睫毛上却无缘无故挂着两颗眼泪。

"咦！你哭什么？我又不骂你！"

那人却抬起头来，迟钝地说："不，哭干嘛！……我想在我家也

172

有你这样大的一个孩子呢？他……他可算不得中国人了……"

"孩子？会骑马吗？"

那人不响了。屋里只剩下王福孩嘴唇嚅动的声响。

半天，饼吃完了。他平心静气地叫那个人："嘿，我跟你去喂马吧！"然后他平静地跟了那人出去了。

……手里提一只小马灯，他扛了一袋麸子，走到马槽边去。他放下肩负的东西，他可没有去喂马，只把口袋踢了一下，去到马槽边，翘起脚尖来，一匹匹马选着。看，一头黄的，他轻轻一掌把它的脸推开；一匹白的他轻轻地一掌把它推开。末后，他寻遍了，那些马都不是，他真急了。一会，他听到不远处有马在踏着蹄子，他便一转身寻听着声音所来的方向，走出院子，终于在另外一处，他果然一下找到了。那不是吗？它在灯光下举起头来，闪着大而且亮的两眼。黑马，真的，他一把抓着马的耳朵，扯开嘴巴微笑了。但是有两串眼泪却从鼻梁骨上流下来。他牙齿还疼着。他摸了它脖颈，摸了它软软的口唇，然后，把麸子取来，大量的麸子倾倒在黑马的面前，倒了些水，用手拌了拌，低低地说：

"老老实实地吃吧！回头再来！"

他走了。夜星冷凄凄地不怎样亮。——人们把他看做一个缴了械的小孩子，谁也不在意。他也就真的睡着了，在一间屋里。

半夜——他心跳着，偷偷爬起来，听听旁边的人都打着呼噜，想："时候到了！"他爬到地下来，这时他用清冷的智慧辨别着在熄灯以前记得牢牢的方向，他伸开手摸一步走一步，一摸到那冰冷的枪筒，他停止了。他用了很大能力来压制跳动的心，他又仔细听听，没人发觉。他便轻轻地把第一支枪挎到肩膀上去，把第二支枪挂到肩膀上去。重量使他再也不能多肩一支了。于是他满惬意地溜出去了。他知道那边有放哨的，他不得不躲到后院去。在那儿有一堆瓦砾，他爬着它，翻过墙头，轻轻跳了出去。就在这工夫，那边走来一个人，打着电筒，一闪闪的，他赶紧蹲在墙边的树根下。立刻听见那面站岗的在粗劣地喝问了：

"那一个——口令？"

"英。"

就这样，那个打电筒的答应着，得到允许，过去了。又是半晌，王福孩慢慢站起来，很冷，使他打着抖，他则咬紧了牙走去。果然，那面问：

"那一个——口令？"

"英。"

他也过去了。一径跑到马槽去了。很熟练地摸到黑马身边，那马却踏着蹄子，他为了主人的到来，欢悦地嘶叫一声，他赶紧打了它一下，低低咒着："入妈的，老子带你回去，你还吵！"这样他牵它出去。但是马上很敏捷地一想："为什么不多……"他于是顺手又解下黑马旁边的一匹马，悄悄牵着走出了院落。星光还在闪烁，北风呼呼叫啸着，他停止，眨眨眼辨别了一下方向，他记起来了，他迅速地一跃跳上了黑马光滑的脊背，一手牢牵着另外一匹。可是在这时，突然谁伸手拦着了他，他心"扑通"跳了一下，星光依稀看出敢情就是那个给他饼吃的人。他正待抢过缰绳逃跑，却听见那人很厉害地颤着声音说：

"好，孩子，你去吧！不要怕……去吧！你不要忘记，我们是给人家强迫着做狗来咬自己人，可是我不能咬你，你去吧！"

王福孩眼泪几乎流出来了。但是他没响，他见那人让开路，便把腿一夹，朝来的方向，"嗒嗒"地急驰去了。清寂的山谷里，马蹄是那样响，似山巅滚落下来石块一样。等到哨兵从朦胧中惊醒，"砰砰"打了两枪，他去远了。

天将拂晓，他回到了大宋窝。

经过审讯，他由哨岗上被热烈地接待着到队长那小鸽子屋里去了。一盏菜油灯，发出黄澄澄的亮光。队长很伤心似的，皱着眉坐在那里，翻着什么东西，也许是地图吧！一面用一支红笔在慢慢摸索着、画着—— 突然，王福孩忍耐不住一腔的喜悦，尖细地喊叫一声"报告"，然后矮矮的身躯更不等待回答就一跳进来了。队长吃惊地站起来。王福孩是那样笑着。队长的眼睛从来没有见过他这样神气过，这样发亮过。他先不管耳朵和脸冻得怎样疼痛，他喜悦地，很快地把两支马枪从肩膀上拿下来，放在那里打了个立正说：

"报告队长，我回来了，还带回两支枪，还有一匹马。"

"你的黑马呢？"

"它满好，也骑回来了。"

队长跨上一步，把他揽在怀里，那样甜蜜地笑着说："好同志……你很好！"他感动地拍着孩子肩膀，他为革命浴血而锻炼得冷静坚硬的感情，为此波动了。孩子更是那样亲热地，把冷了的脸探进队长温暖的臂弯。队长笑着，把粗大的手下劲拍着，抱着他。这时，满屋子挤满了人，谁也没经过队长允许就抢进来了。同志们都把眼盯着王福孩，咧开嘴笑着，……

无敌三勇士

一　一场不团结怎样闹开头

有些人把我们当战士的想得太简单了。

以为我们就是打打仗、睡睡觉。实际上不是那么一回事。

我们在连队，就像在家里一样，不同的是这个家一会在战壕里，一会在老百姓的干草堆上。一家子有一家子的和美，一家子也有一家子的家务事。

不要讲旁的地方，现在就讲讲我们班里吧。

前些时候就发生过这样一件事，我们欢迎一个战士归队，这不是一桩喜事吗？结果却闹了一场不团结。

我们欢迎的是个战斗英雄，伤没好利索就跑回前方来了，我们觉得这是真正值得欢迎的战士。晚上，全班围坐炕上。他一路担心赶不上队伍，这会一下子给大伙围着，那高兴劲还能提吗？他指手画脚、津津有味，说他一路坐火车来，如何如何帮翻身农民抓地主，不断引起大家哄笑。我们大家也就你一言我一语说连队上的事。末了，一个同志说："你走了，我们可想你，这些日子，你的英雄事迹在团里到处传，到处讲，可吃得开了，团首长还号召大家学你呢！说你是孤胆英雄。"这样双方正在十分高兴，谁料突然之间插进一个战士来，他多了也没有，只讲了一句话，由此就闹开了不团结。

二　阎成福

阎成福是这个故事里的主角，也就是上面已经介绍过的战斗英雄。

阎成福家底子怎么样，那时咱不知道，可是一看就是穷朋友出身，平时在班上有个二虎劲，打起仗更是勇敢得很。

这次作战负伤，在医院床上磨腻了，回了一趟家，看了看翻身光景：身上有衣，槽上有马，门外有地，心中真是说不出的愉快。晚上农会小组欢迎这前线回来的战士，他干脆讲："告诉你们，你们心里有底，仗是打好了，没问题，我回来瞧瞧你们斗封建斗得彻底，我心里也有底，往后，擎好吧，我在前方绝不会丢拉拉屯的脸。"天没亮，再找就不见了。阎成福回到医院，往病房里一个一个看了看战友们，就回前线来了。

再说他不在队上的时候，大家都宣传他的英雄事迹，一个传两个，两个传三个，愈传愈广，那简直就跟神话一样了。要论实际情况，也确实有个讲劲。那天我们跟敌人打了个遭遇战，阎成福在火线上，一个人突击前进，一下跟部队失了联络。敌人机枪、六〇炮打得到处喷烟冒火，他妈的，我们合计阎成福算是革命成功——完了。连长气得飞飞的，瞪着两只红眼珠子，带着部队突。你猜后来怎样？——在最紧急最紧急的时候，敌人内部忽然乱了。敌人一松劲，我们可就拥上去了。原来阎成福三摸两摸，不知怎样摸到敌人临时指挥所里去了。我们一攻，他就丢了个手榴弹，敌人自然乱了，这会，他就拿枪押着一个肥头大耳的俘虏下来，说还是个"团级干部"呢！阎成福直嚷说刚才就是这家伙在指挥队伍。这地方拿下来，我们立刻向纵深发展。一会工夫，阎成福又上来了，还一面喊："我，阎成福又上来了！"大家一听，十分高兴，那时我们班又担任了突击任务，正在紧急情况。不久他就受了伤，昏迷不醒。连长叫我们背他下火线，到那边树林子里交给了担架队。

三　老油条

老油条是我们给李发和起的外号，叫来叫去，大家都好像忘了他的真姓名，连指导员有时也这样亲热地称呼他。

老油条是个老战士，也有人管他叫老不进步，他也不十分在意。

"八一五"以后参军，跟他一起的都有当排级干部的了，他还是个战士。他倒还自在逍遥，别人问他，他温吞地笑笑：

"我自在，——我省心。"

这人就是自由主义，吊儿郎当，大纪律不犯，小纪律不断，可是当兵一当三四年，打仗总打了百十回吧，身上一根汗毛也没碰断。不用说，他有一手狠的，就是打仗到节骨眼上，他有办法，——动作快、猛，能出点子。可是政治不开展，生活纪律坏，一个牌牌也挂不到他头上。现在，让我们拉回头来讲吧：那晚，欢迎阎成福的时候，就是他，冷丁子说了一句话。本来他一直在旁边卷黄烟吧嗒吧嗒抽，当人们那样称赞阎成福的时候，他忽然推开别人伸过脑袋说：

"我瞧你那英雄牌是碰上的。"

这话一说，阎成福炸了，马上把脸一虎问："你说怎么碰的？"

老油条慢腾腾望他一眼："我大小仗总经过百八十次了，浑身上下没给枪子打过一个眼，这才是真功夫，你英雄倒英雄，战场动作可还不大入门。"

这瓢冷水一泼，大家也扫兴。班长说天不早了，吹灯睡觉。从此阎成福跟老油条就谁也不理谁了。

四 赵小义

这纠纷若就在阎成福跟老油条身上展开，也还简单，现在又横着加上了个赵小义。

赵小义是解放过来的战士，才十九岁。夏季攻势解放过来，说他岁数小，中毒不深，就没往后方送，立刻补充了。赵小义表面上活泼、单纯，肚子里可有鬼。讨论会上他从不发言，他光瞪眼瞧。他想：两虎相斗，必有一伤，将来看谁占上风，咱就往谁那边靠。因此在连里，他抱定宗旨：不积极，也不消极。他处处爱挑眼，一点小毛病，就骂："什么优待，那都是鬼吹灯，—— 瞎话。"五班是模范班，班长抓得也紧，可是石头虽硬，也还有个缝儿，赵小义呆久了，自由主义这一点，自然就跟老油条十分靠近起来。那天晚上，老油条跟阎成福闹了个满脸花，他就暗暗同情老油条，他听阎成福说什么翻身呀，抓地主呀，英雄呀，心里就不十分得劲，第二天便跟老油条拉近乎。可是老油条有老油条的原则，跟小赵对抽一两袋黄烟还可以，至于谈谈感情话，那犯不上。他想：我是关里来的，你是俘虏来的。小赵感情上得不到安慰，于是又转回头找阎成福。在阎成福跟前就放一把火，说老油条说了：

"阎成福算啥，下次打仗瞧吧！"

讲与阎成福有关系的话，阎成福自然听下心去，从此与老油条关系更加恶劣，一见面，就向后转。

可是一讲到小赵自己心事，阎成福就不来了，这怎说呢？

阎成福觉得我是解放区翻身战士，你是蒋占区的俘虏兵，他这种优越感可就给小赵来了个大扫兴，小赵情绪从此十分低落。

这样一来，四五天工夫，模范班就变成不模范班了。

五　急坏了班长李占虎

在纠纷发展过程中，可是急坏了班长李占虎，他一手创造的模范班，眼看就垮了台，他怎能不急呢？

李占虎是个好班长，班上有什么困难都是他先承受。你要知道领导一个班不是一件容易事，十个人十条心，要把十条心变成一条心，才谈得上领导。李占虎从来不对战士们吹胡子瞪眼。他是关里来的老战士，耐心说服教育，真让人挑大拇指。自从班里发生不团结现象，在行军作战中，就遭遇了十二分困难：这三个人彼此不谈话，你让他们挨着班站岗吧，谁也不跟谁交代任务；你让他们在一块吃饭吧，阎成福朝东，李发和就朝西，永远脊梁望脊梁；你让他们睡在炕上吧，李发和睡下，阎成福就吭一声抱起背包睡到地下去了。这天李占虎一个个找他们谈话，先跟阎成福谈，谈了半天，阎成福说：

"我为人民服务，我可不受谁气，有种没种反正火线上见吧。"站起来走了。

再找李发和，李发和一面抽烟一面听，听班长话说干净了，他说：

"我反正是为人民服务到底，没问题。"

班长又找赵小义，小赵末了说：

"咳，班长，从前我不明白，解放过来，现在可接受教育啦，我为人民服务，还说啥呢？"

闹了半天，原来三个人还都是"为人民服务"，班长一肚子热情换了一肚子苦闷，自语道："这三个家伙好像商量好啦！"他真是一点办法也没有了，哭，哭不得，笑，笑不成。

这时，恰好团里领导进行诉苦运动，有些兄弟连队已经展开，诉苦诉得大家哭哭啼啼。从前五班是个团结友爱模范班，指导员就打算把五班当个对象，花了几天时间来推动诉苦。谁知一深入了解，指导员直摇头，这一来李占虎急得眼泪都出来了，一把拉着指导员说："指导员，五班还是有希望，您给三天期限吧！"期限讨下来，班长想：怎么办呢？！他下决心来个"围歼战术"吧，他一下子把三个人找在一起，几句话把他们不团结的事挑开啦。哪里知道，三个人在他面前异口同声说："没啥，班长。"班长一听倒乐了，于是把五班要争取模范谈了一番。谁知第二天一看，三个人是原封不动，谁也不理谁，这一下子班长可急了，气得背着全班人狠狠哭了一阵。第二天进入战斗，忙着准备战斗就过去了，至于团结，还是没一点进步。

六　一块骨头

第三天打了一仗，天阴落雨，打完仗，李占虎带着全班走下战场，经过一片乱葬岗子，他低着头发现地下有一块骨头。

他停住脚步，弯身取起骨头看着。班里同志都奇怪地望着他，他可提出问题了：

"你们说这是什么人的骨头呀？"

大家站在雨里纷纷讨论开了，一边说是穷人，一边说是富人，末了，李占虎张嘴说话了：

"我看这是穷人骨头，地主富农有钱人，死了有棺材有坟，怎么也不会乱丢在这里。穷人活着没饭吃，死了也没地方安葬，给风吹雨打，还不是东一块西一块，到处乱丢，穷人有谁管呢。"

回到宿营地，战士们忙着铺草烧水，李占虎瞧了瞧，只有阎成福、李发和、赵小义没有在，一直到吃饭时也没见这三人。他就往屋里跑，原来小赵回来就一头扎在炕上没起来，班长以为他还是跟老油条跟阎成福闹别扭，就安慰他："唉，小赵，—— 人就是这样，在一道怨一道，不在一道想也来不及了，起来吧！"就爬到炕上扳小赵的肩膀，谁知小赵一翻身，呜的一声扑在班长怀里大哭起来。

哭了一阵，小赵跟班长讲了一段故事，两个人连说的带听的都哭起来了。

班长立刻跑到连部去，一五一十报告给指导员，指导员也听得十分难过，嘱咐他回去，好好照顾小赵。李占虎就顺路把自己三百元津贴掏出买了几个鸡蛋，带回去给小赵煮着吃。小赵一端碗就哭得呜呜的，究竟小赵说些什么，班长听些什么，还不到宣布的时候，这里就暂且不讲了。

七　再说阎成福跟老油条

阎成福心里难过，想找个清静地方呆一会，就往后院粮囤那块走去。老油条却低着头，也往这个地方走来。要不是听到脚步声，两人险些鼻子碰了鼻子。阎成福一仰头瞧见老油条，老油条一仰头也瞧见阎成福，好像谁叫了一声"向后转"，各自扭过头就气呼呼走开了。

转来转去，阎成福就转出村子。

老油条卷了一根烟抽着，低着头，找没人地方，顺着墙边溜。

阎成福从那边走过林子，老油条从这边走过林子；阎成福从那边到了河边，老油条从这边转到河边，一下又碰上了。

阎成福火了，心里直骂娘，要不是不能先跟老油条讲话，他非骂他一顿不可。

正在这时，班长寻来了，一下，一手挽着一个拉了回去。

回去，两个人谁也不肯吃饭就睡了。

八　晚上点着一盏灯

晚上点着一盏灯。班长在炕沿下检查了每人的鞋子，从中挑出两双破烂了的鞋，然后班长在膝盖上搓了根麻绳，就补起鞋来。补着补着，小赵起来了，争着要补鞋，班长不准他动手，笑嘻嘻安慰他："你好好睡，你不舒服，天亮说不定还打仗呢！"一会阎成福泼浪一下坐起来，把班长吓了一跳，阎成福伸手夺鞋子，班长不但不给还劝说他："你颜色不正，不舒服，日后怕没你干的？睡吧！"阎成福怔怔呆了一阵躺下了。忽然窸窸窣窣一阵响，李发和又起来了，他悄悄说："你睡，我补。"班长笑了说："要是往常，你不动手我还叫你帮忙，今天你不舒服，休息吧！"可是一下子全班都起来了，原来谁也没睡着，起来你看看我，我看看你，小赵一下子呜地哭了，他哭着哭着把那天讲给班长听的故事，又说了出来：

"我爹放猪，丢了猪，挨地主打，气死了。爹还没埋，我就给国民党抓兵抓来啦！

"我哭我闹，他们皮鞭子蘸凉水，打得我死去活来，我说我就是死也要再瞧爹一眼，国民党说：'你爹死了顶多臭一块地，还瞧啥。'到现在两年了，——我爹没人埋，也没地方埋，风吹雨打，还不是东一条胳膊西一条腿，……"他没说完就哇哇哭起来。

这一来阎成福一下扑上去抱着小赵说：

"我对不起你，小赵，——我从前看不起你们是蒋占区的，我不知道你也是穷人，也是苦人。"

阎成福不说则已，一说就止不住泪水长流，他也诉了自己的苦：

"你给地主害死爹，我给地主害死娘。我十八岁，爹抓了劳工，娘给地主下毒药药死，哥哥给地主拿钉耙打死，我偷偷看见了，没等找我，我拼命跑出来。我跑到辽河边，我望着那条河，真想一头扎下去算了，我又想，爹不知死活，阎家就我这一条根，留下这条根早晚好报仇；死了，地主更称心。从那往后，我要饭就要了一年整的呀！夏天包米地里搬包米，冬天看人家熄了火，偷偷爬到猪窝里困觉，……"这时全班人，除了李发和都呜呜哭了，平时讲团结谈友爱，可是还没这阵大家以苦见苦，大家真的是亲人了。小赵望着阎成福，阎成福望着小赵。阎成福说：

"听了你的话，我知道穷人到处一样苦。"

小赵说："你说得对，我前些天心窍不开，我对不起革命也对不起自己。"

班长李占虎说："诉吧，有苦不诉给自己人听，诉给谁听。"

日头落了夜黑天，这世界上有多少人睡得甜甜蜜蜜，有多少人想着自己的苦，一滴血跟着一滴泪往下流呀，一个诉完一个诉，五班里这一夜苦水就倒不完，这一盏灯也就一直点到天蒙蒙亮。

九　李发和怎么办？

李发和心事沉重，只是不开口，这一夜晚他坐在旁边，可是他没吭气。他思前想后，愈想愈恨自己，别人是苦也苦得痛快，他自己心头就像磨了茧子。他狠狠问自己："人家是穷人，难道自己是富人吗？"他想起年轻在家乡，欢喜扭秧歌唱大戏；地主就利用他出名的浪当，三下五除二，把他的家当弄了个干净，临走连条遮羞的裤子也没落着，给赶出村，丢下女人在村子里，这几年不走道也该苦死了。从那以后，李发和只有自甘堕落，连报仇的火辣劲儿也没了，要不是碰上八路军、共产党，这一辈子也就算完蛋了。可是当战士三四年，想起来真对不起革命，对不起上级，也对不起自己。从那晚以后，虽然没说一句话，可是暗中下了决心："黄连苦，我比黄连还苦，再不下决心还等什么时候呢！"这时他想到指导员，那是老上级，从没错说过自己一句话；想到班长，那是老战友，事事让自己；想到小赵，那一样是个苦命孩子；想到阎成福，——他真想跟阎成福拉拉手说合了吧，可是话到嘴边，又想："好坏不在一时，瞧着吧！"

十　火线上生死抱团结

隔了没几天，部队又投入了战斗。火线上打得红光一片的时候，这个连队加入作战了。原来四班是突击班，谁知十五分钟的工夫就把建制打乱了，这时一道命令下来，五班赶紧顶上去。李占虎两眼瞪得溜圆，捏着两只拳头说："同志们！别忘了咱们前天晚上诉的苦，别忘了小赵的苦，别忘了阎成福的苦，给父母兄弟姊妹报仇的时候到了！"他们像十支火箭窜向战场。指导员爬过来，亲自看看五班，李占虎说："首长给任务吧，五班的仇能不报吗？！"阎成福参加了爆破组，担负了炸开突破口的任务。他抱着包炸药上去了，全班趴在地下望他，——眼看着跑上去了，还有几十步，一个倒栽葱他跌倒了。李占虎还没说话，小赵从他身边箭头子一样跑上去了，小赵离阎成福两步远，一下又摔倒下去。他还挣扎着爬，敌人火力拼命封锁，他不能动弹了。这全部时间里，李发和一样样都看在眼内。这时，前面火力交织着，简直是

185

子弹碰子弹，打成一片火网了。他突然对班长说："这任务交给我，给我一支冲锋枪，我要救下他两人，完不成任务不回来。"在敌人拼命集中火力的情况下，按道理是不能再冒险往上去人了，因此全班眼光跟着李发和：李发和一会忽然卧倒，一会忽然疾奔，全班这时紧张得喘不过气来了，李发和终于跑到阎成福旁边趴下来。李占虎才举手把眉毛上汗珠擦下去，继续望着。这时候，他们三人，上，上不去，下，下不来，就像子弹卡了壳。阎成福肩膀上负了伤，血直往外涌，炸药还紧紧抱在怀里，他俩默默望了一下，千言万语，都在这一望之下弄清楚了，李发和把阎成福抱到一片洼地问："怎么样？"阎成福一咬牙："说啥也只能向前不能退后。"这时李发和又爬到小赵跟前，小赵大腿负伤，血流了一地，他把小赵抱到一旁问："怎么样？"答："腿坏了。""还能打枪吧？""能。""那么你从这里打，我从那里打，咱们掩护阎成福，死也叫老阎完成任务，好不好？"小赵点了点头，李发和身上沾满鲜血又爬过去。这时候，双方炮弹、机枪集中猛烈地对射起来，每一寸土地都烧着火，小赵头发烧焦了，李发和裤子上直冒烟。再说班上见他们没动静，李占虎难过地当他们三个人一道英勇牺牲了，预备再组织爆破。突然前面枪响了，李发和的冲锋枪叫起来，小赵咬着牙也打起枪来，只见阎成福浑身是血，一下爬起来跑上去了。一转眼，哗地一下闪光，紧跟着轰然一声巨响，碉堡炸崩了，卷起一阵黑烟直上天空。这时我们阵地上忽然响起一片鼓掌声音。突破口打开了，部队在一片喊杀声里冲进去了。

十一 奖章作总结

打了胜仗，敌人的一个师歼灭得干干净净，光五班就抓到五十八名俘虏。不久，就开了庆功会，指导员叫我们好好组织个音乐队，结果请来三位老乡，加上四个同志，吹喇叭、打腰鼓、拉二胡，锣鼓喧天地响成一片。

现在专讲阎成福、李发和、赵小义，三个人肩并肩站在队前，指导员介绍他们是"无敌三勇士"，然后走到他们跟前，一个个把奖章给他们戴到胸前，红奖章一闪一闪地发光。

阎成福看了一眼李发和，李发和又看了一眼赵小义，大家这时劈劈啪啪鼓起一片掌声。到作典型报告时，三个人异口同声地说：

"这是班长领导的。"

李占虎站起来说："我们是穷人，我们有苦处，苦变成力量，团结起来就能天下无敌。"

政治委员

团政治委员吴毅，身材不太魁梧，面色还有点黄瘦，虽然处事严肃，态度却十分和蔼，令人愿意亲近。

他只有一只右臂，左臂在 1936 年，给阶级敌人的子弹打断了，那时，他还在红军里当班长，手上一支汉阳造，口袋里七颗子弹，身披老羊皮，渡过天险黄河。一次鏖战之中，他在危险关头向敌人猛冲，决定全局胜负，自己却昏倒在火线上。醒来以后，躺在医院，从医生的表情，他就明白了，他没讲旁的话，就只问："怎样能快些上前线？"于是他忍痛把左臂割掉了，从那以后，他就一只手持枪作战。

"八一五"后，部队出关，他因为又一次负伤，还躺在关里休养。现在经过遥远旅途，来到东北，他是怀着满腔热情，奔赴战场，一路之上，不断传闻着东北战争胜利的消息，把他弄得兴奋万分。

到了哈尔滨，组织上跟他谈过一次话，—— 临末尾，露出一点口风，为了照顾他身体，准备留他在后方工作。

可是吴毅急了，因为他有一种牢不可破的思想，他认为：一个共产党员应当到最困难的地方去，何况他的老部队正在前方作战呢。

等候分派工作那几天，在那间白色洋房里，他过得很不舒服，甚至苦闷。每天展开报纸，首先跳入眼内，总是前方的战争消息，他就急得转来转去。有一回，他在树荫凉下坐了半天，把自己的事左思右想，——自从十四岁放弃放牛娃生活，在湖南参加革命起，没哪天不在火线上斗争。十年前在三原桥头镇，换下"五大洲"帽子[1]，哭得那样窝火。现在自卫战争，最后打倒蒋介石的时候到了，自己能够在后方蹲起来吗？这样，简直是对不起在火线上奔走的同志们！……晚上，他走去找组织上再谈话。他表面似乎很安宁，半天不响，最后有点愤愤不平地说：

"我落后了……"

和他谈话的同志说："谁能那样说你呢？"

斗争把他炼得沉默、刚毅，不过这时，他的眼睛似乎蒙了薄薄一层泪水。

终于，组织上同意了，同意他像每个军队干部一样派到战斗部队里去。因为他虽然比一般人少一只胳膊，可是从思想到行动，他从没有一分钟时间考虑自己，他考虑的是整个革命斗争，党正需要这样的人，到尖锐的战线上去担负最重要的工作。夏天，一个下着淅沥小雨的傍晚，他登上火车，他高高兴兴走上前方。他有通讯员李宾，这几年来等于是他的左手，可是这回，他的行李是这样简单，以至用不到他的通讯员，他的一只单臂一抓就走了。临行之前，他把熟人送给他的一套茶绿色毛质军衣送回去了，他照常穿着关里带来、连队上常见的那种洗得发白了的布军衣，束紧皮带，整齐而且清洁，他觉得这样才像个战斗部队的人的样子。

一到前方，谁知领导上又照顾他，预备留他在纵队直属队工作。他从熟人那里听到有这种消息，他就不安起来。第二天，他在村庄上

---

[1]　指红五星帽。

骑着马，遇到纵队司令员，司令员看到了他，他也看到了司令员，他不但没下来，反而急驰而去。——马是一匹调皮马，发怒地尥起蹶子来。他坚决地拿一只手紧握了缰绳，另一只空袖筒在风中急急拂动……不错，他在马上露出他那英勇的身姿是十分动人的。司令员把手搭了个凉棚，遮着太阳的闪光，站在那里，两眼朝红霞灿烂的地平线上，追踪着，赞叹着瞧望了好半天。

第二天晚上，司令员约了他去。两年未见，从前的师长现在的司令员，脸上有了皱纹，三十几岁的人看起来就像四十几岁了，这无疑是关外两年作战的辛劳的结果，战争风霜总不免在人身上留下点痕迹。可是司令员爽朗的笑声和江西口音，让他觉得还是十分亲切。在这间农民房子里，点着蜡烛，桌旁还站着一个不认识的人，——高大，红脸，正在挺有劲地讲什么。这是纵队政委。政委和他紧紧、紧紧地握手。司令员把一杯酒和半根干香肠推给他。随后，他们根本没谈什么工作问题，——因为正处于难得的战争间隙之中，他们乐于谈起从前的生活和现在的生活来，——谈这个熟人和那个熟人，与这有关系的，不免谈到什么时间，他们不说几年几月，而是说在山城镇战役或者说九峪战役后如何如何，正因为他们都共同熟悉这些，也就容易谈到现在跟过去的比较。——吴毅仔细听着，一方面他想了解部队，一方面他深以未一贯跟随部队作战为遗憾。只在最后，他们已经站起来，政委正式以征询的口吻对他说：

"已经请示总部，你到 × 团去，怎么样？"

他点了点头，就愉快地接受了任务。

"政委还有什么指示？"

"去吧！你比我还熟悉，——有些干部问题你好好研究吧！"

吴毅敬礼，转身走出来。——那时，正好一科长来报告什么，司令员举着蜡烛往挂地图的墙边走去。——他出来立刻把这次会见总结了一下：这个纵队首脑部，比从前还镇静，还乐观，这说明到东北来以后，他们仗打得是不坏的。司令员现在指挥的不是一个师而是几个师了。突然他记起司令员从前在战斗中常爱讲的话："看准了—— 狠狠揍他！"看样子，这两年一定把敌人干了个痛快。

吴毅不但到了×团，而且已经参加过两次作战了。

第一次作战的时候，因为是阻击的任务，从铁路桥头开始，最后，敌人密集一处山岭上，战斗就达到剧烈的高潮了。团的指挥所在小树林里，子弹打得树叶纷纷落下，……

团长—— 当过出名的刘志丹红军的战士。此刻，他很费力地在电话上吵嚷了一阵，把电话停止，听了听，前面一片紧密的枪声，他迅速伏身到军用地图上来。根据敌情，他下决心，把原来掌握在二梯队的一个顽强善战的营，从左翼加入战斗，—— 他觉得这个时机已经到了。他征询政治委员的意见，吴毅毫不迟疑地支持了团长的决心说："决定吧！同志。"虽然他心里觉得自己对于部队了解还很不够，但是他信任他的指挥员。团长把拳头向下捶了一下："那么—— 下家伙了！"立刻伸手抓起电话筒下了命令。这些事都在五分钟内做完，而后，他一阵风似的跑到突击部队那里去了。政治委员笑了笑，抽身走出树林来。望了望，距离不太远的山岭上烟火烧作一团，枪声稠密，差不多听不出什么间隙了。—— 可是他已经预见，在二十分钟以后，战斗就要基本解决。这一点，虽然没有交换意见，但与团长简单对话时，他们双方是完全默契了。

他呼了一口气。昨晚落过雨，秋天的野外，空气是那样清爽，有潮湿的树叶气息。刚才他觉得他还不了解部队，实际并不是那样，不过他总在细心考虑：—— 当自己离开部队时期，部队有了一些什么变化了？自己又有了一些什么变化了？从前打游击战，小部队作战的经验现在用得上吗？……他这种细心谨慎，是出于以下这种心情，就是他觉得：在这样光荣的部队里，是一种特殊的荣誉，他不能叫这种光荣在他手里有任何一点损失，因此，就特别谨慎。这一个团，其中有一个连，还是从井冈山时代就开始战斗的。十九年辗转在火线上，尽管不但在这个连，甚至在这个团，也没有一个那时候的人了，这个连却保存从那时就有了的光荣传统：顽强善战，——政治委员认为这种作风，是毛主席直接带出来的。刚才团长决心投入解放战斗的那个营，就包括了这个连，所以政治委员非常放心。现在，子弹"嗤""嗤"在周围地下直响，他从口袋里掏出怀表，只有十分钟时间了，他现在应该到火线上去了。

可是他还没有到达，当他穿过山岭的小树林的时候，战斗结束了。

战场上，阳光枯燥刺目。他和蔼地慰问着每个战士。在一棵杉松下（五分钟前，是敌人指挥所主要的机枪阵地）与团长会在一起，吸了一支香烟。他很满意，他的老部队比从前还勇猛善战了。

第二次作战的时候，仗打得非常顺利，可是在解决战斗前五分钟，敌人一度反冲，一直冲到营指挥阵地前一百米处，政治委员正在那里，——敌人把冲锋枪集中在前面，呼呼扫着、喊叫着，那火力、那声势都是十分凶猛吓人的。政治委员在那里一动不动，教导员提着匣子枪，呼喝着往前面跑，三步以外，一扑就倒下了，政治委员还是未退一步。正在这危急关头，突然，一个连长本来在侧翼运动，并没得到任何命令，他就机动地带领部队，斜刺里扑向敌人，一声不响，一齐挺起白晃晃刺刀，——敌人经不住这勇猛的压力，一下，哗地崩溃下去了。在火线上，政治委员对于这个连根据情况主动出击的行为就赞不绝口。战斗结束了，他问清那个连长的名字，在日记本上写下"文希岗"三个字音。可是他抬起头，十分爱昵地对教导员说："你不要把我的话告诉他，——你回头叫他到我那里去一趟！"两个钟头以后，那个短小精悍的山东人一连连长文希岗到了他这里。他们总结了这一次文希岗在战场上的机动、勇敢的成功之后，政治委员微笑着，把自己思虑很久的一个问题提出来问这个连长：

"你作战隐蔽身体不？"

"不。"

"不，好不好呢？"

"不好。"

政治委员给这天真的答案弄笑了。

在政治委员脑子里，从来区分出两种人：一种勇敢；一种怯懦。对怯懦的人他希望他勇敢起来，对勇敢的人他希望他能更多注意战术动作。

"你怎样也应该隐蔽一下，—— 你想，把你打了，你的连怎么办呢？一个指挥员不只是个人勇敢。今天，你是对的，是必要的时候呀！—— 可是平时你得注意隐蔽，永远不能拿过时的经验处理现在的情况，这就是一个具体的战术问题。你记着：勇敢加上灵活的战术动作，才等于胜利。"文希岗先望着他那光彩焕发的快乐和蔼的脸庞，又望着他那甩动的空袖筒。文希岗在想，这个人不知从何时起就把少去一只胳膊这件事忘记了。

至于政治委员却在想：—— 自己说话太多了。本来一个勇敢的连长，用不到对他说这样多，他自己也应该在作战当中学会。问题是现在还有不少人认为指挥员如果隐蔽身体那是丢人的事。他这时确定要把这一条到处去宣传、去教育才对。

他们之后就坐下来吃饭。政治委员很灵巧地用一只手吃着，他忽然问：

"战士觉得现在生活怎么样？"

他举眼望着，等候回答。文希岗连想也没想就说：

"有的人，怎样好他也觉苦；有的人，再苦他也熬得住，—— 在我看呢，现在算不上苦，比在关里打游击战吃树皮好多了。"

不知怎样，政治委员很欢喜这样回答。他不欢喜虚伪，比方对上级报告，总是顺口编造："我们那里每个人都好，没问题。"那时，他就要追问：真的是每一个吗？……那么，个别战士也没什么思想问题了，干部就没什么事可做了吗？不，打仗不是那么简单，有的时候是苦的，很苦，我们承认这种苦。问题是真正好战士，他经过思想斗争，他明白为谁而战，他提高革命觉悟，他仇恨阶级敌人，他就不怕苦。只有战士都是这样，那队伍就最强最有力量。停了一会，他想起什么重要事似的说：

"你还记得，—— 咱们一支枪，只有五六发子弹，谁都舍不得放，还咋唬：打炮啦！打炮啦！—— 可是统共才有三颗炮弹，……"

"怎么不记得，现在不是没人捡子弹壳了！"文希岗笑了。

他这一笑，很引起政治委员注意，—— 政治委员觉得在他的笑意里，包含两种意思：一种是过去斗争的光荣，一种是对于现在某些浪费子弹现象的不满意。政治委员很高兴，吃完了饭，他轻轻地说：

"对，不要忘记，—— 论起来，现在真是享福了，可是不要忘记艰苦奋斗的传统呀！离全世界共产主义胜利还远呢！"

文希岗觉得政治委员十分了解他：像一齐蹲了多少次战壕的同班战士一样。他跟每一个同志一样，从这里走出去，总比进来时还兴奋，还有信心，还快乐。

但这不久以后，团里的一个严重问题提到他面前来了：二营副营长沈克，在他的工作岗位上闹起情绪来了，甚至严重地撂了挑子。

政治委员先了解了沈克的情况：一个在农村里当过小学教员的人，算个小知识分子，抗日战争中还负过一次伤，可是现在，半年之内，他已经三次写信提意见。组织上分配旁的工作给他，他又不接受，而且他直截了当提出要离开这个团。到哪里去呢？政治委员心里明镜一样，知道他是要到后方去工作。因为他公开到处广播：过战争生活过腻了。最近他又第四次提出要求来。根据政治委员政治工作经验，——他是了解，长期战争，战争是要死人的，现在战争更加频繁与残酷了，这都是事实。可是革命胜利就决定在这关头。个别意志薄弱的人，存着"不知哪天牺牲"的心理，就不能提高战斗性，时刻进取，而开始厌倦、疲塌起来了。加以到东北以后，进了城市，周围环境影响，这种人首先在生活、作风上也露出弱点。……他面对这一疑难问题，他决心和这种现象作斗争。甚至他觉得作为一个政治委员，这是他当前最最重要的工作，因为这是敌对的阶级意识，跑到我们队伍里来作怪了。

作战之后，经过一段艰苦行军。从行军汇报上看，二营竟发生了减员现象。住进房子，政治委员到二营营部来了，沈克正坐在老百姓的炕上，带三个通讯员玩"骨牌扑克"。政治委员问：

"营长呢？"

"到五连去检查减员情形了。"

"副教导员呢？"

"到机枪连去检查减员情形了。"

政治委员是无法原谅这种人了，他的眼睛闪着威严的光芒。他在那里站了半天，但他终于控制了自己的感情。

这一天，在营里他发现沈克闹个人享受的问题十分严重。这次作战他还骂了通讯员，通讯员哭了，——全营都闹起来，战士议论纷纷，说上级太不像话，违反政策，还骂人呢！……

傍晚，政治委员回到团部，——他和团长坐在点燃一支蜡烛的小桌旁，他把一只单臂搁在小桌上，他吐了一口气，他觉得既然见到团长，他可以诉诉他的心情了，于是他望也没望团长，自语着：

"我真看不得这种人，——党把那样重要任务交给他，可是他在那里腐蚀党，他简直想称斤论价，出卖我们的光荣！"

"你说沈克吗？"

他抬起头："老曹，我看得考虑，我问了战士们的意见，我看一人吃鱼，一锅沾腥，——开始减员，后来就没有战斗力，再后来，你想，……我们不要右倾，我们答应他的要求！后方是不能去，我们还要尽我们的责任，争取、教育，把他调到团部来当干事，等候分配工作，你看怎么样？我们大胆提拔新人，我们需要真正为战士、不是为自己打小算盘的人，来做领导工作，——我给师部打电话，我建议提拔一连长文希岗代替他，我好久就在了解他了！"提到一连长，团长同意了他的意见，这时他脸上换过一层喜悦的颜色，他才兴致勃勃了。

沈克调到团部。营里从战士到干部，对这种处理，都有一种好的反映。可是他自己，见到人还是说："咱们当思想干事啦！"

实际，他不能忘记，他调到团部那一天和政治委员的一段谈话，——他进去，政治委员正朝着墙上的地图在想什么，好半天时间，转过身来，望着他，政治委员的脸色是严峻的，一只空的袖子静静地垂在左面。他缓慢地开了口：

"你要好好在团部工作！"

隔了半天，沈克讷讷地说：

"我要求……休息……"

"什么？休息？——我们根本不应该提这两个字，我们是要斗争，不是要休息，你知道吗？！"

沈克受过政委严厉的批评，陷在苦恼之中了。他觉得自己负过伤，自己为革命尽过力，一点福也没享着，革命快胜利了，也该歇口气了！可是这又怎样对政治委员说呢？说我负过伤，可是政治委员是连一条胳膊都丢掉了，……他就一点声音也没有地站在那里，他用沉默来反抗一切。政治委员突然走近他，他望见政治委员眼中的光辉那样和蔼、那样热情，甚至柔声和他谈起来：

"同志，——你负过一次伤，不错，革命不会忘记你。可是正因为你负过一次伤，你要想一想，你想想，你流过血，……我也流过血，难道我们的血白流了吗？"

实际，政治委员并没有严厉地责罚他，而是又耐心又和蔼，但这正打动了沈克的心，在他思想中投了一把火。那之后，他好几次下了决心，一直跑去找政委，到了门口还在咬牙、生气，可是每一次，政委态度都是那样和蔼，他也就一下又松了劲。加以那时正赶上部队进行阶级教育，展开诉苦运动。政治委员和多数战士一样，在诉苦当中，深深回味着自己从前和现在。他觉得这对沈克有好处，一天从连队开诉苦会回来，就把沈克派到警卫连去。沈克明白，名义上是帮助工作，实际上让群众教育他。他就抱了成见，天天吃完饭没事，到警卫连院落里一蹲，人家是诉苦，他是混日头。人家说："苦！"他心里说："苦算什么，也值得说。"人家流了泪，他心里说："革命军人流什么泪。"可是不能不听，政治委员抽冷子就喊他去"汇报"，——一次，政治委员轻轻叹了口气望着他的眼睛说：

"革命这么多年，好像革懂了，原来大家都是穷人抱团结，闹革命，——可是直到现在，听罢大家诉苦，才这般清醒：我自己是苦人，我们部队千千万万好同志都是同样的贫苦兄弟。"

本来，从东北解放区土地改革中，大批翻身农民涌入部队。——他们从前用来受苦的两只手，现在拿起枪，这是天翻地覆，一点也不简单的事。久而久之，沈克也想到广大农民的苦楚，甚至也想到自己，——他家虽是中农，前十年山东闹天灾，不一样吃树叶、啃树皮，饿得一张脸上只有两只眼还有一丝活气。娘在那以后闹水臌症胀死了。还是后来八路军来闹减租减息，闹生产运动，才慢慢过了比较富裕的生活。人就怕不前思后想，沈克脑筋这样一开闸，渐渐也就不抱反感态度了。不过想来想去，一碰上自己疼处，他就不能拔自己那老根子，——那是说不出口的一个生死问题，虽然他自己对自己也不肯承认。另外他还有顾虑：闹到这样地步，难道还能再回到营里去吗？天天还是行军、打仗、开会、总结，然后又是行军、打仗，又是开会、总结，多么枯燥，多么麻烦。再说，回去又有什么脸面呢？想到这上，他又烦恼了。因此，他就如同秋天的气候，时阴时晴，晴阴不定。在他一天又一天反复思想斗争着的时候，他改变了心情，他不愿看见政治委员。他虽然有时也壮起胆自慰：有什么就见不得呢？不过总是尽情规避。可是他差不多天天都看见了政治委员。政治委员就永远那样愉快，满身精力，永不倦怠，在那里忙碌着，而且生活得同样艰苦。他几次到团部，有一次，他听见政委在责备他们的炊事员："你给我们又弄了一顿好饭，谢谢你！可是以后不要弄了，——我们不能享受，多少农民吃不上饭，战士也很苦，你把它送给警卫战士嘛！他们深更半夜，风里雨里站岗放哨，慰问慰问吧！快，送去！"又一次，他和供给处长说："有好的不要往我们这里送，——送到连队里去，你眼睛里要以战士为主，不要只看见首长。"诉苦运动以后，这些特点也就愈发明显了。政委这样艰苦勤劳，十分地感动了他。而且每次还朝他笑，跟他谈话。他知道政治委员在等待着他，可是这种等待使他十分痛苦。

这天夜晚，有消息：黎明前要行动作战。沈克的思想就矛盾到极点了。——走呢？不走呢？必得弄个清爽。——纠缠的结果，他无论如何不愿在这里呆下去，不如干脆提出"退伍"，以后就什么问题也不考虑了，是陷坑也就踩这一下吧。他下了决心，立刻向团部走去。

团部窗上，灯光闪闪，人影憧憧。

他立刻停住脚，——他想：政委在谈话、工作。

不错，人们在里面谈话，——讨论问题，——政委大声哈哈笑着，他在一一解决问题。电话铃不时丁零零响一阵，……

沈克望了半天，就要把"报告"喊出口了，忽然，一阵冷风飕地吹透全身，心扑通跳了一下，——就像一个人顺着又黑又湿的井口往下沉落。他觉得这时只有政委是光明的，他永远不息地前进，自己呢？只隔着一层窗纸，就这样黑暗。"黑暗？！"他几乎惊叫出来，他仔细嚼着这两个字："黑暗？！"……从脑门上他抹下一把冷汗，……

正在这时，他听见政委跟团长在讲话，政委高声说：

"好，——一营要求主攻任务，你记着！一营所以是一营，就因为它永远走在前头。"

团长声音："你等着，不会差五分钟，还有呢，老吴！"声音里含着无限热情与信心，沈克知道团长所指是自己原来所在的那个营。

立刻在沈克眼前出现了他自己的营部，他似乎看见连队要求任务的信一封跟一封送到他手里。一听打仗，战士就活跃起来了，连部这一晚不会睡好觉。班长、战斗英雄，挤着进来，跑得满头热汗，唯恐旁人跑到前面，争着担任突击班。然后连的干部中间争着谁带突击排，争得嗷嗷叫，……他似乎还在那里，而且蹲在一道，分享着那英雄主义的快乐，和教导员一封封拆着这许多热情的、战士笔迹笨拙的信。他感到十分兴奋。这时自己就该伸手抓着电话机了。因此，现在站在窗外他竟然出奇地着急起来，这一回我们的营为什么这样慢呢？

突然，屋里又在讲电话，他静静地听，政治委员先笑了，随即严肃地说话：

"二营吗！你们要求主攻，……对，对，我知道，好好鼓励战士，忘不了你们。"

二营就是沈克原来所在的营，——他想讲电话的可能是教导员，从前是谁呢？自己不是抢着讲的吗？

这样一来，他不能再站着，也不能再听下去了。他转过身急急忙忙走出院落。——北斗星正明亮地高悬空中，黑夜庄严而且寂静。他经过每间屋，窗上都闪着灯光。他知道所有的人都在为了这一次战斗进行准备，只有他自己，……自己好像向另外一个地方走。那么黎明一来，……一，二，三，他心里计算着，还有五个钟头，他们就往前走，他就往后走，他就离开他们，——不错，离开他们，又怎样呢？——从此部队上再也没人理；到后方，后方的干部，司令部还下命令，都要上前线；回关里？识字班妇女问起来怎样说呢？……

这时他一次又一次，一回又一回，想到他的营、连，——战士们在一个炕上睡，在一锅里吃，在火线上一齐奔走冲杀，你帮着我，我抱着你。他想到自己过去的错误，——自己享受，疲塌，没好好领导部队，没好好作战，自己一个人的错误，已经影响多少人牺牲了。……想到这里，突然浑身颤抖了一下，一股热辣辣的火，从心里冲上来。最后，他熟悉的每一个战士英勇的面孔从他眼前飞过。政治委员单臂，昂头，在枪林弹雨中前进，——"你，真的出去，算什么人呢？——谁还是你的亲兄弟，……"他眼窝一热，竟落下泪来。

战斗一来，政治委员便完全投身于战斗之中，而把沈克的思想问题暂时忘掉了。

开始是攻坚，×营的×连，伤亡了一部分。因为情况紧急，团立刻又转移到另一个地方打援。×连以他们顽强善战的意志，写信给团党委坚决继续要求任务。团长刚刚骑马从师部赶回来，掀下帽子，一头热汗，威严地小声地说："老吴——决定立刻干！"政治委员笑嘻嘻把手上的×连请求书递过去。团长愉快地哈了一声，转身要走。政治委员阻止着："哪儿去？""去×连——开始攻击！"政治委员坚决地说："我去，你是团指挥员，你要主持整个团的出击，我们拿下山头，你们立刻插！"他作了一个迂回的手势。这天，落着小毛毛雨。政治委员口袋里揣着这封请求书，顺着泥泞小路，往他们已经守了一夜的山上走去。而且他带给他们攻击南面那一座被敌人占据的大山的任务。从他们那里攻击，一上一下三里地，可是这一次战斗的全部胜利关键，就在于能或者不能夺下这一个险要的山峰。政治委员觉得自己亲自到来，是比一切话还都清楚，他们的任务是紧急的。攻击是下午三点钟开始的。第一次，第二次，第三次，都被敌人密集的火力打下来了。——可是连队发怒了，这里攻不动，从那里攻；那里攻不动，从这里攻。他们一刻不停，顽强地在各处冲杀，他们要不就拿下山头，要不就不回来了。弹火把那一条山岭烧得烟雾蒙蒙，什么也看不清楚了。

政治委员原来从小山上在用望远镜仔细观察。

太阳西下了，战事发展到最后一刻，就是说，如果攻不下，他们就要对峙，甚至比对峙还坏。因为敌人援兵也许赶来，这一团就吃不动了。他转过身，把望远镜交给通讯员李宾。他的空空的袖子摆动着，他走下小山，又走向大山。跟他来的干部两次拦阻他，他也没看是谁，只把手推开，照样向前走去。

六〇炮弹"吭""吭"把他周围的土和石块炸崩起来，……但他是镇静的，他利用炮火每一次短促的间隙，迅速跑上了山。他一直往前走。子弹在他头上刺着空气，发出一种奇妙的"嘶""嘶"音响。他好久没听这音响了，——他奇怪地抬起头望一望，但他从未停止一下脚步。负伤的战士在他旁边地下躺了一溜，都目送着他，没一个人在这时哼叫一声。一上去，他就从一个干部手里抢了一支匣枪，他现在要带领冲锋了。他要用他自己的力量，和战士一齐最后摧毁敌人了。——就在这时，一个人从他身后跑上去。他简直连看也没来得及看这是谁，——但是他停了一下，他听见那人在大声叫喊：

"冲啊！拿下山头，打垮蒋介石啊！"

战士们跟在这勇敢的人后面，一拥而上，一下就冲上山峰。——短促的，不过五分钟吧，肉搏战，敌人溃退了，战士们狂热地喊叫着一直追下去了。——站在山峰之上，他叫号兵吹了一次号，这是通知团长："山头拿下来了"。政治委员从后面，顺着那到处是敌人尸体的斜坡走下去。山的那面枪声大作，出击的部队显然按着预定计划，顺利进行战斗。二十分钟以后，战斗结束了。政治委员满脸是尘土和热汗，他怀着赞赏的心情走到×连的战士那里来。这时他才看清，原来那一个带头的人，不是旁人，却是沈克。在这一瞬之间，政治委员他在回想，他没发觉什么时候沈克曾经跟在他的身后边过。他是每一件事都要思索一下的人。现在他相信是自己那时太紧张了，一心一意只注意着这眼前战事的展开，他没注意自己周围的某一个人，现在他心中甚至暗暗责备自己太紧张了。这时，他仍然像每一次战斗之后一样，他走过去，战士们围拢上来，他和沈克站在一起，吸着烟，他笑着小声说：

"平时我认识你们李四张三，—— 在战场上，我可不论是哪个，我就看谁在那里完成任务！……"

百战百胜

……"八一五"以后，有一部分打惯游击战的部队刚刚出关不久，在东北严寒的风雪里，作战一整天，战士们把脸都冻得通红，手脚都麻木了。紧接着，晚晌，又打了一场村落战。发起冲锋的时候，敌人机枪打得像泼水一样，封锁面前这一块开阔地，空气发烫，火星像打铁一样嗞嗞乱跳。前面的战士倒下来，这时一部分战士停下趴在雪窝里了。三连副连长王海清恼火了，跳起来，跑上去，拿枪托往战士脊背上擂，喊叫着："你，你怕死！"敌人机枪闷头盖脑地紧响，战士们突然跳起来，跟着是潮水一样的队伍前进，在那天崩地裂似的一刹那间冲上去了。黎明，敌人的枪不叫啦，战场上空偶然有一颗两颗流弹吱吱飞过，村庄静静地冒着黑烟，占领了。王海清任凭自己脾气，什么事是搁不了一会，他立刻集合队伍讲话，把那些战士狠狠刺激了一顿，战士们的自尊心受了沉重打击，痛哭起来，他自己严厉地连看也没看他们一眼，走了回来。

在宿营地，他瞪着两只大眼睛，气鼓鼓地躺在那里。

每当这时，指导员宋相清就得安慰他一番，他不会理睬他，——可是渐渐嘴边就露出笑意了。

他们两个人安排在一个连队里，是十分巧妙的。他们两个人的性格，处处都是鲜明对照：一个暴躁，一个耐心；一个瓮声瓮气，一个低声细语……不过指导员从心底里敬爱他。每当王海清跳着脚，额头上冒出汗珠，一面骂娘，一面跑上去的时候，指导员总是微笑着，但又十分担心副连长的安全。他却从来没有正面提过意见，他怕他们误会自己不勇敢，实际，指导员哪一次都拿着匣枪抢着带突击排。

　　王海清理想中的人物，是连长于金生。在五年战争中，这人培养了他，甚至改造了他。于金生在战斗上勇猛极了，他已经负过十三次伤，正因为他是钢铁一样的人物，他时常暴躁如雷，喜欢简单，他的理论是"不怕死"。有一次，正准备投入战斗，他俩坐在一起，望着前面滚滚的黑烟和子弹的火花，狠狠地抽着一支纸烟。于金生突然颜色一变，指着自己身上："老王！—— 上级瞧得起，这回干个名堂出来，这就是我的光荣，你瞅！"他露出胸脯上的伤疤。虎地站起来，把纸烟头一丢，拔出枪上去了。王海清简直是处处跟着于金生走，虽然开讨论会的时候，他顶容易打瞌睡，作战时，却愈来愈惊人的勇敢，不过，他心里有一个从不告人的秘密，而且这个秘密常常激动他，他盼望着成为一个真正了不起的英雄。

　　现在，是 1946 年 2 月，冷得透骨，雪落了两天两夜。这一回可不简单，上级动员号召说："沙山子这一战是决定关键上的一战。"战士们嗷嗷叫，情绪像火一样旺盛。雪地里是那样苍白寂静，战士们在深雪中滚着爬着，敌人排炮疯狂发射，密密地打在王海清周围一百米以内，—— 看！来了！……来了！敌人在雪上爬呢！—— 近了，近了，虎地一下站起来了，一色的冲锋枪哗哗响成一片。我们哗地站起来，吭，吭，吭，掷了一排子手榴弹，黑烟四起，血肉横飞，把敌人的进攻打下去了。一扭转形势，我们立刻发动向山头冲锋，一连冲了三次，于金生愤怒了，可是在半山坡他给炮弹炸翻了。王海清立刻奔上去，他忘记掩蔽自己，把于金生拉回来。血，从于金生胸口，像泉水一样喷出来，染红了洁白雪地。他睁开眼说："我革命成功了，——你们拿下敌人阵地呀！……"他牺牲了。王海清脑袋嗡嗡响，心跳着，他猛扭身大喊一声："有种的跟我来呀！"集结在他身边的两个排，一声不响跟他上去。战士一个、两个、三个沉重地、一声不哼地倒在半路上，王海清果敢地一冲上去，就跳进敌人工事，占领山头，——在最后几秒钟，一梭子弹朝他身上打来，他来不及作任何动作就沉重地跌落下去，他失去了知觉。……

王海清从火线上被运下来，三天三夜，才清醒过来。现在睡在医院病床上面，动过手术，虽然危险期已过，可是面色苍白，两眼窝下去了。

医院里的日子是难打发的，天天在床上磨来磨去，他的心思却在遥远遥远的火线上，他最苦的是不知他的连队在哪里，在做什么？一天，穿白罩衫的女看护进来，给他带来一封信。

他是雇农出身，十八岁参军以后才学习文化，这二年自己坚决往军事干部方向发展，同时也忙，对文化学习稍稍放松了一点，不过报纸能瞧个大概，也能写简单的信。他坐起来抓着信，他知道，在这世界上，除了前线自己的部队同志，现在还不会有人从旁的地方给他来信；何况他现在正需要从前线来的兄弟般的友情呢。他的手指有点颤抖，竟然弄得信纸沙沙响，他皱了一下眉头，——他首先看了人名，"啊，指导员。"他笑了，然后他一个字一个字看下去，可是他的笑容慢慢淡了，慢慢没有了，最后他手里捏着那张信纸，唰地倒在床上了，——他的两只眼睛火星一样闪亮着，望着，这时他什么也没看见，他眼前是那次激战的战场。这时，窗外，春天的风雪发狂地呜呜啸着，这声音在他脑子里，正如同那天战场上的声响，像潮水一样掀来翻去地冲击着。战场，一次又一次地出现在他眼前，刺痛着他的心，他好像听见一个一个沉重的身体倒在潮湿的雪地里的声音。

他突然又熬着伤口刺心的疼痛，坐起来。天快黑了，可是他看得清那一段信：

"你带上去的两个排，只剩下三个人，……上级表扬你，打得勇敢。"

于是他眼前出现了他的连队。

不知道一齐转过多少地方，经过多少时间，在宿营地的铺草上，在战壕里，他和他的战士们一起受苦，一起享福，他没一天离开过他们。

他们，——他一个个在心底默念着他们的名字，立刻如同看电影一样，一个个从他脑子里转过去，——张得顺、李彪、秦纪春，……都是英勇、热情的战士，可是现在都没有了。

王海清几夜没闭眼，翻来覆去问自己：

"为什么只剩下三个人？"

他想了好几天，老实讲，脑壳都想疼了，……最后，他从那复杂的战斗中，找寻出一条道理，他的眼珠发红了，他摸索着床和墙，站立起来，他兴奋地靠近了玻璃窗，向外望去，——在那儿有一片土地、树林……"是啊，我没有根据地形，我没掌握火力，也没组织兵力，于金生一牺牲，就蒙了，我没保持一个指挥员在任何情况下都应当有的清醒头脑，我没找出一条冲锋道路，……"他这时在窗外这片土地上假设出另外一种情况：——那天，零下四十度的严寒，风把雪粉吹满天空，太阳红而无光，敌人占据着山岭，集中火力对准正面冲锋道路猛打。那是山坡，山坡上盖着漫膝盖深的雪，他那天就一下从那正面涌上去了。如果不那样，如果拿火力支援突击部队，如果通过侧面山洼里的小灌木林，这样接近敌人，这样突然出现，这样给敌人一个措手不及，……那就会胜利，那就会跟战士一道看到胜利。

是的，他像在茫茫大海中发现大陆，他找到了原因。他了解了：一个指挥员最主要是带着战士们取得胜利，可是自己却拿全部战士的生命，才换得那么小小的给雪掩盖着的山头。这场思想上的斗争是残酷的。现在，他就一点也不原谅自己，他觉得这是打了一次可耻的败仗。

经过多少日子以后，他的体质慢慢强壮起来了，只是伤口还在发脓。医生嘱他安静休养，他却架着一支木拐，到新由前线下来的伤兵那里去了，——他从他们嘴里不断地得到许多消息。一天有一个战士，穿着肮脏而潮湿的衣服，浑身好几处绷带，进来，（雷声在天边轰响，外面落着夏季的急雨，……）王海清知道这战士是跟他同一个师，他像见了亲弟兄一样。战士一屁股坐在床上，告诉他：

"前方很好。"

王海清急着问："武器怎样？"

"都换了一色儿三八式，子弹压得人够呛。"

"机枪呢？"

"打起仗到处咔咔叫，一个连三四挺。"

王海清递了支双鹤烟给那战士，战士扭过身吵着找医生换药去了。王海清当时伤还没封口，可是不久就上前方了。

回到前方，团里决定他仍然回三连担任连长，他背着小包袱就去了。指导员热烈欢迎他，把替他领下来的英雄牌也立刻拿给他，他连看也没看一眼，就塞在小荷包里，往后在连队里再也没人看他戴过。他却立刻跑到班里，找那两个排仅仅剩下的三个战士——林成、金立成与李百海。他们三个说了句："副连长回来了！"突然孩子一样沉默，哭起来了。王海清也不知怎样，这几个月在医院，忍也忍着了的眼泪，现在一下控制不住流出来了，他拉着他们的手，半天，几个人讲不出一句话。还是王海清抑制了情感说："那回，——我对不起你们！"他们共同忆起他们那许多看不见了的战友，三个战士用明亮的眼睛望着他说："你再带我们去打仗吧。"

不久，他特别熟悉了李百海。李百海红脸，有气力，什么新武器只要摸过一遍就能拆卸。王海清跟他熟悉倒不是因为这个，而是因为李百海从山东到东北，已经经过二十七次残酷战争，他没负过一次伤，好像子弹皮儿都不欢喜碰到他一样。王海清常常跟他谈话，一次在行军过程里，夜晚露营，两人坐在草囤里又谈起话来，谈到火线紧急情况下，战士是怎样要求指挥员的，李百海说：

"上级吗？……枪一响，我们就看着上级。"

"那时候你怎样希望？"

"哈，——特别是危险的时候，我一点也不怕，就看上级出啥点子，……上级挺得住，有决心，有办法，我们就什么也不怕，上级要是急，我们就更急。"

王海清卷了两支烟，各自放在袖筒里吸着。天十分黑暗，潮湿而落雨。李百海突然老朋友似的告诉他：

"在塔儿山作战，我思想上可起了变化。"

"什么变化？"

"我们通过小河，打开突破口，班上好几个同志倒在那里，有的喊我名字，我心里十分难过。你想一炕上睡一锅里吃，……可是你下死命令了：谁也不要管伤兵，冲啊！五分钟，冲不上去要负责任。那会，我服从命令，我上了刺刀冲，可是他们从地下望着我。我哭了，干嘛下死命令呢？就好像说：不要你们了，你们去死吧！——我们打仗能不死人吗？我怕死吗？不是。我一点不怕，我总相信上级有点子，……多么紧急的情况下，我们也应该打败敌人，——你知道，有时我们剩下半截烟放在荷包里，心想：等打完仗再抽吧！连长你想过吗？要是日后不打仗……"

王海清插问："你家庭情况怎样？"

"我家里有父母，有兄弟，……"

王海清过去没听见一个战士这样向他倾吐心情，因为他过去没有设身处地多为战士着想，只根据自己主观要求战士勇敢。在以后两次小规模作战中，他在火线上，十分注意李百海，——李百海动作非常迅速，应该通过的时候，就毫不迟疑地通过，他利用着每一处地形，他十分伶俐地把敌人子弹闪开，而后闪电一般最先攻入敌人工事里去。因为突然，敌人常常来不及打他。每次战斗结束，他都问李百海在哪里，——李百海笑嘻嘻从人堆里出来，向他立正，敬礼。

将到夏季的时候，巨大的战争来了。王海清依照营的部署，把队伍带到一座山上，他的任务是占领对面那座山，歼灭敌人。

敌人一发现这面部队运动，就拿机枪一个劲儿往这里扫。王海清把队伍隐蔽起来，——他自己匍匐着，顺着树棵子，爬到前面去，机枪子弹不住地在头上嗖嗖飞。他冷静地看清展开在面前的地形和敌人情况：敌人占据着和这里距离三百米的山头，企图拿火力控制这面，而后攻击。他望着敌人，这时一种仇恨心猛烈地升上来，他决心把他们歼灭个干干净净，现在不是沙山子那时候了。然后他回来了，这时他看到营长走来了，——营长是一个当过红军战士的年轻人，绯红面孔，服装整齐，站在那里。他立刻上去报告敌情地形，请示营长怎样部署。可是营长说："你部署！你下决心吧！"营长这样做，使他很满意，这样就可以从头到尾，经过他一手，彻底歼灭敌人。他指定二排两个班从正面出击，一排附属两个班从山沟里向敌人侧后方前进，其余留作预备队，各部队先到指定地点，等候发动火力射击以后，同时出击。最后他集中了机枪在这里等候。部署完毕，现在他望了望营长，营长点点头没说什么。这时他把副连长叫在一边，他说他担心的是二排长，二排长是出名的猛将，单纯地靠拼命，他叫副连长去掌握二排。他望着部队向指定地点走去，……他和指导员立刻带了十几个机枪射手，带着七挺机枪，攀缘着树木、悬崖，爬到山顶，——在山顶上利用茂密的青草隐蔽，没有暴露目标，机枪对准了前面山头。指导员望望王海清，王海清跪在那里，笑着擦了一下额头的汗水，向敌人方向望着。这时，凉爽的高空的微风吹拂，许多野花在风中点头，……突然，王海清一挥手，机枪集中地猛烈地开起火来，……

王海清和指导员拉了一下手说：

"老宋，你掌握火力，压倒敌人！"

他向山下扫了一眼，正面上，二排在烟雾之下奋勇前进了。

王海清一下跳下山岩，从侧面转向山沟，他追上担任从侧面截击敌人的部队。他们正在崎岖难行的山沟中迅速运动。战士们一望见他，从后面往前面，一个个传上去，"连长来了！""连长来了！"……

他一只手握着匣枪，愉快地从排尾一直跑上去，一路喊着：

"同志们！二排打上去了，一排怎么样？"

战士们一个声音回答："打上去呀！"

"好，同志们！打得下打不下，关键在我们这边呀，我们是刀尖子，我们从后面插进去呀！"

他一面鼓动着，跑到最前头，他们一跳出沟口的树棵子，——他们就要暴露在敌人面前了。他突然把拿匣枪的手一扬，跳出去了。

从自己山头阵地上，机枪暴风骤雨一样，把敌人所在的山头上打得直冒烟。

这时，他急切需要一个战士，勇敢带头冲上敌人工事，而这个人绝不能在半路倒下，他自然想到李百海。他一看的时候，李百海正跑在他旁边。他高兴极了，急速地喊：

"李百海，冲上去，猛干呀！"

　　敌人一发觉后方有了情况，他们已经冲上山，敌人立刻慌乱了，动摇了。这时，李百海跑上去了，边跑边撂了几颗手榴弹，突然叫喊着，举起刺刀跳过去，敌人哗地一下溃乱了。王海清转回头给三排长下命令："追！"部队呼地一声勇猛地扑上去了。自己阵地上的机枪得到联络信号，停止了。这时，满山满谷滚动着一团团白烟。王海清满身满脸是灰尘与汗渍，跑得脸都涨红了，他带一个班跨进敌人工事，派人把吓昏了的、现在高举双手的俘虏押解下去，……他忽然想起自己在医院那些日夜，无数思考，无数决心，他现在就照着自己想的做了，可是，这部署究竟对不对呢？这是什么战术呢？……他向追击方向走去的时间，三排完成任务，俘虏了少数逃窜的敌人。

　　王海清立刻在阵地上，集合各排长来作战斗报告。

　　只有二排长负伤了，——副排长代表来参加，说："排长真勇敢，连腰也没哈一下。"

　　"腰也没哈过吗？！"王海清皱着眉追问。

　　年轻的副排长掀动着眉眼说："腰也没哈，就冲上去了。"

　　王海清问清每个排的伤亡，统计结果伤亡十人，可是二排就占了一半，不过敌人一个整连被全歼了。

　　全师范围的战斗结束了。在附近一丛丛树林内的村庄里，王海清走在部队最前头，进了庄。他一声不响听着背后战士们热情地纷纷谈论、欢笑，——他打过无数次胜仗，享受过无数次战胜后的幸福，但，只有这一次，他感受了真正的胜利的愉快，而且愉快得有一滴眼泪从他眼边上要落下来，他赶紧伸手抹去了。他动员大家帮助炊事员烧水、做饭。村庄里，立刻充满一种和平的气氛，战争如同一种黑色旋风似的旋卷过去了。现在西下阳光把村边树林、田野照得通红，鸡在悠然地啼着，老乡们从村外牵回自己的牲口。王海清脸也不擦一把，走来

211

走去，在战士群中挤着，最后在一家贫穷的农民房间里，他看见一小群战士蹲在灶火前面，火光熊熊照着他们的脸，他们注意力集中地在听中间一个抱着枪的战士讲什么，——那战士慢吞吞地说："你记住！——火线上，到了节骨眼上，你就是想往前，愈往前跑得快就愈能活下来；你愈跑得快，子弹打到你的机会就愈少；敌人要打死你，可是你上去把他打死，你就活了，……"这人正是李百海，他眉飞色舞，坐在火光的红影里。王海清站在那里，任何人都没注意他，大家都陶醉在战后的谈话里。他笑了，他悄悄转过身走出来。

第三天，夜晚。他到了营部，营部小桌上点一盏豆油灯，营长还是那样服装整齐，绯红的脸上漾着微笑，把一张油印的火线报纸推到他面前，诚恳地说：

"你看！报纸上奖励你们有勇敢有战术。"

王海清心跳了，他没有看报，他沉思了一下，举手敬了礼，出去了。

他没回连部，——他一直走向二排去。二排长李善友，是他的老战友，而且抗战时跟他一齐由地方转入主力，他当班长李善友当战士，他当排长李善友当副排长，而且他对于李善友，正像于金生对于他一样，有着深刻的影响。战斗结束后，那天会议上检讨伤亡，王海清拿严峻眼光看了李善友一眼，这显然是一种批评，加上负了轻伤膀子挂在脖颈上。这几天以来，李善友更加窝火了，一个劲儿闷头睡觉。这一刻，王海清摇醒了他，他不好意思地站起来，没精打采说了声："连长来了！"王海清拉他向外走，天已黑，明月东升，天空像一片蓝海。他俩走在河边上，王海清耐心地检讨，李善友抬起头望了望他。他突然动情地拉着李善友的手说：

"老李！你知道，敌人是怕我们的，我们刺刀要见血，我们不怕伤亡，前仆后继，这是我们光荣传统，——我说过爱惜战士，不是怕牺牲，那是因为我们从前打游击战惯了，一个劲儿往上涌，太不讲究战术了，……"但是李善友固执地抬起头，两眼闪着勇敢的光，他永远不相信他的勇敢是会错误的。

实际上，——王海清无论如何是爱勇敢的战士的，不过从血的教训中他定下了新的标准：他严格地要求战士的勇敢，同时他关心着勇敢战士的战术动作。所以，回到连部以后，他与指导员研究了一番，把李百海的战场动作报告给团部了。经过战士们的讨论，李百海成为战斗英雄，当了班长。

1947年冬季，冰天雪地里，经过几次残酷作战，李善友在最后一次作战中英勇牺牲了。营长升了团长，王海清升了营长，指导员因为合作得非常好，升了教导员了。不过两年多，十几次战火的锻炼，王海清已经成为一个熟练的指挥员了，——他带出一个非常出色的连队，这连队有勇猛素质，又有了机动、灵活、打战术的优点。现在团里作战斗部署时，总愿意掌握这个营，在紧要关头，去完成艰巨任务。可是到现在为止，他总没忘记沙山子那一次血的教训。因此每次战斗以后，他和教导员仍然不顾疲劳，进行严格的检讨，把每一个战士的伤亡都提到战术原则高度，提到自己指挥问题上来。最近一次作战以后，夜晚，他望望教导员，听一听开开会倒在炕上睡着了的副营长和副教导员的鼾声，他说："把他们弄醒吧！""弄醒？！——打了一天仗太疲劳了，让他们睡睡吧。"可是营长坚持了自己的意见："天一亮也许又打上啦，指挥员多辛苦一点，战士就少受些苦，……"检讨完了后，他捂着嘴打了个呵欠，他的眼珠红了，他却走了出去。屋外不知何时落了雨，雨点打湿了他。这时整个村庄寂静无声，在一棵树下，他突然遇到站岗的战士，他看清，立刻想起这战士是两个月前从后方补充来的，也想起在白天他是怎样在火线上作战的，因为白天他自己就在突击连的位置上，于是笑着谈起来：

"你是松江省的阿城人吗？好，现在你是个好战士了，这回，你打得不坏。"

战士坦然回答："不坏，这不是我还在站岗吗？我打死了三个，……"

"对，你冲上去，十分勇敢，他们怕你了，是不是？——可是你通过麦子地，动作还不够好，你不应该直线跑，你应该迷惑敌人，——让敌人瞄准了第一枪，第二枪又打不到你了。"

那战士严肃地听着营长的指示，笑了。突然王海清问：

"你们排长是哪个？"

"李百海。"

"噢，——二排的，二排有好作风，有勇敢传统，……"

"听说营长从前也是二排的！"

"不，……这和李善友有关系，可惜现在他牺牲了。李百海怎么样？"

"跟着排长没亏吃。"

王海清笑了。

等不到天亮，营长跟一个哨兵的谈话就流传开了，战士们热心地讨论起来。他们通过一个决议："下次给咱们突击机会吧，咱们打个更漂亮的仗。"

当那满纸歪歪扭扭战士笔迹的信拿到教导员手里时，王海清问：

"他们说什么？"

"他们打上劲儿了。"

"因为他们知道打仗并不是自己死，而是自己活，活着才能打死敌人。"

教导员沉思一下抬起头："对，从前我常想，我们为什么就这样能打胜仗，现在我明白了，——不管怎样，我们的进步是大的，我们从每次血的教训里学得东西。老王，用不到你拿枪托子到火线上去擂了。"

王海清兴奋地说："沙山子以后，我一次也没擂过，现在更用不到我擂了。"

红　旗

在火线上，发动总攻那天崩地裂的一刹那，我看见一个战士高举着红旗向前奔跑。红旗迎风飘展，鲜明耀目。红旗是我们无数英雄的鲜血所创造出来的，它象征着奔腾的热血、无上的荣誉，以及新中国的光明，红旗到哪里，胜利就到哪里。

夜　探

在锦州进行攻击战的时候，发生过这样一件事情。敌人按着军事常识，估计我们绝不会从南面——女儿河至小凌河五里平滩上进攻，因为那里地势平坦，加上他们的三层火网，绝不会让一个人从那里通过，可是我们战士在地底下工作了整两夜了。突击连的战士陈和头一个听到面前有流水的声音，他立刻把铁锹一丢，伸出头望了一眼说：

"到了，到了，——小凌河挖到了。"

"现在只隔一条河，——明天，只等总攻信号一响，就揍敌人一个措手不及，啊哈！……"几个战士揩把汗水，伸出头去。可是这一看不要紧，战士们兴奋的情绪，马上降落到冰点以下去了。这为什么呢？因为小凌河不像女儿河那样平静，河床足有四百米宽，它不规则地到处奔流，好几道激流闪着月光，白茫茫一片，哪里深哪里浅，谁也不摸头。五里开阔地好容易通过，可是明天发起冲锋的时候，就得涉渡这条不知深浅的河流，敌人只要有十几挺机枪死封着河面，那就谁也不要想活着到河那面去，死——谁还怕吗？问题是任务怎样完成。

看大家在发愣，指导员立刻感到不对头，赶紧推开别人，走到前面去看。

敌人在城墙上打起了三颗照明弹，就像三盏银灯高悬空中，把小凌河上照耀得如同白昼，炮弹落在河里，打起几尺高的水花。

"怎么办？！"指导员自己问自己。新情况产生了新问题，你不能解决这问题，冲锋就会干脆失败。嗨，自己这个突击连，哪里有突不破的难关？路，靠勇敢也总冲得出一条呀，可是想一想，大兵团作战，一面打不好就可能面面打不好。指导员瞪着眼看了十几分钟，……忽然拨剌一下扭转身，战士们都举眼望他，他却抓着一个个看，末了找到了孙本基。他和孙本基附耳谈了一阵，两眼借着月光瞧孙本基面上有没有疑难颜色。他的心跳起来了，孙本基却说："好，指导员，这不是你一个人的事，也不是我一个人的事，是整个作战计划完成完不成的事。"指导员心放下来，点了点头，孙本基就站起来跟他往前面走。战士们跟在后面，看指导员到底怎么办？

我们不要忘记，这时间是十三日午夜以后，海风吹来，据说小凌河在这种时候是冷透骨髓的，孙本基却把裤子脱下来。这时，飞机在左面投了两颗炸弹之后，又恰恰转到头上来，死盯着不走，照明弹凑热闹，赶紧打亮起来。孙本基爬出沟道，到了没一点隐蔽的露天之下去了。战士们张大眼睛，看着他爬进了小凌河。大家看指导员，指导员瞪着眼往前看，照明弹却熄了，前面什么也看不见。

炸弹哑哑地落下来，把水溅到沟道这边来，指导员脸上全是水，一动不动。

河里面很久没一点声响，然后，模模糊糊，有个人影在摇晃，在努力蹚水，水响，人在前进，战士们欢喜得几乎喊叫起来。突然一阵冷风，敌人机枪擦着河面飞，子弹嗞嗞钻到水里面去，扑通一声响之后，水上完全寂静了。

时间过得太慢了呀！指导员把手搁在沟边软土上，把头搁在手上。围着他的战士们完全绝望了。他们很明白，那扑通一声响，是自己人给敌人机枪打倒在水里，没问题，孙本基一定很勇敢，可是生命结束了，血流在河水里。有一个战士就悄悄说："指导员，你放心，拼也拼过去，剩下我一个人，扒也扒上城，把旗子插上去。"指导员很欢喜这个战士，可是他知道：他们都绝望了，都相信这一个计划失败了。不过"问题没有解决"。飞机跑到锦州北面去扔炸弹，我们的炮兵忽然向城里摆了几炮，火光立刻像蜡烛一样在夜空中闪动。这边，小凌河的对岸，响了几声自动步枪，以后又没声音了。忽然指导员抬起头，张大眼睛，他敏锐地听到一种声音，原来他眼力看不见以后，就把头俯在手上静静地听，这时便失声叫起来："水响！"别人不相信，以为他听差了。指导员一翻身跳出沟道，像一只蝎虎一样快地往前爬，他在河边迎上孙本基。孙本基水淋淋的，冷得牙齿哒哒响，指导员把棉衣脱下来给他披上，一齐来到沟道里。消息一传开去，战士们一下子从后面拥上来。孙本基坐在地下用干衣服擦身子，一面向指导员报告："我来回来去踩了三条路，插了树枝作路标，顺着我插的路标走保险没问题，水顶深到腿肚，要不顺路标走，水能淹到腰眼，……"实际比话更动人，孙本基在炸弹、机枪、自动步枪射击下，来回走了六趟，竟安然无事，战士们就会想：我只在冲锋时走一趟，一定更没问题了。

指导员故意把声音提高，好让大家听见：

"怎么，这河里也能找出三条路吗？"

"是，找出三条路。"

指导员于是快乐地说："同志们！听见没有！这不是河，这是冲锋的道路。"

战士陈和站在指导员旁边，他问孙本基："冷不冷？"孙本基说："不冷？！屁股上冻了一个窟窿呢。"于是在这总攻前夜，在这潮湿的地底下，我又听见战士们轻轻的笑声。这种笑声我们在火线上常常听见，我每次听见都这样想：能在火线上这样笑的人，一定是能打胜仗的人。

第二面红旗

有一个战士，在总攻之前，冷静地下了决心："决定东北全局的一战，这面红旗是我的。"

他叫林鸣和，两年前还是松花江北一个贫农，他在东北局势最艰难的1946年冬季，从他那四壁结霜的草屋里走到部队上来。我对于那时参军的人有一种私心的好感：第一，我认为他是在革命最困难之际，拿自己力量来支持革命的；第二，我们虽然不在一起，可总算共同尝受过零下四十度那滋味。1947年是林鸣和跟随部队频繁作战的一年。今年春天，他是全连诉苦典型，后来他坚决要求组织吸收他成为一个共产党员。这次，他下决心时，不知道有没有把那些爬冰卧雪、冒死求生情景回想一下。他的指导员，一位跟第三师出关来的苏北人，跟我说到林鸣和时却说："这决定东北全局的一战是光荣的。"指导员那时把红旗交给了林鸣和。

我的观察位置选择在突击部队后面，我的左右两侧是炮兵阵地，我已经无数次感受过炮兵摧毁敌阵的快乐了。特别是这一年来多次攻坚战中，巨炮齐鸣，暴风雨似的一片响，脚下的土地都在打颤。不过，这回情况并不相同。"总攻时间以雾消散时为标准"。海雾像白色蒸气逐渐冲淡，我两眼盯着前方，我知道，决定的时间快降临了。这时，阵地上沉默、紧张的气氛令人喘不过气。可是炮兵的暴风换了新方式，两面炮兵阵地上一齐传来口令声音，随后炮兵表现了超凡的技术，只在开始试射五分钟内，有三颗炮弹同时打在敌人主阵地的碉堡上，一团黑烟很久不散。这还是炮兵试射时间，还没有发起步兵冲锋信号。团长原来通过地底下的电话线紧紧掌握前面突击连："不要过早暴露呀！不要过早暴露呀！"现在他发现炮兵射击奏效，立刻命令出击，这时前面突然之间，有什么亮了一下，闪了我的眼睛，我看见一面红旗展开来，在迎风飘荡、飘荡，……啊，步兵攻击了。指挥员赶紧摇电话给炮兵，炮兵还没过瘾，但是赶紧转向城里延伸发射。

过小凌河了，战士们紧跟在红旗后面，如同走平地一样，在河里激起一团一团白色浪花，一直前进。

敌人给这突然出现小凌河上的红旗吓坏了，拼命对它发炮，炮弹纷纷在林鸣和左右落下。一阵黑烟，——红旗不见了，我急得不能呼吸，烟散了，——红旗在飘飘地不停前进。敌人两架银白色战斗机飞来，一低头就钻下来扫射。可是任何火力也打不倒红旗，红旗一转眼到了城脚下，爬上城了。战士们跟在后面，往上爬，往刚才炮兵打开的缺口上爬，红旗升到城上了。这时我的心跳得极快，现在已不是由于紧张而是由于快乐。我从望远镜里看见林鸣和叉开两腿，挺起胸脯，站在城墙上，高举起红旗，左右摇摆了六七次，在火线上立刻爆发了一种胜利的欢悦，所有的人都朝红旗那里奔跑。林鸣和把红旗插在城头，但林鸣和倒下了。当林鸣和站着时，一个战士说："你负伤了。"他回过头说："没有，没有。""我看见冒烟呢！"他低下头，突然血从伤口喷出来，他头朝敌人，扑在红旗下面。子弹打入肺部，又从背后穿出来，据说凡是子弹打进肺部，常常并不疼痛，可是，立刻就死了。

当我到他们连里去的时候，胸上挂着英雄奖章的连长极力对我称赞团的指挥，他认为这次发动冲锋非常及时，他说：

"我们情愿碰上自己炮弹，也不愿给敌人炮弹打死。"他为他这个连队的高涨士气而微笑。

我问到林鸣和，指导员很伤心地望了望我，继续埋头写他的伤亡统计表。

我希望让他兴奋一下，我讲："这是第一面红旗呀。"

指导员说："不，对这一战来说是第一面，对我们连来说是第二面。第一面是去年冬季打彰武，头一个上城是林鸣和的兄弟林庆和，他当时也很英勇地牺牲了。"

我忽然想起，1946年冬季，我在松花江边住过无数低小寒冷的农民草房。这一双农民兄弟正是从那里出来，带着过去的痛苦、眼泪，一心革命，身经百战，在这决定东北全局的一战里，为了换取人民的幸福，不惜牺牲了自己。我永远记得，我们胜利的光辉，正是在那红旗摇摆时，骤然射来的。

无线电话机旁

战斗到了白热化程度了。营长陈世贵把营的指挥位置，移进到五分钟前夺取过来的一所房子里。

陈世贵是一个高大、年轻、面孔英俊的人。他带着很满意的心情，弯着腰，从他的炮兵阵地，经过一段火力封锁网，跑进屋来。他在计算着他所掌握的火力，他把炮分布在指定地点了，把重机枪安置在离敌人一百五十米远的地方，再加上附属尖刀连的重机枪，还有尖刀排，尖刀班的轻机枪，……他一面走，一面动着手指仔细计算，他反复慎重考虑——这样组织火力是不是正确呢？……半年以前，他在作战时简直怕团上附属炮兵给他，那时他始终弄不清应该把炮放在哪里使用好，还老得担心别在敌人反冲锋时失落。可是过去令人头痛的事，现在他却应付裕如地部署好了，而且已经具体区分了步炮兵任务，联络讯号，以及统一的进攻时间。现在只等那由他亲自规定的时间到来，就在他指挥下，一阵炮弹、枪弹，把敌人赶进火焰山里，而后这攻击两次未能奏效的核心工事，就会被他摧毁、占领。刚才这段路上，左右落了三颗炮弹；弹片打在墙上，土块崩到脸上，很疼，但是他很高兴，"让他打吧，回头一下子就……"他钻进房子。这房顶给火烧去一角，阳光把满屋烟尘照得像半透明的一罐浆糊似的。他立刻吩咐电话兵，把无线电话架起来。他自己走到窗前看了一阵，——前面枪声响成一片，炮弹还不停地落在附近，看样子敌人还要来一次绝望挣扎。他望了一下手表，他咬着牙，决心让敌人连这一次挣扎也不能实现。

电话兵迅速把细细的天线竿子竖立起来，差不多顶到屋顶了，把耳机挂在耳上，拨过头问："叫哪里？"

"要五小队（尖刀连代号）。"

电话兵一只手在对着波长距离，——之后就喊开了："五小队！五小队！五小队！五小队！……"

营长的小通讯员金星，才十七岁，矮个子，圆眼睛，塌鼻梁，老是爱笑，军衣在他身上显得过分宽大，手里抓着不久以前缴来的一支卡宾枪。他突然跑到营长身旁，严厉地喊："蹲下！蹲下！""哐"一声，全屋都震动起来，金星一把把营长按倒，炮弹碎片刚好把营长的帽子打在空中，碎了。营长笑了笑，骂声"妈的！"弯腰离开窗口，他怕他的通讯员再麻烦他，就老老实实，蹲到无线电话机旁边去。——

五小队叫通了，电话兵把耳机子递给营长。营长问了情况，他最后下了决心，又一次看了看手表，这次看得迅速，眼珠只动了一下，就严肃地皱起眉，全身伏在无线电话机上用力地讲话："同志！——告诉大家，决定的时间就要到了，——不要怕敌人的炮，挺住啊！……你们注意听着我们的吧，你们应该……"这时，金星蹲在他的背后，瞪着孩子气的两眼，不只眼睛，他的五官都集中注意周围会发生什么事情。正当营长讲"听着我们的，你们应该……"这句话时，突然金星听到一种声音，这是重迫击炮弹的声音，可是，并不是从头上飞过的咝咝声音，而是一直向头上落下来的可怕的声音。金星知道营长的命令正下达到最重要关头，营长死也不会在这一刻放下耳机，躲躲炮弹，相反，如果你拉他一把他也会凶你一阵。可是，可怕的声音来得这样快，不容金星再想什么办法，于是他的小身躯一下跃起，张开两手，扑到营长身上，像鹰一样摊开翅膀，把营长压在他的身子下面。就在这一瞬间，炮弹落在屋的一角，满屋充满黑烟，火药味塞入鼻孔，窗口附近两个战士倒下就没有再动弹。营长却无论这震动多么大，两手只管紧紧按着耳机子，在金星的身子下面，一刻未停地大声对无线电话受话器下达命令："你们应该立刻趁敌人炮火被压制的时候，拿一个排从敌人左侧方猛插进去，要猛，要坚决。好，马上，我们的炮开始响了。"这时营长推推金星，金星软软的两手垂在营长两肩，只一滑，像条鱼滚倒在地下。营长脸色变得苍白，立刻抱着金星，把他的头放在自己怀里。他发现金星负了重伤，两面肩膀，都给炮弹皮撕得稀烂，鲜血一滴接一滴淌下来。营长明白，如果没有这两面肩膀，那么炮弹皮就会老老实实钻到营长自己脑袋里去，那么，指挥就完了，攻击就全破产了。金星慢慢张开眼说："营长……你应该换一个阵地，这里暴露……"营长想坚决摇头，但看见金星的孩子气的两眼时，他没有那样做。这时，突然一声紧接着一声，我们的炮弹，从屋顶上空排着空气唑唑打过去，打向敌人阵地，一颗接着一颗爆炸，声浪气浪像海啸一样狂啸着，营长立刻把金星放下。金星明朗的两眼追随着营长，营长又伏身到无线电话机上，用尽平生力量在快乐地喊叫："五小队！五小队！听见没有，伙计！干呀！狠狠干呀！……"

地　板

我得预先声明，这种冒险离奇的事情，只有在小部队独立执行分割任务时，才会有的。指导员和他的连失掉了联络；因为战事发展太猛太快，指导员去侦察情况，一转眼，部队就不见了。天漆黑，看不见人，——哪里有枪声到哪里去吗？这里已经分不清战线，四周围都有火光，都有枪声。不过，指导员——连队党的领导人，无论如何，不能在部队起作用的时刻离开部队。他左面小口袋里，和英雄奖章一起还放着五个战士的"入党志愿书"，他正要在这一战中考察这五个战士。他一下想起这一切，他就握着他的驳壳枪，向原来预定前进方向追赶。他摸进一座地堡，——他想喊："同志们，你们在这里吗？"可是对面朝他打了一枪，他在火光中隐约看清是四五个敌人，他立刻冷静地有信心地把要说的话改变过来："缴枪吧！"对面又是一枪，他立刻还枪，听到有人扑通倒下，趁一阵混乱，他扭转身跑出地堡，轻轻骂："妈的！这个方向摸错了！"他还是急着找队伍，因为从时间上估计，他相信部队绝对不会走远，其实部队早已抛开与敌人正面阻击，而钻隙迂回到敌人后面，正在所向披靡，锋利前进。他选择了另一个方向，跑进一幢楼房。这是一间黑漆漆的房子，只在炮火一闪时，才隐约看到一圈人，他惊喜地叫起来：

"你们在这里！"

"我们在这里没动。"

"啊！……"他已经挤进人群，一下愣住了，原来有蜡烛点在一只侧立在地板上的钢盔里，在那昏暗的光圈里一圈大檐帽子上晃着国民党帽花，——又是敌人，敌人军官，看样子是敌人指挥阵地，可是他退不出去了。

为什么敌人会跟他答话呢？他却惊讶住了，瞪大眼睛，莫名其妙。等自己低下头，一看这保护色的衣服，他才明白，原来因为冷，他从地下捡了一件美国加克套在身上，敌人错把他当作自己人了。于是他机智地改变了计划，悄悄转过身，把驳壳枪塞到加克里面，他避开灯影，转到黑暗的角落里。这时周围枪炮声密极了。他冷静判断：部队可能在这附近，不过他自己是陷在敌人圈子里了。他立刻把希望寄托在连长身上，连长也是战斗英雄，会领导得好，而且那五个战士的行为也可以问他，——反正，不久就会会合。他决心留下来，留在这个敌人指挥所里，可以给部队起些配合作用。当然这是危险的，他想躲藏可是没处躲藏。恰好这时，他一踩，感到脚底下有块地板在活动，于是他轻轻撬开那块地板，钻身到地板下面去了。

地板下阴湿、黑暗。他喘了口气，先把口袋里的文件（一份连队支部工作总结，一份动员令）悄悄撕毁了，埋在拿指甲挖开的湿土里。可是他摸到五个战士的"入党志愿书"时，他没撕，他决定留到最后一刻。他把笨重的驳壳枪套丢了，数一数子弹，还有六颗，遇有万一，最后一颗留给自己，还有五颗对付敌人。可是很奇怪，部队并不如预料的那样很快就来了，时间有如蜗牛爬在荆棘上，很费力，很慢。他听见地板上不断有人走来走去。他的心随着时间向下沉落，他渐渐向坏的方面着想，连队能够没有了吗？主力能放弃这个方面吗？因为不久之前激烈的枪炮声，一下都停止了，（十四日那晚确实有几小时停顿，当时我还以为解决战斗了呢！）深夜两三点钟，他听见一个人

225

的脚步，咚咚不停地专在他头顶地板上转来转去，他警觉地把枪举起来，他知道最后的时间快到了。有一回，那脚步重重在他头上跺着，地板只要一掀开，就完了。他把枪口对准自己的太阳穴，但一转念，不对，他把枪对准了地板。以后，他听到有士兵报告，敬礼，头上的脚步停止，那人粗暴地喊叫着。他高兴了，这一定是一个指挥官。指导员的一线希望又来了，好像地板下忽然发了光，他笑了。他计划把敌人这一个指挥官打死来配合部队作战，这时，"最后自己打死自己"的念头，只是轻轻想了一下，他发现现在不是想个人生死的时候，而是如何作战，作战唯一的目的是干净彻底地消灭敌人。他又想到自己的连队，他们会发觉指导员失了联络，他们当然不可能专门来寻找他，可是一定会更无情地咬着牙，多消灭一些敌人，……可是正想的时候，突然一种奇怪的声音惊醒了他，他一下子就清醒过来了。他听见——枪声，在很久沉寂之后，突然响起来，而且很快地愈响愈近，看样子，作战目标是这座房子。自己人也许不知道这是敌人核心阵地指挥机关！他坚决地认为自己人应该先用炮把敌人首脑部打乱，而他忘记那样一来炮弹就会打到自己头上。炮果然响了，声浪像海水一样怒吼，不过都在这房子四周，这房子一时之间就像小船在怒海狂涛中漂来撞去。不久，他听见呐喊声音。啊，自己人，是自己人。地板上脚步声乱成一片，转来转去，——啊，敌人在挣扎，在防御。他把地板推开，一跃身跳到上面来，"啪"一声，他把那个面朝窗背朝里在指挥堵击的敌指挥官一枪打死了。敌人回头一看，溃乱了，纷纷往窗外跳，——屋里空了，只有那顶美国钢盔里点着半截蜡烛，发着微光……

突然由门口跳进一个人，不容分说就把他的驳壳枪夺过去了，还把枪对准了他的胸口。指导员只是笑，他慢慢把美国加克脱去掷在脚下，对面这人立刻惊呼起来："啊！是你呀，我是马成光，你们连队在这里，他们在找你！"指导员一听就往门外跑，迎面扑进几个人，指导员看见五个交"入党志愿书"战士中的四个战士，他问那一个呢？他们说他完成了艰巨任务以后，英勇牺牲了。

为了胜利

有一个连在中央银行附近作战，正在决定胜负关键上，遭受到敌坦克车队的突然袭击。因为是一条狭巷，坦克只能一条线地冲过来，呼呼吼叫着，履带在爆炸得不平的路上碾得唰唰响，坦克昂着头，像野蛮的猛兽一样直冲直撞。我们的战防炮还在后面，连长叫副连长向营里去联络炮兵，已经来不及。因为战事发展顺利，这个连又是突击连，没有准备火油瓶子，唯一能对付坦克的手榴弹也打光了。这真是千钧一发的时刻了，因为这是核心阵地最主要的决战，如果失败，那就会影响整个战线。可是我们战士的脑子里是绝对不能忍受"失败"这种念头的。于是一部分战士，也不等指挥，就奋不顾身，举起枪，一直向坦克冲去，那就是说宁可拿血肉之躯挡着坦克，也不能退却。

"冲呀！冲呀！"

他们被热情呼唤着往上扑，可是带头的坦克上冒出火花，开机枪了，流血了，鲜红的血流在地下，给阳光照着。冲锋的战士纷纷倒下，有的把手一扬歪下去，有的给碾倒，坦克仍然冲进。

这时有一个战士，个子不高，叫陈德，不知从哪里找来一根爆破筒——灰绿色的细长细长的竹竿似的爆破筒。他是那样勇敢，那样灵活，他不是从正面，他弯着腰绕到坦克的侧面，——坦克以极大的速度冲进。陈德十分清醒，他们只有这一根爆破筒，如果这根爆破筒也不能停止坦克，那么干脆一句话，那就全完了，阵地失陷，全连也就毁灭了。因此，他离坦克愈近，他两手抓得愈紧。他离坦克还有十几步，坦克上的机枪射手发现侧面有人袭击，立刻凶狠地掉转机枪，可是陈德拼命加快速度，像一阵风一样扑向坦克。他没有放松爆破筒，他紧紧抱着爆破筒滚身到坦克前面的履带下面去了。履带还在旋动，就在这一瞬间，他拉了导火线。突然一阵火光，一阵浓烟，陈德和爆破筒一齐同归于尽，爆炸开来了。浓烟烈火像一阵暴风骤然震动开来，坦克头一歪，不动弹了。后面的坦克都拥塞上来，火，从第一辆坦克向第二辆坦克扑去，汽油一扑，向空中拉开一面黑旗一样，冒着黑烟。敌人从坦克塔里向外跳，最后一辆坦克很想扭转身，但是已经来不及了。我们的连队在连长、指导员亲自率领下，高声喊着吓人的声音，立刻发动猛烈的冲锋。

纯 钢

团政治委员于纬，为了团担任主攻，已经快乐了几日夜。在发动总攻之前，他匆匆在日记上写：

"10 月 14 日，在火线临时指挥所。我团即将发起总攻，坚决为了最后消灭东北蒋匪而战，为了革命胜利而战。"

这就是他作战的情感。他常常写，可是他觉得这一次不同，这一次是站在历史的门槛上。一个人一生作战，这样由自己英勇努力而决定全局的战争，却不会有几次的。

突击连打开突破口，那一面令人看一眼就满腔热血立刻沸腾的红旗，已插上突破口。部队像流水一样，不顾敌人侧射火力，蜂拥前进，都想早一些跑进城去，于是拥塞了突破口。副团长在前面带突击部队先进去了。敌人拼命想延长自己的生命，把口子堵住，于是组织炮火反击。恰恰在这时，一颗炮弹落在政治委员与团长的附近，轰然一声，团长倒下去，呻吟了一下，立刻被人们抬下去了。这时，全团的命运，就都放在政委身上了。于纬赶紧跑到被拥塞的突破口那里去指挥部队。每次作战，在关头上都听见政委热情而嘹亮的声音，现在他一喊叫，战士们立刻兴奋而又清醒，迅速地从突破口插进去。这时，于纬叉着手站在突破口附近，望着战士们从他面前走过。炮弹还在前后左右纷纷落下，每颗炮弹一炸开来，立刻就分成无数刀刃形破片，带着咝咝声向四下飞去。恰恰有这样一块滚热的破片，一下子打到政治委员的胸膛，鲜红的血液，立刻从衣襟上流下来。他的警卫员赶紧掏急救包。可是政治委员一点也没动，他的脸望着他的部队，只说了一句："我不要紧，让队伍先进去。"

政治委员刚刚二十五岁，他原来是个小知识分子，民族解放战争开始那一年，他"为了祖国"参加作战，从此以后，身经百战，把他炼成一个沉着勇敢而又头脑敏捷的军事干部。他是全师最年轻的一个团级干部。当师首长们在一起，也都承认他是最有希望的一个干部。两年前在那天和地都白茫茫一片的松花江南岸作战时，他还是师的组织科长，他和一个营长（现在的团长）执行一次单独作战任务时，表现了卓绝的政治坚定性。他们被敌人包围，在风搅雪、雪搅风的雪地里，艰苦作战，一日夜不吃饭、不睡觉，最后，以他的英勇机智，还在火线上进行政治攻势，迫令敌人一个营全部投降了。可是他从那次患了严重的支气管炎，天一冷就咳嗽，他从未对旁人讲，只是不知从哪里找了一块破兔皮缠在脖子上。不过只要谈起那次作战，政委和团长心里都会激动起来，因为好几个心爱的战士牺牲在那次风雪之下了。现在在南满作战了，深秋，树叶还没落尽，当政治委员跟随部队进城，在刚刚夺占的坑道里，瞧见一处淤水，水上浮着一摊血和落叶，他忽然想起北满的严寒，于是有一种思想升上脑际："今天，我们在胜利中前进，正在决定全东北人民的幸福。"可是他摇了摇头，他心里说：

"应该这样讲。"在三下江南那最艰苦的时候，毛主席所说"天空中似乎是黑暗的时候"，就决定了胜利的前途。只是那个战士饮弹倒在雪里时，那个战士叫什么？——他一下子却想不起来，他努力在想……

这时，激烈的纵深战斗正在顺利进行。按照总部的作战计划，他们抛开正面敌人，向南，然后向东，然后再折回来向北，这样去分割敌人，——就像切豆腐，先把这一大块切下来，然后再切碎，用部队的习惯语叫"吃掉它"。政治委员一面走，一面想："是的，坚决抓住敌人吃掉它。"突击营却在一个建筑极其坚固的敌人仓库周围停滞住了。政治委员跑上去。敌人坦克车出动，反复冲杀，炮弹和枪弹就像从筛子眼漏下来一样，把这一段地方打成一片火海。在这儿，你会觉得子弹跟子弹在空中相碰，黑色的子弹头落在地下，就像密林里的鸟粪一样满擦擦地盖了一层。这不但在一天的攻击中，而且在这整个战役攻击中，都算最艰险的一次了。政治委员立在营指挥所的房子外，亲自视察了情况之后，转过身对营干部说：

"同志们！坚决地打，消灭敌人！"

团与后面主力已失掉了联络，像一个圈套着一个圈，我们割断敌人，敌人又割断我们。政治委员不用望远镜，已把敌人阵地看得一目了然，敌人炮火、坦克、步兵一齐出动，如同火已经热到一百二十度，那是最可怕的时候了。但是政治委员不为现象所迷惑，他从这烈火里已经预见，只要我们再坚持一下，敌人就要动摇。于是他决定自己直接指挥作战，走进已经半塌的房子里去。营长、教导员听了团政委那句坚毅的言语以后，一声未响地到连排位置上去了，他们留下副教导员和政委取联络。政治委员蹲到无线电话机前面，带上耳机子，直接掌握前面火线上的突击部队。他的热情而嘹亮的声音，通过电流传达到前面火线上去，他说："同志们！坚决地打呀！敌人就要动摇了，看谁硬到底呀！正是消灭敌人的时机到来了，同志们！这时机不容易抓到啊！到了嘴边的肉，别让它滑掉啊！……"火线上甚至听到他轻快的笑声，实际他没笑，——不过那确实是他的声音，是他带着坚强无比信心的声音。

五分钟以后，正是战斗最紧张时刻，一颗炮弹刚刚好落在屋顶上，把屋子打塌，一块锐利的破片钻进他的右臂，血花喷出来，卫生员忙着给他包扎，并且因为他已两次负伤，要求他离开火线，他说：

"没问题。"立刻拿左手指挥作战。

他从心里感到部队在新式整军之后作战的神勇。三十分钟之后，一点也不错，他的预见在火线上出现了，敌人集中所有力量最后猛扑不逞的时候，立刻就慌乱起来，于是按照政治委员的作战方案，我们一个排就如同一把弯刀从侧方揳入敌人阵地。这时敌炮不往这里打了，空气立刻缓和下来，胜利的声音从前面火线上传下来。他接到这个报告，那时他大声叫喊："反击下去！反击下去！不让敌人喘气，反击下去呀！"于是他立起身，轻快地对副教导员笑了一笑，拿单独的左手拍拍身上的灰尘，从废墟里爬出来，往前走去。

部队现在已经折回头往北了。只要把包围圈一封口，他们团的任务基本上就算完成了。因为在刚才这阵激战中，他们英勇地迎接了胜利，像已经拿钥匙开了锁，下面的门自然就好开了，所以战事发展下来就更顺利了。最后，他们不但迅速封了口，而且战场情况起了急遽变化，敌人崩溃了。等不及再向上级请示，政治委员机动决定："本团在分割敌人之后，继续执行最后完全歼灭敌人的光荣任务。"他把写了这项命令的一页纸从日记本上撕下来，马上送到各营里去传看。下午四点半钟光景，阳光为烟尘蒙蔽，他们最后向筑有四座碉堡的院子进攻，敌人一个师的指挥部在这里面。政治委员仍然是亲临火线，部队在他直接指挥下，最后冲破敌人防线，打进院子。现在与敌人进行的已经不是战斗，而是缴枪了。政治委员跟在部队后面，走进院子。在这时候，突然之间，有一颗炮弹，落在他背后，火光一闪，爆炸开来，弹皮从背上打进去，嵌在身子里面没有出来，他猝然跌倒了，很多很多的鲜血从他身上流出来，淌在地下。卫生员很迅速地把他抬上担架。他的脸上还露着笑容，对从他面前走过的一个战士，热情而嘹亮地说："同志！我们胜利了，等着新任务吧！"

永远前进

　　在我们部队前面永远走着我们的侦察员，在我们中间永远流传着关于他们的勇敢的故事。

　　侦察员穿着老百姓的衣裳，在他们蓝布棉袄或皮袍子里面挂着自动武器。他们不但在部队前面走着，为了完成艰巨的任务，他们还时常两个人甚至一个人神出鬼没，单独行动。他们常常跟踪、接近敌人，每个时间里都有遇险的可能。不过，侦察员是一批在地狱里也能找一条生路出来的家伙，久而久之，他们渐渐有了自己独特的性格：虽然生活形式上散漫一些，可是忠诚、机智、热情，特别宝贵的是他们那"一身是胆"的无畏的勇敢。关于他们的勇敢，我想可以写出几百个故事，可是有些人想得太简单，有些人又想象得过于神秘，所以一提起侦察员，也就自然带有一种神秘色彩。不过有一点要明白：勇敢，到最危险的岗位上去，已成我们中间的美德。如果你要说谁不勇敢，那就比任何侮辱、嘲笑都恶毒；你不懂得这一点，你就不会了解，为什么年轻的战士张怀德自己向上级提出要到侦（察）通（讯）连工作，而且达到了目的时感到那样光荣。

　　他的第一次的业绩，是在 1947 年夏季四平攻坚战里。

我们部队到达四平郊外,第一炮还没打响,炮手们还在有鹁鸪叫的树林里挖掩体,指挥所在密密扎扎的椑罗棵子里装了电话,可是这时最需要的是敌情。张怀德就只身一人,大白天里,摸过敌人三层前哨阵地,顺着活树障子暗暗爬到敌人哨岗背后,一下跳出来,把枪嘴子逼到那人的胸口上,就把那人活捉了回来。那时我看到他,这个二十三岁的侦察员,脸上微微有几粒麻子,浓眉大眼,可是他连句大话都不爱讲。我问他这一次捉俘虏的经过,他三言两语说完,就背上枪打个立正走了。张怀德很快成为一个侦察员了。现在,就让我来谈一谈,一个人在部队里是怎样提高的,一个普通的人怎样就变成一个了不起的英雄。在这样一个叫作"部队"与"战争"的特殊集团组织里,充满了多少向上的、可爱的、无比热情的、蓬蓬勃勃的生活吧。这就得从侦察员张怀德与我们师长莫飞同志的关系谈起。

师长有一回在激烈的追歼战中,亲自跑到火线上来。

当团、营、连干部发现他,已经来不及制止他了。他却轻巧自如地甩着两只手,从火线的这一头往那一头走,⋯⋯那时正遇上敌人进行剧烈的反击,炮弹、子弹打得火焰满天。每个战士都在担心师首长的安全,可是谁也不敢去碰他,连长报告营长,营长报告团长,不知怎么办。这时,师长像一个好的铁匠了解火候一样,他知道什么时候,他需要把全副力量捏紧、集中,就可以把敌人打下,就可以造成歼灭。团长跟师长作战十年,他摇摇头对营长说:"这时候,你是铁箱子也关不住他!"团长也没去见师长,就立刻亲自跑到营的指挥位置去了。火光在闪烁,黑烟冲向天空,泥土又从天空中纷纷落下来,他也没下命令,战士们就勇气百倍,向前作战,获得了粉碎敌人的全部胜利。师长就是这样,平时静得一句话也不讲,严峻、皱着眉毛,可是前面枪一响,他的精神就来了,立刻昂起头。一般说师长是全师的首脑,可是我从来没看见像他这样的师长,他是一个指挥员同时又是一个战士。在东北战场上，我看到只有他唯一的一个师长，得到了战士的英雄奖章，挂在胸前。他是那样出名，在火线上他就如同猿猴一样矫捷。许多有上进心的干部战士都研究过他的战场动作。师长有大半截历史，就像老年人的历史一样，不为大家所熟悉。战争把一切时间、生活、经历变得转眼一瞬，一支人民军队苦战了二十几年，年轻的都不知道老干部的过去历史了。虽然这胜利正是从那过去的历史中得来，但拿一般的时间观念而论，无论如何那似乎太遥远了。对于师长的历史，每个战士都觉得神秘而骄傲，因为那是悠久的中国工农红军的战士生活。多年战争在他感情、动作上都创出独特性格，表面沉默寡言，内心却一团火。一旦遇见老熟人、老同志，他就亲昵地用战士的语言笑骂，——把那人拉到一边谈起来。关于他的勇敢超群的战术动作，谁都想学，可是并不容易，因为从认识到实践总还有一段路程的。

张怀德在战斗中直接从师长手里接受任务已经不止一次了。

"张怀德怎么搞的？你们侦通连是吃干饭的吗？一点情况也没有吗！？"张怀德就一个人挂着他那支加拿大冲锋式去了。

"张怀德快到团指挥所去，带回信来！"可是师与团之间的电话线已经给激烈的炮火打得寸断、无法接通了。

渐渐地，好像师长把自己的能力与胆量都传给他了。他感到一个战士与一个指挥员，同时也是一个同志与一个同志，在战斗中所形成的生死攸关的关系。这种关系在我们这里常常发现，那是一种亲密无间的关系。张怀德知道师长的一个特点，他的帽子往后仰，帽檐朝天，是高兴的时候；帽子拼命往下拉遮住眉毛上，那就是不愉快而忧闷的时候。问题还不在这里，师长的忧闷并不需要任何人去安慰，要知道他不是为个人，他为了战争、革命的胜利与无数同志的生死，他需要有人在工作上去努力，解决当前的问题。在火线上每当此时，用不着师长说话，张怀德就也会忧闷起来，而且立刻咒骂着，头也不回，钻到敌人边沿上冒险去侦察，不搜获到极有价值的情报材料就不回来。为此，冬天白茫茫雪地里，他披一件白布雪衣，能在冰雪里卧一天一夜。他细心、敏锐，从一些马蹄印子，也能计算出敌人的数目与装备情形来。

有一回，仗打得正火热的时候，他从前面带了侦通连长的一份报告，在一片可以鸟瞰全阵地的高地上找到师长。恰在这时，敌人用十五生的榴弹炮打向这一排松树附近，企图摧毁我们的炮兵阵地。巨大的炮弹轰隆轰隆猝不及防地台风一样掀过来，震得天地沸腾。张怀德一把拉着师长就跑，按到一处交通沟里，然后自己也跳下去。

师长望着他笑了笑，掏出两支纸烟，一支给张怀德，一支自己燃起吸着。张怀德看看是一支"咖啡牌"就舍不得吸，心想打完这一仗再美美地抽它多好，就把纸烟夹在耳朵上。师长很快就掌握了炮击与炮击之间的间隙规律，他就伸出头用望远镜观察炮是从哪里打来的。炮弹一来他弯下腰，炮弹落地了他又继续观察起来，最后他嘱咐了一句："到火线上告诉团指挥所，摸黑天的时候，把那小学校后面树林里的敌人炮兵阵地赶掉，赶掉！"就跳上去走了。

张怀德一面答应着一面望着师长的背影，安全地、完整无缺地出去了，就好像他自己从每一次危险中完整无缺地走出战斗一样，他安心地叹了口气。

他自己呢？马上去执行任务。立刻就投身到火线上去了。不过在这一战之中，他一直笑着，一直被一种欲望支配着，他总想干点什么事情出来，否则，难道刚才白白跟师长在一起蹲了半个钟头吗？这机会最后终于给他找到手了。

他跑到最前面火线上去。我们正好在那里遇到战争中有时会有的挫折，三次冲锋都被敌人暗藏的火力压下来了。激战刚息，只有冷枪，营长气愤得两眼血红，一声不响。张怀德刚刚亲眼瞧见自己的同志倒下去，——他的心里数着数目："一个，两个，三个，……"心里像燃烧一样疼痛，于是他像一只爬山虎一样往前爬，——后面战壕里的人都急得瞪大了眼睛："啊！叫他停止！不能再前进了！"可是他也并不一定想完全的保守秘密，不过随时利用地形，不让子弹打着。他前后爬了两次，终于用这个方法测验出阵地左侧有敌人隐蔽的机枪巢。他把他侦察的结果报告给营长。营长激动地绑了一身炸弹，要亲手去炸毁那个机枪巢，给牺牲的同志报仇，不过张怀德坚决地要求去执行这个任务。营长跑到机枪跟前去，机枪哗地叫响就电光一样打出去，这时就看见张怀德趁着火力掩护冲出去了，——有一片开阔地，他是打着滚儿滚过去的，到了敌人跟前的时候，他突然可怕地猛扑上去，把几颗绑在一起的手榴弹打进地堡眼，火光一闪，黑烟冲上天空。营长首先跳出去，战士们如同海浪一样带着喊声冲了过去。

夜晚，战斗结束了，营占领了新阵地，战场上出现了一段冷场，他回到自己班上。班上的同志正在新宿营地烧开水，红光从灶火眼里照亮半截房屋，他心里觉得很舒服。他坐在草铺上，忽然想起来，伸手往耳朵上一摸，纸烟不见了，他惊跳起来，懊丧地骂了半天。后来他记起来了，向内衣小口袋一摸，原来冲锋时把烟放在这里，现在还和立功表一起已经给汗打湿了。他点上火吸起来，旁边几个战士开他的玩笑："你真不自觉，一个人抽起来啦。"于是全班一个人吸一口，他却倒下去睡熟了。班长把一条美国毛毯盖在他身上，这时，屋外面可以看见火线上照耀的火光，天却落雨了。

张怀德的故事，从战壕到指挥部，从前方到后梯队，流传开了，都说："侦通连有一个不怕死的人，子弹都打不上他。"其实，张怀德何尝仅仅是一个不怕死的人而已，他完成了这样一个侦察员所特有的优秀的条件，主要是坚定的品质，其次才是勇敢与技术。他从到侦通连以来，已经在火线上冒险捉过十个俘虏，取得重要情报。开始他靠勇猛，愈来他愈靠智谋了。无论勇猛也罢，智谋也罢，他都是一心一意想把这一仗怎样打胜。可是当张怀德成为一个出色的侦察员的时候，故事也就发展到重要的阶段了。

中国人民解放战争，从 1948 年起开始了大规模的反攻。这时候，东北战场上由运动战进入攻坚战，并且开始攻击数十万人口，由十几万敌军设防的城市。攻坚战最艰苦的是市街纵深战斗，这对我们是个新题目。这次战斗一开始，张怀德就感到巨大苦闷，他一样积极执行任务，不过不像一般时候那样活泼、愉快；这两天他不能睡觉、吃饭，眼睛也熬红了。实际上他知道自己逢到了新的考验，可是出于一种英雄的自尊心，他不愿意对旁人说。虽然炮火、弹药丝毫不能让他丧失勇气，但他总觉得这种市街不如山地，或者平原，他觉得那里每一处都是可以走得通的道路，他可以像狐狸一样到处钻跳，这市街里却到处都给堵塞着，——墙壁、房屋。他觉得在这些房屋里总没有露天好，你说你可以隐蔽，敌人不也一样好隐蔽，打仗最可怕的是看不见敌人，——也许一下他从背后过来，也许突然之间一炮弹把这堵墙全部炸得粉碎；敌人的重轰炸机时刻在头上吼叫，也许炸弹一下就从头顶上落下来。总之他不是怕，他不习惯，他很紧张，他在这里找路觉得困难。本来，从头一刻钟经过炮击，城市就燃烧起几炷大火，日夜不熄。他以这火炷为标记，区别方向，可是双方炮弹不断降落，新的火焰随时在增加。如果你记着房屋样式，可是回来的时候，那里已经是一堆通不过的瓦砾。

突然，严重的任务，在这时降临到他头上。

那是敌人反击次数一日竟达十五次之多的那一天。当他从火线上带了团参谋长（他在主攻营位置上）的报告回到团部的时候，看见师长在这里。

团长——当过刘志丹部红军的战士在和师长谈话："首长！再给我半个钟点，把反击敌人打下去，你再去，现在先让我去。"

师长却正由嘴上把半截纸烟取下捻熄，往口袋里头塞，就像旅行的人到了该出门的时候一样。

正在这时，张怀德走进来，敬礼，把"报告"递给团长。师长两眼露出针尖一样发亮的微笑，指一指张怀德说：

"你们问他——我能不能去？"

团长严厉地瞪着张怀德，暗示他："不要叫师长在这个时候到火线上去"，报告上写着："敌人正集中十辆战车反击，需要火油瓶子，——火急！火急！"这一来，张怀德不知怎样说话好了，只好站在那里不作声。

师长忽然沉着声音问他："张怀德不会吓傻吧，你跑了几次啦？"

"第四趟。"

师长把张怀德推了一转，他看见张怀德衣服上几处被弹药烧毁的破洞，可是师长立刻笑起来说：

"同志，并没那么严重，张怀德能跑四趟，——我们当领导人的就不能跑一趟吗？……"

全体在场的人，都感觉到后面这一句话是别有一种意义的。至于师长自己所以如此说，是因为面临这巨大攻坚战，（这又是解放战争的一个转折点，这个城拿不下，你还要拿下全中国吗？）他产生了一种新的信念：一个好的指挥员，在下决心以后，作了全盘部署，第二步就应该更前进一步亲自观察、严格督促、掌握战机。市街战不同于野外战，炮火集中，作战地区集中，电话机容易断，联络非常困难，就更需要指挥员在紧急关头上，要一边打、一边观察、一边布置。可是另外一种思想也不可否认的，在师长的脑子里冲动着，——"我到底看看这座火焰山（国民党中央社吹嘘要把这座城市变为一座火焰山，埋葬进攻军队）能不能烧掉我一根头发！"

张怀德呢？头上流下热汗，他觉得他的责任那样沉重，这不是师长一个人，而是整个师的性命都交托给他。可是他明明确确地知道，他和团长都无法改变师长的决心，因为这个决心是为了整个革命的利益。不过张怀德提出条件："去也行，师首长得听我的意见……"师长连声喊："那行，——那行。"立刻回转头对团长说："老杜，你随时掌握全团情况，我回头到你这儿来吃饭啊！伙计！"就笑着走出来。

这面前哪里有路呢？全是战场，铁丝网，炸毁了的地堡，倒塌的房屋，危立的墙壁，尸体，画了白圈尚未扫除的地雷，纷飞的子弹，尚在燃烧的火焰。张怀德到前边去探路，探过一段招招手，师长再跟上去，然后张怀德又前进了。在这样前进的道路上到处埋伏着危机，其中他们遇到两次最大的危险。

一次，是当他们迅速穿过一片空地的时候。

敌人的一架战斗机突然那样低的飞临上空，发现了他们这小小的一队，向火线上前进的人。也许航空员还迅速判定这是重要的指挥员，立刻咔咔咔开始扫射。他们这时无法停止，也无法后退，只有冒着弹雨猛向前进。前面有一座孤立的白楼，只有扑到那里面去，——张怀德第一、师长第二、参谋、警卫员紧跟进来了。可是敌机发出信号，召唤日夜盘旋在这城市上空的机群一下子都扑向这里来了。当张怀德听见一架接一架轰轰飞下来的时候，他知道：情况恶化了。机群都向这孤立的白楼狂掷炸弹，立刻爆炸声与爆炸声连成一片巨大的海啸，浓烟迷漫，对面看不见人。这时，所有的人都伏身在地下，每个人都感觉到白楼像巨浪中的孤舟一样震荡着。张怀德不容分说的，跃起他那强壮的身子把师长压在他的下面。破弹片呼呼的怪声飞啸着，他自己举着头，机警地听着、望着，——可怕的事情每一秒钟都可能降临。机群你来我往，轰隆不停。张怀德面孔苍白，牙咬得紧紧的，从他心中产生一种可怕的情感，这情感在冲击他。如果他一个人，或者跟任何别人在一起碰到这种情况，他都不会如此。现在他对敌人是那样憎恨，……爆炸声稍一迟缓，他透过沉迷的黑色烟雾，突然看见火光。啊！白楼燃烧起来了。他机警地跳起来，把师长一拉，从窗户口跳出去，不顾一切地向前进方向冲出去。当他们冲到前面一处比较安全的屋檐下，张怀德气息喘喘，师长倒镇定地灿然一笑，轻轻拂了拂身上的尘土说："老先生！你压得我快出不来气了！"张怀德脸孔红了。这时，大家都不禁回头一望，哪里还有白楼，只有喷向高空的一柱火焰。

又一次，是从敌人枪眼跟前穿过一条街。

在这之前，他们曲曲折折绕了很多弯子。师长以极大兴趣在观察在他前边忽然奔驰、忽然停止、忽然快、忽然慢、飘忽不定的张怀德。师长觉得自己是在和一个年轻人比赛，他虽然并不老，可是在这个部队里还没遇到能比上他的对手。因此现在他极其快乐，一方面试试自己也还不减当年，证明自己还能在火线上奔走；另一方面他欣赏着这个露出忠诚动人的眼光、满面流汗、可是他很少遇到的对手，张怀德的动作灵活、机动，特别显得果决而勇敢。

现在面前是敌人封锁的一条街，街的那一半还被敌人控制着，恰恰又是我们必经之路，敌人自然要在这里设下强大的火力点。街是笔直的，敌人连瞄准都不用瞄准，就可以用火力切断我们的联系。那么穿过这条街，不就跟从火热的枪口前穿过是一样的吗？现在他们都秘不作声地卧倒在附近的瓦砾中。敌人机枪稀疏地，但是不停地顺着街道——飕飕飞着子弹。师长急速地转动着眼珠子，窥伺敌人，寻觅冲击道路。前面有睡着一样伏倒的尸体和注满血的弹洞，……突然，张怀德拉了师长一下子，一瞬眼，张怀德跳起来，飞一样往前狂奔。

师长这次却不知为什么没有动，只紧紧伏在那里，果然跟随张怀德的影子，一溜火光，机枪子弹顺着街道打过来，不过张怀德已经飞奔过去了。师长等敌人子弹稍一间歇，他就跳起来冲过去。当师长还没来，而张怀德回头一看的时候，他急得脑子都要爆炸了，他不知道师长怎么样了？！——为什么没跟过来，他已经准备再冲回去了。现在师长一冲过来，他就忘情地拉着师长的两手，师长还是那样灿然一笑对他说："张怀德——记着！不能那样带你的上级，你知道，敌人一发现第一个就打枪，那子弹就正好打上第二个，……"张怀德脸红了，他埋怨自己在万分紧张中过于粗心了。师长却更爱这个忠勇纯洁的青年人了，他忙说："在这种时候，一个人要靠自己掌握时机，选择道路，你说是不是？"说完，师长就坐在地下观察后面每一个冲过来的人，师长不是一个主张单纯莽撞的人。这时，他就和张怀德随时指责、批评每一个人的动作。轮到师长的警卫员，他的右脚被子弹打穿了，血流如注。师长看了看，心中就责备警卫员总爱那样摇摇摆摆的，怎么会不打伤呢？他一方面贱视那种不勇敢的人，但是一方面也反对那种唯心论者，以为子弹不会打着他，他常说："哼，子弹跟你讲交情吗？"他认为真正可靠的是自己的勇敢与动作。这一切又从哪里来的呢？不过我们都认为勇敢是一个人对革命忠诚的具体表现，因此在我们部队里存在着比勇敢更深刻的东西。这时，师长问张怀德："你是不是共产党员？"张怀德脸孔红红地以渴望声调回答："怕我不够条件。"师长说："同志！你应该向指导员提出要求。"

　　张怀德引了师长，在一幢给炮弹打成漏斗的红楼底下的地下室里找到营部。他们一下去就看见团参谋长。

　　团参谋长是得过两块英雄奖章的青年，红头涨脸，用尽丹田之力在电话筒上喊叫。因为三百米外敌人正作第十五次的猛烈反击。轰响之下，已经听不见任何话声了。师长爬到破楼上去，用望远镜观察，——他亲眼看见敌人的战车，像几只乌龟一样可笑但也可怕地喷着火焰，顺着一排树障子向我们第一线阵地顽强攻击。敌人大批的步兵正顺着后面一条一条街道向这面奔跑，如同潮水顺着拐弯的河道奔来。阵地是一个开阔的广场，是全城的中心点，被我们在今天黎明时占领了。

师长眼睛里记下了敌人的炮兵阵地、火力点和运动部队的道路。突然从我们的战壕里跳出人来，向战车奔去，——啊！火油瓶！火油瓶！好勇敢呀！火光冲天，一辆、两辆、三辆战车燃烧了，双方的手榴弹、六〇炮弹、枪榴弹，都往这一条火池里扔。师长头也没回对伏在身边的团参谋长说了一句话，团参谋长就命令炮兵向敌人运动部队的几条街道猛烈发射，不久，一片排山倒海的炮声集中向一个地方倾倒了，敌人阵地上一片烟火纷飞，什么也看不见了。由于前面战车被燃烧了，后面的冲锋部队还没运动上来，部署就打乱了，其余的战车放出白色烟幕后也就退回去了。这不是一件小事，一个钟头后，在我们司令员的桌上，就出现了这样的电报：第十五次反击结束了，我军阵地屹立不动。

这时，天已黄昏，夕阳的红光与火焰的红光交织一片，悬在城市上空，就像哈尔滨夏日松花江边常见的满天金色晚霞一样。火线上到了平息的时候，这已是战场上的规律，这一个黄昏的平息，常常是凶恶的夜战的开端。师长从破楼梯上爬下来，满身满脸的烟尘，——眼光闪烁，严峻而沉思。团参谋长知道师长在考虑新的决心。他有一件事没有告诉师长，刚才他派了三个通讯员到各处战壕里去传话："师长在营指挥所"，"师长在营指挥所"。其中一个通讯员负伤，一个通讯员已经牺牲了。师长果然说："参谋长，——立刻整顿组织，准备随时出击。"他仰起头，团营干部都看见他眼中耀出一种胜利的渴望与喜悦，他们明白这一攻坚战今晚就要作结论了。

这一阵张怀德到哪里去了呢？开始他在指挥所外战壕里跟营部通讯员们抽烟，尽情地谈笑。战斗最激烈的时候，后面火油瓶子送到了，他就跑到火线上对战车掷了三只火油瓶子，不久之前他回来等师长，现在就把头靠在交通沟边沿一堆软土上睡着了。

师长摇醒他，他们就往回走了，当然，我想用不到再重复了。不过，所不同的在哪里呢？在师长心中第一次暗暗称赞：我们的侦察员要都像张怀德一样就好了；在张怀德，当他往回走的时候，虽然来的路已经不通，为几处大火所隔断，天将黑，火光也就更闪闪发亮了。但他在新的瓦砾上、弹坑上跳着纵着，穿过破房子前进，他是那样快乐，他不再感觉到处处堵塞，而是处处都有通路。炮火是不能把每一块地方都打着的，炮火下永远有一条路，这就是永远向前的，给忠诚而勇敢的人安排的路。……

扬着灰尘的路上

一到黄昏，接近前线的那些公路上就紧张忙碌起来了。6月，这个时间，朝鲜是又凉爽又干燥的，灰尘像一团一团烟雾一样飞扬着，运输汽车就从这滚滚烟尘中间穿过去。插在车上的伪装树枝唰唰直响。蓝色的天空发黑了，第一颗星在远方像一个金红色的小火球突然跳了出来。车灯一下都亮了。这时在你面前展开一片奇异壮观的景象：无数辆车迎面奔来，一双一双眼睛雪亮地闪动着，所有的车辆顺着弯曲的公路，联成一条发光的长链。灯光一打在路边树棵上，给沉重的灰尘压盖着的树叶，一片片都像烧焦了似的显现出来；可是灯光一闪过去，一下又都不见了。这里——战争的前线，一切都是速度、速度，这公路上的景象，让你觉得简直像放得太快了的电影似的唰唰、唰唰地闪过去、闪过去。

就在这样一天，我坐着一辆吉普车上前线去。我们的驾驶员是一个活泼、勇猛的青年人。我是在去年的冰天雪地里认识他的，那时他还是个司机助手。他带着我通过敌人所谓的"铁三角"——铁原、涟川，过汉滩江，奔向汉城。那时我们挨过敌机猛烈扫射，那时我们夜晚关着灯在冰雪泥泞的道路上摸着黑，在最难走的地方稍微亮一下灯

（那灯还是拿黑布蒙了的，只留一条小缝，透出一线黄渲渲的光亮），就这样一亮，也会立刻引起路边行人一片责骂声。那时敌机非常疯狂，一阵子火球突突一亮，你看吧！飞机就追着弹头子往下扎。就在那种时候，不就凭着这一批一批火苗子一样蹦蹦跳的人，从艰难中打开一条道路出来吗？现在他却扭亮了大灯，——他仿佛是拿这鲜明的事实告诉我："你看吧，这可不是去年了。"他就这样带着我在公路上飞跑起来。他一次又一次地从路边超过前面的卡车，超过之后，他就非常愉快，嘴巴就啧啧响着，夸奖他手里这辆小吉普，他还总不断地哼着一个朝鲜歌子，他反复地唱着。可是前面又发现一辆车，他就不唱了，他就集中注意力，然后一股风一样嗖的一声擦着别人车身过去了，他就轻快地又唱了起来。我看着他，我真说不出来那样高兴。你跟这样人在一起，不管多么危险，你一下子就会被他鼓舞起来，你会立刻变得跟他同样开阔、勇敢。我仰起头再看一看我面前这条运输线，迎面而来的汽车还是源源不绝，电灯把公路照耀得像一条繁华的大街似的。车到交通哨前，哨兵敏捷地扬着白旗，车飞过去了。我们的驾驶员每次都庄严地向哨兵扬一扬左手。可是——突然那边传来砰、砰……枪响，所有灯光一下子都不见了。敌机嗡嗡地转过来，大地是一片黑沉沉的，飞机飞走了，好像一下子从地底下冒出来一样，所有的电灯又都亮了。司机又唱着朝鲜歌，我们又飞快地跑起来了。就这样跑着，天蒙蒙亮的时候，我们在一个紧靠红色土山的村庄里，找到了宿营地。

睡醒一觉，将近中午，天气很炎热，苍蝇都贴在阴凉墙壁上不飞了。我和我们的驾驶员坐在牛棚前那大堆鲜黄的草袋子上，谈起天来。我不知道你们怎么样，是不是已经开始喜爱起这个青年人了？我自己当时确是用这种心情称赞了他。可是他跟我说："你说我？——我这算啥？你没看见我们的杨从芳呢！你要看见他，你才知道——什么是毛泽东时代的人，你才知道咱们是拿什么心跟敌人战斗的呢。"

246

下面就是他跟我讲的关于他的战友杨从芳的事情：

"那是去年五次战役的时候，……咱们火线上的同志们，一个山头一个山头跟敌人战斗着，……在最紧张的关头，前线一连三五个电报拍来，要弹药，要弹药，要弹药。那情况真是十分危急。已经半夜了，兵团司令把我们一批司机找到他那里。一到那里，那里一点声音也没有，兵团司令皱着眉来回来去地慢慢走着，见我们进来就站住了，看了我们一眼说：'前线很吃紧，弹药没了，已经拼开石头了！……'他那熬夜熬得发红的眼睛看着我们，好像在测验我们。最后他说：'这个阵地守不住，整个军的阵地就危险，—— 你们一定得在天亮前把弹药送到！'他走过来还一个一个跟我们握手：'好，去吧！我等着你们的消息。'不大的工夫，我们三十几台车，装满弹药，出发上前线去了。我当时怎么想呢？我知道这些弹药送得上去送不上去，不单单决定我们那一个个山头阵地，还决定我们那些火线上的人能不能活着回来。这一点，我们心里都跟明镜一样，谁也没说什么，就往前线飞跑。

"我记得那大概是 4 月天，反正棉袄还没下身呢，下半夜，风从车窗上扑进来，还有点冷嗖嗖的呢。

"就这工夫，前边的车停着了，—— 有人下来打着招呼：'瞧瞧这是不是地方，咱们上点水，加点油呀！'大家就把车都顺在路边，一辆挨一辆停下来。看看，这节公路弯弯地紧贴着山脚底下，加上这晚晌雾气很重，这地方也还算隐蔽。大伙一合计，要再往前走，一马平川，连这样地形怕也寻不到，倒不如在这里加把劲，一下子冲到前线。有人坐在挡泥板上说：'对呀，咱们到前边，要是天亮拐不回来，把车隐蔽好，咱一个人扛两箱子弹送到火线上去！'我们队长点了点头，这一来就决定停止。这时天上一点声音也没有。大家赶紧抓紧了时间。你听吧，原来一点声音也没有的地方，立刻响起一片声响。有的提了空油桶到河边去灌水，有的就叉开两条腿高高站在车头上，往水箱里倒水，有的拿钳子敲着大汽油桶的螺丝盖当当响，有的打亮手电筒爬到车台下面，仰着身子检查机器，有的走到路边划亮火柴点烟吸。正在这节骨眼上，飞机一下子来了，嗡嗡响着来了。

"我们小山头上放的防空哨打了枪。

"一霎时，一点火光都没有了，连抽烟的也把烟头赶忙塞到脚底下碾碎了。

"谁知道，就在山背后那片稠稠的树林里突、突、突升起一串红信号弹。同志！你是去年到朝鲜来过的，你知道敌人常常拿降落伞空降特务，这些特务们藏在背阴地方，专门给飞机打信号。这样一来，情况可就很紧急了。有那虎里虎气的人拿着枪往山后面跑去抓特务，——可是这眼面前几十车弹药怎么办呢？！……飞机马上奔着红信号弹闪亮的地方飞过来，一过来，不问青红皂白，一阵火亮就拍、拍、拍，一连串打下来，飞机就紧跟着火亮往下扎。子弹带着飕飕冷风，幸好都打到路边那深河沟里去了，打得树叶子唰唰——唰唰直响。这时最急人的只怕它一翻身扔下颗照明弹。它要是发现这一大批运输车，不把炸弹扔光是不会松手的，它一定还会用无线电再招呼更多的飞机来呢！

"真紧张透了。飞机可真的兜了一个圈又转回来啦，我一下爬到车厢里坐下，我只知道怎样也不能离开自己岗位，急得心里直蹦火星。

"这工夫，我听见我后边那台车，不知干什么，把火踩着了，突突响起来。

"我把头伸出来，——我喊叫着，……

"我怕他在这节骨眼上不开灯瞎撞，要是翻了车不更糟糕了吗。

"就这一转眼，这台发动了的车可开动了，他一打舵轮。就紧擦着我的车旁边向前开。这台车的车头和我的车头拉平，我看见——那不是杨从芳吗？！他可呼的一声闪过去了。"

跟我谈话的这个年轻人，现在谈起这件事，心情一定还相当紧张，他停下来，沉重地喘了口气，才又说下去：

　　"一点都不差，我是永远也不会忘记。那时候我看见杨从芳，我看见这小伙子，他高高坐在他的车厢里，两手紧紧地转着舵轮，——就只在那一闪的工夫，天黑是黑，可是贴得那样近，我看见他的脸，他也猛看了我一眼，就转过头直直地盯着前面，那时他留给我的印象是非常紧张的。就这样，他这台车从我们旁边飞快地开了出去。

　　"谁也不明白，杨从芳为什么要这样干。我想他一定是打算从这危险情况下冲出去。是的，飞机眼看就转过来了。'怎么办？'……是不是我也跟他冲出去呢？可是来不及了。那种时候，你想也没时间想，飞机就猛叫着往我们这边扎下来。

　　"正在紧张万分，忽然一阵雪亮的亮光在前边唰地亮了起来。我当是闪光弹呢，再一瞧，这亮光不在天空，倒在地面上，是杨从芳，……他开出几十码，刚刚离开我们，他就一下子把他的车灯扭开了，……"

　　我忍不住插问："这不是很危险吗？！"

　　他的脸色紧张，声音比平时要低要细："是啊，危险极了，——我吓得从座位上跳起来。他这不是找死吗？你知道，飞机在你头上正准备找到你，炸死你，你这时候倒打开电灯，把目标暴露给它，这下面还有什么好说的呢！

　　"我看得清清楚楚，那灯光一低一扬地闪动，他这孤单单一台车飞快地往前面那个平坝子上跑去。立刻一阵机枪子弹跟着撵过去，那一阵扫射可真激烈呀！这时候，我们大家都跳出来，都提着自己的心，紧紧盯着那向远处跑去的雪亮的灯光。飞机疯狂地怪叫着，打得满天都是红火星子，可是这台车的雪亮的灯光还是亮着。灯光一下往上闪去，那是汽车冲上高岗；一下又不见了，那是翻过了高岗；一会又在更远的地方出现。飞机扎下来打了一梭子又翻上天空，转过翅膀再扎下来预备猛扫，这时灯光却不见了，一下子漆黑一片，什么都看不见了。飞机扑了空乱扫一阵，可是它刚飞上天空回头一看，——电灯又亮了，那台车还在公路上飞跑呢。一回又一回，飞机上的美国人完全疯狂起来了，它向下扎得更低，简直灯光里都看得见那斜斜的黑翅膀，紧擦着卡车顶上呼地掠过去，子弹火溜子紧跟着就一阵黑又一阵亮。往后呢，不知道是杨从芳的车被打坏了，还是转到山那面走远了，反正雪亮的电灯一霎眼不见了。我当他还会再亮起来，可是等了一阵再也没有亮起来。我们眼前只是黑沉沉的一片。你无法知道前面发生了什么事情。只听见轰隆——轰隆猛响了两声，……火光一闪，照红了我们的脸。我的心一沉，简直沉到底了，——完了，这一下可完了。只听那飞机嗡嗡——嗡嗡又兜了两个圈子就往远处飞去，慢慢地，天空上连一点颤动声音也听不到了。

"我们这里更是一点声音也没有，只听见山顶上松树给风吹得呼哨——呼哨响着。

"我平静下来，可是我的心里难受极了。

"同志们都轻轻走到一起，我们队长站在最前面，都朝那远远的地方望着，谁也没作声。现在大家心里都明白了，要不是杨从芳这样勇敢，这样不惜自己的生命，那么，敌机就会投下照明弹，就会发现这一大批运输车，那么，现在我们就不可能再站在这个地方了。这几十辆弹药车真是个火药库，只要有一箱弹药爆炸，所有的车就都会变成碎铁片，连这山岩也要崩塌，松林就会起火，天明的时候，这里只能剩下一片大坑。心里这样一想，大家又朝那远处看了一阵，现在只是不知道那台车到底怎样了？！一会，黑地里，从后面赶上来的同志在高声问着：'那是谁呀？'我告诉他们：'是杨从芳。'大家都围到我周围来，都想起这个杨从芳。同志！我还没给你介绍介绍这个人呢，二十四岁，结结实实，不大多说话，——他这人的性子跟我完全是两码事，他不欢喜唱歌，他开起车来，就是猛盯着两只眼睛朝前跑。我呢？目前开车开得快这个脾气，多少受了他点影响。在他跑的路线上，你不要打算有一台车能开到他前面去。他常说：'子弹不打前面的。'你问他为什么？他说：'这里头有个道理，就是速度，——争取一分速度就争取一分安全，你看是不是？'

　　"可是，同志！那时我只一心一意想着杨从芳，他好像就站在我的面前，我想着他把车开出去那一霎，他猛看了我那一眼，——那好像是通知我，也像是最后告别。我是永远也不能忘记他这个人，我特别记起四次战役那一回，那趟出车我跟他当助手。我们部队从汉江前线转移，我们是最后一批撤退弹药的车，这时候，敌人远射程大炮已经打到我们前边去封锁汉滩江了。我们开进了议政府，议政府整条街烧得像条火龙，烟气昂昂，再加上火光一晃一晃，你简直看不见路，……一下，一拐弯我瞧见那间烧得呼呼叫的房子前边，站着个朝鲜小孩，这小孩脊背朝我们，站在那地方一动不动。杨从芳问我：'你瞧敌人坦克会不会马上闯到这里来？''我看不会远呐。'可是他说：'一定是个孤儿，……没人管他了！……'他说着把车停下，他卡嚓一声响扭开车门，跳下去。我看他一直朝那孩子跑去，……过一会他就抱着那个孩子回来了。我一看，这孩子有十岁模样，衣服都烧破了，撕烂了，一双赤脚拖着两只比脚要长一倍的瓢儿鞋。我把他接上来，安置在杨从芳和我中间。杨从芳一跳上来就开着车飞跑。开头这孩子总是哭，……两眼总朝车外边看，后来，他就把头栽在我肩膀上睡着了。杨从芳让我把他舒舒服服放在我怀里。从这时起，杨从芳到哪里都带着这个孤儿，——他为了养活他，节省着自个儿的干粮、衣裳、零用钱，把什么都让给这孩子。到了宿营地，这孩子常常是睡着了，他就把他抱下来。他真是跟爱自己亲兄弟一样爱他。一直到今年，朝鲜后方情况好转，上级作了决定，杨从芳才跟这孩子分手。他拉着他的手，把他交给那个育儿院的教师。这个孩子也没忘记他，到现在他还常常给他写信，把学习成绩告诉他。他呢，他也很认真写信给他。说起那个孩子，可真是个聪明可爱的孩子，……"

这个剽悍的年轻人觉得自己把话题扯远了，羞涩地笑了一下，赶紧把话头拉转回来：

"那晚上那段紧张时间，从头到尾也不过十几分钟。飞机飞远了，我们都上了车跟着往前开。

"我在最前头，开足了马力，我一心要赶上去看看杨从芳到底怎样了。

"赶过一个山岗，我看见那面路边上有几棵松树，松树底下有一台车一点动静都没有，黑兀兀地停在那里。我非常担心，可是这是怎么回事呀？赶紧把车煞住，推开门，几步就跑了过去。我一面跑一面喊叫：'杨从芳！杨从芳！'可是没人应我。我跑一步，心往下沉一步。到紧跟前一看，杨从芳一只胳膊把在方向盘上，另一只胳膊却耷拉在窗口上，头就栽在窗口这只胳膊上，脸朝后面，似乎正伸头往后看就昏迷过去了，帽子不知哪去了，风把头发吹得簌簌直动。

"后面上来的车都停下了。同志们全围上来。我把他肩膀抱着，这工夫我的脸擦着他左肩膀，我觉得那儿一片湿糊糊的，——他负伤了，血还在流呢！……经我这样一摇动，他醒过来了。

"我问：'杨从芳！怎么样？'

"他没管理这问题，仰起脸望望我又望望别人，问：'同志们都上来了吗？'

"队长挤过来，一条腿踩上挡泥板，亲切地回答他：'都来了，杨从芳同志，一个也没少，都来了。'

"'弹药没损失吗？'

"'没有，你放心吧。'

"当时我们大家的注意力，都集中在杨从芳身上，倒是杨从芳的两句问话提醒了我们，天已经不早了，我们的紧急任务还没完成呢。我们转过身往前线那个方向看去，那还很远的地方，炮火闪光正一闪一闪像夏天天亮前的露水闪一样，紧接着就听到顺风吹来的一片沉闷的轰隆声。一听这声音，我们就知道火线上的同志们等着弹药是多焦急啊！平时常说'水火不留情'这句话，战斗可比水火还不留情呢！

"队长从挡泥板上转过身，招了一下手，喊道：'同志们！——走吧！……前线上都等着咱们呢！'他喊完拉开车门一低头钻进杨从芳的车厢。我踏着了火，又朝他那边看看，我看见他那车厢里面的灯光亮了，队长拿着一卷雪白的绷带把杨从芳肩膀头缠绑起来，队长自己却高高地坐在司机座位上，里面的电灯熄了，排气管突突地响了几声，他那台车就一马当先地往前线开去了。"

他说到这个地方，从小口袋里摸出一根纸烟吸起来。我却怪焦急地问他：

"怎么样呢？弹药及时送到了吗？"

"你问结果吗？当然啦，——真紧张透了，我们把三十台卡车弹药送到前线，那时候东半面天已经紫糊糊的，天眼看就要亮了。火线上的同志说：'你们再晚一个时辰就危险啦。'他们从烟里火里站起来把手榴弹朝敌人头上摔去。你知道，我讲的这是去年的事情，那时候我们真是困难，——可是困难挡住了谁呢？昨儿晚上你大概瞧见了，你瞧运输线上那热闹劲儿。敌人炸毁几十个城市，咱们可把朝鲜北半部变成整个一座大城市，不信，你瞧，在一条大路上，汽车不像在祖国的大城市里一样吗？跑得多欢啊！岔路口，红绿灯都安上了，……可是，你不用问我，我这算什么！同志！我说这话的意思，你会明白。就拿我们杨从芳来说吧，后来我到医院去看他，坐在病床上，我问他：'你倒是怎么跑起来的呀？'他说：'开头我猛跑，——脑子好像也不拐弯了，一心只想把飞机拉过来。等到子弹把车厢打得卡啦——卡啦直响，我一琢磨，又觉得不对头，——人不怕死弹药可怕火，油箱打着又怎么办呢？什么事你只要仔细一想，问题就七手八脚都抓上来了，——我再一寻思，反正目标引到这边来啦，我就把灯关了，子弹都嗖嗖地一闪打在路边去了，——我听它往上飞，我又说，不对，好容易请来的，你可别走呀，我就把灯又打开了。'我说：'老杨！说真个的，那时候，你一点顾虑没有吗？''顾虑怎么没有，——我又不是木头刻的人，我不知道子弹打在脑袋上要钻个眼儿，……可是，……'他停着了，他的左胳臂整个包扎着不能动弹，他只用一只手按着火柴盒划着火抽起烟来，任凭我再追问，他也没再说什么，末后他只摇了摇手说：'想想火线上的战斗员，我这算什么呢！'

"我们参谋长后来告诉我，那一夜晚，兵团司令一直没合眼，就是在指挥所里等着，不断地打着电话查问。你会明白这一点，我们当战士的究竟容易啊，一个当指挥员的呢？他肩膀头上担的是千万斤重的担子呀，一来，就是整个战线，整个战场的问题呀。参谋长说，天亮的时候，他收到前线一个电报，报告弹药安全送到了。司令员把电报看完往桌上一放，转身告诉参谋长说：'替我谢谢他们。'他就把头趴在桌上睡着了。唉，他真是太疲乏了，——你看，我这人一拉就爱把话拉远。其实呢，我跟你讲的是关于杨从芳，——杨从芳。"

我望着这勇敢剽悍的青年人，他站起来，提了原来放在身边那只扁扁的空汽油桶，摇晃着短粗的身子朝井台走去。这时，阳光正穿透一片绿荫荫的大栗树照在他身上。我的眼睛一直看着他。他刚才跟我说："你问我？我这算什么！"他的那个杨从芳呢，也说："我这算什么呢！"对的，同志！你看这话在这勇敢的青年人嘴里说得多朴素、多轻松。可是你想一想，他们日日夜夜，在照明弹下面，在炸弹、炮弹，嗖嗖飞的子弹下面，每一分钟，每一秒钟，都是危险，危险，你就知道他们那些话的分量了。他现在走到栗树林里面去了。朝鲜有很多这种大栗树，树枝伸展得长长的，自由自在地向下垂着绿油油的大树叶。这个驾驶员现在站在井台上，几个穿粉红色的、白色的、淡紫色的衣裙的朝鲜孩子，围绕在他身旁。她们都那样喜爱他。他呢，跟她们见面不大一会，就熟起来了。他叫她们跳舞，她们就围着他跳起来。他一面说着半通不通的朝鲜话，一面往空油桶里灌水，一会，他又反复地唱起他那好听的朝鲜歌子。这一夜，我们到了前线，我就和我这可爱的同伴分手了。至于杨从芳呢，我始终没有机会看到他。有一次我几乎要看到他了，结果收到一份电报："杨从芳在执行任务时负重伤。"从那以后我就再也没得到他的消息。可是我每一次坐在吉普车上或是卡车车厢里的驾驶员旁边，我从他们身上，不断看见杨从芳的那种精神呢。我知道，就当我现在这样想着的时候，在那接近前线的运输道路上，我想得到，他们还是怎样地从滚滚的灰尘中，唱着歌，勇敢地飞快地前进着呢。

一个温暖的雪夜

开头天黑得伸手不见五指，后来风雪又下得漫天漫地，不知道什么时候一离开道眼，我们就在荒草甸子里转游开了。两匹马用力拉着，时不时悲嘶一声；赶车的老板子焦躁不安地吆喝着，把鞭子甩得啪啪响。我们就在这样严寒透骨的夜晚，不知道过了多少时间，也不知道已经到了哪儿。不料爬上一道岭岗，忽然看见远远前方有一片电灯光像一片发亮的红云。你看！转来转去，那不就是县城吗？这一来，大家可兴高采烈了，也不管风狂雪大，竟有人唱起歌来。两匹马也振奋起来，我们的大车就轻快地朝这灯光所在之处飞奔。谁想到了灯光跟前，老板子却诧异起来："这一漫是大江堤呀！"可不是，我们跑到松花江边上来了。这时黑森森的堤顶把灯光明亮的那个场所挡住了。附近一排房屋窗上温暖的灯光却很吸引人。不论怎样，我们决定先到屋中暖和暖和，也好打听打听道路。

推开沉重的厚木板门进去，一股热气扑上脸来。我靠近红砖砌的火墙只站了一小会，眼睫毛上的小冰珠就变成小水珠滴流下来了。

这是临时建筑的土房。所以这样暖，因为外间屋就是烧饭的火房，一股土豆酸菜汤的味道真诱惑人。这里看起来是个办公室：一盏白玻璃罩的大吊灯悬在桌面上，照出几个正伏身在台子上工作的人影。一面墙上遮着芦席，上面悬挂着一本"工程日志"，还一张挨一张地贴着施工平面图、施工进度表。后墙下一铺大火炕上，铺满五颜六色各种各样的棉被。炕脚竖着测量用的脚架、红白的标杆，还有一个装仪器的黑皮箱。特别有意思的，是在这一切杂乱堆积着的东西和紧张劳碌的气氛之下，放在一口大木箱盖上的那只小提琴匣子，却显得那样悠闲。不知是由于门缝上钉了厚毛毡没得声响，还是人们的精力太集中了，他们根本没注意有人进来，照常低了头在强烈的电灯光下忙碌着。忽然，那个手上拿着一根米达尺，本来用牙齿咬着下嘴唇在画图的姑娘，把两棵小辫一甩，一回头看见了我们，两只眼珠闪了闪，赶忙站起来：

"哎呀！你们来参观，怎么搞得这样黑天没火的时候才赶到呀！昨天那一拨也是这样！"

就像谁在静静的池面上丢下一个小石块，平静的工地办公室热闹起来了。这姑娘那样热心地跑出跑进，搬椅凳，倒热茶，问这个，说那个。我几次张嘴想说明一下，她可不给你插嘴的工夫。你还没谈话，她一扭身走了；等回来，她又赶忙说着今天工程的进度了。她还十分庄严地告诉我们：工地的负责人正在现场上忙着，她让我们先歇息一下，然后就到工地上去；就如同一阵小风转了一下，顷刻之间，她已经把我们这批"参观者"安排得舒舒帖帖。这时，我跟我的同伴交换了一下眼色，也只好默然承受了。跟我们进来的车老板子，暖和过来了，也朝我笑了笑，拎上料口袋去喂马去了。

风呼呼叫啸，白茸茸的大片雪花，直往灯光照亮的窗玻璃上扑。

等我们喝了半杯热茶，那姑娘却往自己头上扎一条红围巾，说：

"走吧！去看看工地吧！"

一个小伙子从桌那面站起来，说："小管！——今天雪大，——我去吧！"

"不，不。小张，我去。"这被叫作小管的姑娘就一拧身，连忙用两只手把我们一个个都从门口推了出来。

我们穿过密密的风雪爬上大堤，一看，嗬！灯光照耀得如同白昼。我恍然大悟，这一定是万金农业社的抽水站工地了。沉箱工程已近尾声，一条大管子像一条黑蟒一样从坑底下吸水，一个芦席搭的水泵房里机器卜卜——卜卜紧响。不少人穿着长筒胶皮靴、胶皮裤，在冰水里面劳作着。高架空中的钢索，把一块块水泥预制块吊起来，然后送到下面去。安装抽水机的基墙已砌起半截墙脚。顺着巨大坑沿上，纵横交错地搭着的木跳板上，担泥送土的人，上上下下，忙碌不堪。悬吊空中的电灯，给风吹得摇摆不定，雪雾就像一卷白毡布在旋转，在抖擞，在飞舞。这时，那个姑娘把我们带到一个正站在高高的坑沿上伸着手、吆喝着、指挥着的人跟前。我忖度，这大概是工程师吧？近前一看，却是一个奇特的小伙子。奇特在他年轻，个头挺矮，天那样严寒，他却不戴皮帽，那一头乱扭着的长头发向天冲起，就像黑火焰一样；奇特的是他虽说小，却又那样庄严。那姑娘热呼呼地向他奔去，不知怎么到了跟前，她又有点畏怯，往后退了一点。眼看几块水泥预制块从空中吊过，却一下在半路上给搭脚手架的杉木杆子挡住了。这小伙子白了那姑娘一眼，依然大大地叉开两腿，喊叫着调度。一批砌墙工人转移个容易接受预制块的位置，继续操作。那姑娘受了委屈似的大声喊：

"人家——同志是来参观的——我是带——来参观的同志们来……"

一时之间，这伶俐的人却结结巴巴说不清楚了。然后，才从黑地里伸过一只冰凉的青年人的手，来跟我们握手，用沙哑的声音说：

"我是小林，林礼克，技术员，看吧！请同志们看吧！"

他领我们向江边走去。原来电灯一直照亮到白花花的松花江面，有一批人正在那儿凿冰刨土开引水道呢。林礼克说："今天这风雪好大哇！我们的劲头可比风雪大，您瞧，这都是农业社社员！您再瞧这边，"他转过身伸开手挥了一下，就像鹰展开翅膀一样，"这是一片大草原，土可是顶好的土呀！松花江用自己的乳汁喂养的黑油沙土呀！可是几千年、几万年给草原盖着，没人想动它，也没人敢动它。"我眼望着他所指的黑茫茫暗夜，什么也看不见。但是这小伙子的神姿可真美，那姑娘两只大眼睛就像面镜子，那里面现在充满快乐、爱慕。"现在大跃进的火，在这荒凉的地方点着了，我们要赶5月1号，把抽水站献礼！那时水一放，你们走来的那股道就没有了，那儿就变成一百五十万顷绿油油的稻田。"

回到办公室，已经下半夜一点。技术员、绘图员、不轮班的工人都在火炕上睡熟了。大风雪却一个劲拍着屋顶拍着墙壁唰唰响。

一进屋，林礼克就赶紧对那姑娘挥着手：

"小管！——去吧！这里没你的事了，去睡觉去！"

灯光把他照得一清二楚，他可也并不比人家小管大多少。

小管把冻得鲜红的嘴唇翘起来，这时，我发现林礼克向她送去那样一道温柔的目光，那姑娘于是把桌上她没画完的图纸、米达尺、铅笔卷在一起，就低下头退出去了。

他也不脱大衣，就坐在火焰熊熊的火炉边上。那大衣的黑布面上，不知挂破了几片，烧破了几块，风雪泥沙合在一起冻得硬梆梆的了。他望着姑娘退出去的背景，赞叹地说：

"简直不知道什么叫劳累的人呀！"他压低了声音，一霎间闪出了青年人的调皮眼色："她不会真睡……"

然后咳嗽了一声，他好像突然发现："你们怎么半夜才到呀？你们是不是也急着搞水利工程呀？"

"这风雪太大，我们走着走着迷了路，看见这儿有灯亮，就像扑灯蛾一样扑来了。"我的一个同伴回答了。一天一夜的严寒、疲乏，现在一暖和，使得我的同伴们困倦不堪，没多久都倒在火墙边木椅上还有木拦子堆上睡着了。

我却为这小伙子所吸引。在这伙人中，他和别人一样年轻，可是他严肃得像个大人；他站在工程师的岗位上指挥着，可是他实实在在是个技术员。

灯光愈来愈亮，温度愈来愈高。火炕上，墙脚下，到处都是睡着的人匀称的呼吸声。这时，林礼克面颊绯红，他的尖尖的瘦瘦的脸膛上，两只不大的眼睛，闪着光亮，闪着笑容，在这夜静更深的时候，在这避开了工地上奔忙嚷叫之后，是很容易开怀畅谈了。

"怎么样？你的工作够劳累的吧？"

"这有什么？劳动才能快乐。我是个农家孩子。我从小有个志愿，就是不要蹲在办公桌旁边过一辈子。我愿意在野外大甸子上奔走，晒着太阳，呼吸着新鲜空气。所以考农业学校我报名学水利，毕业时候让我填志愿书，我写我愿意干测量工作，我就是想到祖国各处奔走奔走。有一个教员笑着问我：'你考虑过作野外工作要经受特殊的艰苦吗？'我考虑过，炎热、严寒、风吹、雨淋、露营、饿饭，还有蚊虫、跳蚤……可是我还是爱野外生活。"

现在在我面前，他完全变成一个活泼的青年了，他的上嘴唇上的茸毛细细的，他的眼光充满幸福又充满渴望。不过，谈一会话，他就要拉着袖口把窗玻璃上的一层水汽擦干，从那儿向坝顶上看一阵，然后自言自语："机器在转呢！"就又谈起来。

"……我的志愿达到了，就这么一个绿帆布挂包，里面装个牙具袋，几本水利工程原理图和两件换洗衣服。这两年中间，我跑遍了黑龙江省许多县份，那一条条河流，那一片片山谷，到一道道平川。我参加过修闸门、造抽水站。在工地上，光着两只脚丫，穿个线背心，跟工人们一道搅拌混凝土，你不知道那该多够劲儿！出一身热汗，扑通一声跳到碧清的河流里去凫水，那有多舒服呀！我们做野外工作的可真得会凫水。有一回，山洪暴发，那真叫万马奔腾，刻不容缓，忽拉拉一下子，什么山呀、河呀、村庄呀、道路呀，都没影了，就那么一片波浪滔天，把我们工地都淹没了。怎么办？我就靠会凫水抢了图纸、仪器，凫了出来，……"

　　他把什么艰难困苦都说得那么轻松有趣，可是谈着谈着谈到这一项工程上来，他可拧了眉头子。我想象得到，小伙子一步步地走上了更壮丽、更严峻的生活道路上来了。起先他像个小鹰跟着老鹰飞翔，什么事有工程师在前面，可是有一天那老鹰向远方飞走了。

　　"我到这个——万金社！万金社！万金社！可遭遇到了困难。

　　"人都说这个水利工程可重要了，既然重要就来干呗！可是我来了一看，什么也没有！工地主任没有，工程师也没有。

　　"我和两个技术员——就是小管和小张——在这儿钻呀探呀，测呀量呀，还画了一个断面图出来。可是材料呢？人手呢？开工一个月了，农业社里的人可真积极，你说要多少人力就有多少人力，也不论风天雪夜，就在冰冻的地面上挖开了渠道。社员们愈积极，我就愈着急，我们一步赶不上步步赶不上，什么都落在后面了。县上水利科长来啦，我跟他讲，他听了半天说：'是呀，这样重要的工程呀！'就走了。老乡们的干劲热火朝天，他们一天问我几回：'林技术员！咱们的机器什么时候来呀？''林技术员！五一节前咱们抽水站一定得安好呀！''林技术员！一垧地六千斤就靠这抽水站呀！'同志！这些话让我怎么回答。说老实话，同志！——我恨不能一夜功夫，双手托出个抽水站给他们；可是我干看着通往县城的大道，上面连个汽车影儿也不见，又哪儿来什么建筑材料呢？咳！我天天站在大江堤上看着，看有什么用！有一天，怎么想也想不通，我就一个人坐在堤顶上，愈想愈恼火，愈想愈伤心。你瞧！这黑油沙土，关里的人来了，都说这不是土壤，这是肥料，这里头能出金子，你说重要不重要？重要是重要，可就是动不起来，我想着想着急得真想落泪。这工夫，有人走来，坐在我身旁。"

"这是谁？"

"小管——就是管英同志。"他忽然变得对小管那样敬重起来，"她来了就东拉西扯，说呀唱呀。我说：——你赶快走开吧！你别在这儿烦人了，好不好？她说：——烦？烦什么？……你看这原野，一眼望不到头，等到春暖花开，拖拉机轰隆隆响，稻秧慢慢长起来……

"我一看她满身满脸泥巴，显然刚跟老乡们一道掘土回来，可是我心里烦，我就说：——咳！你净想远处，怎么不看眼前呀！——这一来，我可把我的一肚子火都倒出来了。

"她听完，可严肃地说了。她说：——你不是个共青团员吗？党应该把我们共青团员往哪儿派？没困难派我们干什么？可是，你看看群众在干什么，你听听群众在说什么，倒亏得你烦起来了，难起来了。照我看，没主任我们就是主任，没工程师我们就是工程师，抽水站反正是要安，你等谁呀！

"给她这一说，我倒愣住了。是呀，这有什么说的，谁好好想过'我是一个共产主义青年团员'这话的真正含意是什么吗？

"就这夜晚，我整整写了一夜晚的信。第二天天一明，我就把信寄给县委会第一书记了。那天，天刚刚擦黑，我，小管，还有小张，正在一盏冒着油烟子的小灯下修订我们画的断面图呢，忽然，有人在外边敲窗户，说叫林礼克到乡党委会去开会。我出来就往乡党委会跑，……到了门口，往里一瞧，我愣住了。那灯光底下走来走去的不是县党委会的第一书记吗？——他很瘦，他一面走来走去一面在思考什么，我那封信呀，就摆在桌面上，那桌子周围还站着坐着一批干部。

我一寻思，管他怎样，龙潭虎穴也得走上一遭呀，我就进去了。进去，我就响响地放了一炮，我说：——我这个人做工作就是这样，肯定要干就喊哩咳喳地干，要不干干脆就拉倒算了。现在光嘴上讲重要呀，重要呀，又什么都拖呀拉的。等一化冻，道路变成个大泥坑，汽车开不动，物资运不来，那时候可就要倒提拉着钱串子了，……我话还没讲完，第一书记就走到我面前来了，他紧紧地握住我一只手，他说：——林礼克同志！我很喜欢你的性格，我也主张要干工作就勇敢地干、坚决地干，可惜的是我们干部当中这样干的太少了。他这几句话可真温暖透了，就像太阳光一样暖到人心眼里。同志！我现在跟你说，什么发明创造，什么勇猛突击，那天晚上在乡党委会才真是一个伟大的转折呢！从那以后，这草甸子上就亮了电灯，钢材、沙子、洋灰、水泵、抽水机都来了；汽车、马车，机器声、人声，就干起来了。那时候，我真高兴，我真想写封信告诉我家里，……"

突然，通隔壁的门一开，小管把头一伸进来就插上嘴："你还没说大年三十那夜里，咱们下沉箱，县委书记、县长都来了，还都参加干活。那晚上有多热闹呀！你猜怎么着？人山人海，男女老幼，你猜怎么着？秧歌锣鼓，锣鼓秧歌，……"

"哎呀呀，"林礼克说，"你真噜嗦，说得又快又没结没完，什么时候能改改！"

她的两只眼睛可火亮火亮的，就像早晨草原上燃起的一片明霞："连汽车司机同志看着看着都把袖口一挽，从我手里把铁锹抢过去，像打冲锋一样跑上去，……"

我问她："那你呢？"

她亭亭地立在门口，把两条长长的辫子甩动一下，脸一红："我就跳舞，在那江堤上跟大姐大嫂们打着太平鼓跳舞。"

"好罗！好罗！"林礼克又用袖口去擦窗玻璃，这好像是个信号，小管一看就退出去了。

林礼克露出来的那个活泼青年的影子又收回去了，好像一种什么看不见的担子又压上他的双肩了。他想起了什么，他皱着眉毛，大大叉开两条腿，把两手插在大衣袋里，眼珠一动不动地看着桌面。

我小声地探问他："你刚才说给家里写信，你家里没有爱人吧？……"

"没有，没有，"他爽朗地笑了，向通隔壁门那儿睃了一眼，一指："我就是有那么一只小提琴，……"

窗玻璃上闪出一点灰蒙蒙的微光了，炉火却烧得通红。我想应该让林礼克睡一觉了，也许他明天还要像在火线上一样进行暴风雨式的战斗吧！可是谁知他却一直在想着什么心事，他看了我一眼，淡淡地说："同志！你睡一睡吧！"他自己却把门一把推开，大踏步向门外走去了。就在这一刹那，小管突然一阵风一样旋进来，屋中的温暖使她的脸那样鲜艳。她一进来就嘟囔着："老是这样死活不顾，老是这样丢三落四，这毛病什么时候能改改！"一把从桌上把林礼克刚才谈得兴奋时不知不觉解下来的那条海蓝的毛绳围巾抓起来，一扭头就赶了出去。我忍不住也用袖口擦了擦窗玻璃。这时天已发青，银白的雪花却还扑簌簌的降落，江堤上的电灯更像水晶灯一样闪光，机器的轰隆声还一个劲地震响。我看见林礼克大踏步地往江堤工地上走去。小管一手扬着蓝围巾在后面追赶，风把她的头发吹得飞舞起来，风把她的身子吹得歪歪斜斜，她也不管，只是往前飞跑。我慢慢回过头来，酣睡的人的呼吸那样匀称，我的心里充满了温暖。